Les chiens et les loups

이렌 네미롭스키 선집 **4**

이상해 옮김

개와 늑대

**Irène
Némirovsky**

**Les chiens
et les loups**

레모

차례

개와 늑대
___
7

1

시너 가문의 요람인 우크라이나의 도시는 유대인 주민들
의 눈에는 뚜렷하게 구별되는 세 구역으로 나뉘었다. 옛 그
림들에서 볼 수 있듯, 아래쪽에서는 배척당하는 자들이 지
옥의 암흑과 불길에 휩싸여 허우적댔고, 평온하고 창백한
빛이 비치는 중앙은 평민들의 차지였으며, 위쪽은 선민들
의 거처였다.

　강과 가까운 도시 아래쪽에는 불가촉천민과도 같은 유대
인, 불량배, 가난한 장인, 음침한 가게의 세입자, 유랑민, 그
리고 덕지덕지 기운 셔츠에 가냘픈 목과 새까맣고 긴 머리
타래 위로 큼지막한 챙모자를 눌러쓴 채 진흙탕을 뒹굴며
이디시어*로 소리를 질러대는 아이들이 살았다. 그들과 아

주 멀리 떨어진, 보리수로 둘러싸인 언덕 꼭대기에는 러시아인 고위 공무원과 폴란드 귀족의 집들 사이로 부유한 유대인들의 아름다운 저택 몇 채가 드문드문 섞여 있었다. 그들이 언덕 위에 자리를 잡은 것은 한껏 들이쉴 수 있는 맑은 공기 때문이기도 했지만, 무엇보다 니콜라이 2세가 지배한 20세기 초의 러시아에서는 유대인의 거주가 몇몇 주거지역과 몇몇 구역, 몇몇 거리로 한정되었기 때문이었다. 심지어 길을 사이에 두고 한쪽은 거주가 허가되는 반면, 반대쪽은 금지되기도 했다. 그러나 이러한 금지 규정은 가난한 자들에게만 적용되었다. 규정이 너무 엄격해서 뇌물을 써도 풀리지 않는다는 말을 들어본 이는 없었다. 유대인들은 금지를 푸는 일을 명예로 여겼다. 알량한 반항심이나 자존심 때문이 아니라, 다른 유대인들에게 자신이 그들보다 낫다고, 비트와 밀을 팔아 더 많은 이문을 남긴다고, 다시 말해 더 많은 돈을 번다고 알리기 위해서였다. 금지 구역에 발을 들이는 것은 재산 규모를 자랑하는 아주 편리한 방법이었다.

여기 게토에서 태어난 한 사람이 있다. 스무 살이 된 그의 수중에는 단돈 몇 푼밖에 없었다. 하지만 그는 사회생활을 하며 한 단계씩 올라갔고, 강에서 꽤 떨어진, 아래 구역과의 경계에 있는 시장 근처로 옮겨 정착했다. 결혼한 후 그는 유

---

* 동부 유럽 출신의 유대인이 사용하는 언어.

대인에게는 금지된 짝수 번지*에 살게 될 것이다. 나중에는 더 높은 곳으로 올라가, 법적으로는 어떠한 유대인도 태어나고 존재하고 죽을 권리가 없는 구역에 자리 잡게 될 것이다. 그러면 사람들은 그를 존경했다. 그는 집안사람들에게 시샘의 대상인 동시에, 그들 역시 높은 곳까지 올라갈 수 있다는 희망의 표상이었다. 굶주림 따위는 아무것도 아니었다. 그런 본보기만 있다면, 당장은 춥고 더러워도 아무 상관없었으니까. 도시 아래쪽에서 부자들의 쾌적한 언덕을 올려다보는 수많은 시선이 있었다.

양극단의 사이에 일종의 온대 지역이, 거부(巨富)도 가난뱅이도 태어나지 않는, 러시아인과 폴란드인, 유대인 부르주아들이 큰 충돌 없이 공존하는 밋밋한 구역이 있었다.

그 중간 구역 역시 서로 질투하고 멸시하는 작은 패거리들로 나뉘어 있었다. 위쪽은 의사와 변호사, 귀족 영지 관리인들이 차지했고, 아래쪽 서민층은 장사치, 양복장이, 약사 등으로 이루어졌다.

그리고 서로 다른 구역을 오가며 중개인 역할을 하는 사람들이 있었다. 그들은 한 집에서 다른 집으로, 도시 아래쪽에서 위쪽으로 부지런히 뛰어다니며 힘들게 밥벌이를 했다. 아다의 아버지, 이스라엘 시너도 중개인 조합에

---

* 유럽은 대개 길 한쪽은 홀수 번지, 반대쪽은 짝수 번지가 붙는다.

속해 있었다. 그들은 다른 사람을 대리해 비트며 설탕, 밀, 농기구 등 우크라이나에서 유통되는 모든 것을 사고팔았다. 고객의 필요에 따라 비단과 차, 라하 루쿰*과 석탄, 볼가강의 철갑상어알과 아시아산 과일들을 상품 목록에 추가하기도 했다. 그들은 간청하고 애원하고 경쟁자를 비방했다. 주문을 따내기 위해 신세를 한탄하고, 거짓 맹세를 하고, 온갖 상상력과 교묘한 논리를 동원했다. 사람들은 빠른 말투, 요란한 몸짓, 서두르는 사람이 아무도 없던 그 시절 그 고장에서 확연히 눈에 띄는 다급함, 비굴함, 고집스러움 등 중개인 특유의 다양한 자질을 통해 그들을 알아보았다.

　아직 아기나 다름없는 아다도 도시를 돌아다니며 경주를 벌이는 아버지를 따라나서곤 했다. 키가 작고 비쩍 마른 데다 슬픈 눈을 가진 아버지는 어린 딸을 사랑했고, 꼭 잡은 손에서 전해지는 딸의 온기에 기운을 얻었다. 그는 어린 딸을 위해 걸음을 늦췄다. 때때로 걸음을 멈추고 딸을 향해 몸을 숙이고는, 애정 어린 손길로 딸의 낡은 외투와 귀마개 달린 갈색 벨벳 모자를 덮어 꽁꽁 싸맨 두툼한 회색 모직 숄을 여며주었다. 차가운 겨울바람이 몰아치면 투박한 손으로 딸의 입을 가려주기도 했다. 매서운 삭풍이 길모퉁이마다 도사리고 있다가 행인들의 뺨을 가혹하게 후려치는 것 같

---

* rahat-loukoum, 향료를 넣은 튀르키예 과자.

왔다.

"바람이 차구나. 춥지는 않니?" 아버지가 물었다.

그는 얼어붙은 공기가 모직을 통과하면서 조금이라도 데 워지도록 숄로 입을 가리고 숨을 쉬라고 했지만 불가능한 일이었다. 금방이라도 숨이 막힐 것 같았으니까. 아버지가 고개를 돌리자마자 아다는 손톱으로 천에 난 틈을 살짝 벌 리고는 혀끝을 날름거리며 눈송이를 받아먹으려 했다. 워 낙 온몸을 꽁꽁 싸맨 탓에, 아다는 가느다란 두 다리 위에 얹어놓은 납작하고 작은 덩어리처럼 보였고, 가까이 다가 가면 짙은 색 모자와 회색 숄 사이로 갈색 눈 밑 그늘 탓에 더 커다래 보이는 두 개의 검은 눈밖에 보이지 않았다. 작은 야생동물처럼 사납고 매서운 눈빛이었다.

이제 막 다섯 살이 된 아다는 자신을 둘러싼 주변의 세 상을 보기 시작했다. 그때까지 약하디약한 자신에 비해 너 무나 광대한 세상 속을 헤매 다닌 아이는 세상이 존재한다 는 사실조차 거의 의식하지 못했다. 세상은 아이를 압도했 다. 수풀 속에 웅크리고 있는 벌레처럼 아이는 세상에 관심 이 없었다. 하지만 아이는 서서히 자라났고, 삶을 알아가기 시작했다. 콧수염에 고드름을 매단 채 술 냄새 진동하는 숨 을 내쉬며(신기하게도 뽀얀 입김이었던 숨이 나중에는 작은 얼음 바늘처럼 변했다) 문 앞에 미동도 없이 서 있는 거인들 도 평범한 사람이고 문지기였다. 너무나 커서 머리가 구름 속으로 사라지는 것 같고 번쩍거리는 칼을 차고 다니는 존재들에도 익숙해졌다. 사람들은 그들을 장교라고 불렀다. 그들은 그야말로 무시무시했다. 그들을 보기만 하면 아버지의 몸이 더 작아져서 벽 속으로 스며드는 것 같았으니까. 하지만 이젠 아다도 어쨌거나 그들 역시 똑같은 인간이라고 생각했다. 얼마 전부터는 용기를 내어 그들을 쳐다보기까지 했다. 붉은색 안감을 댄(그들이 썰매에 올라탈 때면 외투가 벌어져서 장군 계급을 알리는 진홍색 천이 보이곤 했다) 긴 회색 외투를 걸친 그들 중 몇몇은 그녀의 할아버지처럼 길고 하얀 턱수염을 기르고 있었다.

아다는 광장에 멈춰 서서, 겨울이면 뒷발에 차인 눈이 몸통을 더럽히지 않도록 방울 술로 장식한 초록색, 붉은색 담요를 씌운 말들을 넋을 잃고 바라보았다. 광장은 도시의 중심부였다. 그곳에는 멋진 호텔과 가게, 식당, 불빛과 소리가 있었다. 하지만 아버지와 딸은 곧바로 또다시 강 쪽으로 내려가는, 제대로 포장되지 않은 어두컴컴한 좁은 골목길로 접어들었다. 그러고는 마침내 고객의 집 앞에 멈춰 섰다.

연기 가득한 낮고 음침한 방 안에서 사내 대여섯 명이 돼지 멱따는 소리를 질러댔다. 그들의 얼굴은 붉었고, 이마에는 핏줄이 불거졌다. 그들은 팔을 쳐들고 하늘을 가리키거나 가슴을 치며 이렇게 말했다.

"내 말이 거짓이면, 주님께서 지금 당장 이 자리에서 천

벌을 내리실 겁니다!"

가끔은 아다를 가리키며 이렇게 말하기도 했다.

"저 순진무구한 아이의 머리에 대고 맹세하건대, 내가 샀을 때는 이 비단이 말짱했다니까요! …운반 중에 생쥐들이 좀 갉아 먹었다고 그게 불행하게도 유대인으로 태어나 가족을 부양해야 하는 제 잘못입니까요?"

그들은 버럭 화를 내며 문을 쾅 닫아버리기도 했고, 문턱에서 걸음을 멈추고 돌아오기도 했다. 구매자들은 짐짓 무관심한 표정을 지으며 은 받침에 놓인 큰 잔으로 느긋하게 차를 마셨다. 중개인들은(사업 냄새를 맡자마자 동시에 나서는 중개인이 늘 대여섯은 있었다) 다른 중개인이 속임수며 절도, 사기, 다른 흉악한 범죄를 일삼는다며 비난했다. 금방이라도 잡아먹을 것처럼 서로 으르렁댔다. 그러다가도 운 좋은 중개인이 거래를 성사시키면 방 안이 금세 조용해졌다.

그러면 아버지는 아다의 손을 잡고 밖으로 나갔다. 거리로 나온 그는 무겁고 고통스러운 한탄과 연신 주억거리는 고갯짓과 "오, 나의 하느님, 나의 주님이신 하느님!"으로 끝나는 길고 깊은 한숨을 내쉬었다. 때로는 게샤프트*를 성공하지 못해서, 몇 주를 공들인 담판과 발품이 헛수고로 드러나서, 때로는 경쟁자들을 물리치고 사업을 따내서. 어떤 경우든

---

* (원주) geschàft, 이디시어로 '거래'를 뜻한다.

그는 한숨을 내쉬고 신세 한탄을 했다. 자칫 행복감에 젖어 오만한 모습을 보였다가는 벌을 내릴 준비를 한 채 거미줄 한가운데에 도사리고 있는 하느님께 밉보일 테니까. 열성적이고 질투심 많은 하느님은 언제나 그곳에 있었다. 따라서 두려움을 가져야 한다. 신의 선의에 감사하면서도 그가 피조물의 소원을 모두 들어주었다고 믿게 해서는 안 되었다. 신이 싫증을 내지 않도록, 피조물을 계속 보호해주도록.

그런 다음 그들은 다른 집으로, 그리고 또 다른 집으로 전전했다. 가끔은 부자들의 거처까지 올라가기도 했다. 그럴 때면 아다는 웅장한 가구, 셀 수 없이 많은 하인, 자칫 흐트릴까 겁이 났던 두꺼운 융단에서 눈을 떼지 못한 채 현관에서 기다렸다. 눈을 휘둥그레 뜬 채 숨까지 참아가며, 가끔은 졸지 않으려 뺨을 꼬집으며 의자 가장자리에 걸터앉아 기다렸다. 마침내 그들은 전차를 타고 집으로 돌아갔다. 아무 말 없이, 서로 손을 꼭 잡고.

2

"시몬 아르카디에비치, 내 처지는 성인(聖人)을 찾아가 가난이 지긋지긋하다고 신세 한탄을 한 그 유대인과 마찬 가지예요…."

이스라엘 시너는 이렇게 말하고는 가난뱅이와 성인의 대 화를 흉내 냈다.

"'어르신, 뼈 빠지게 가난한 제게 먹여 살려야 하는 자 식 열 명에 성미 고약한 마누라, 기력 좋고 식욕 왕성한 늙 은 장모까지 딸려 있답니다…. 어쩌면 좋죠? 절 좀 도와주 세요!' 그러자 성인이 그에게 대답했어요. '저 염소 열두 마 리를 자네 집으로 끌고 가게.' '저더러 저것들을 어떻게 키 우라고요? 안 그래도 식구는 많고 집은 좁아 통 속의 청어

들처럼 뒤엉켜서 사는걸요. 온 식구가 짚을 넣은 요 하나 깔고 칼잠을 자는 바람에 숨이 막힐 지경이에요. 그런데 제가 저것들을 끌고 가서 뭘 어찌겠습니까?' '믿음이 그렇게 없어서야 쯧쯧⋯. 내 말대로 저 염소들을 자네 집으로 끌고 가게. 그러면 주님을 찬양하게 될 테니.' 일 년이 지나 그 가난뱅이가 다시 찾아왔습니다. '어떤가? 지금은 더 행복한가?' '더 행복하냐고요? 지옥이 따로 없어요! 그 빌어먹을 염소들을 계속 데리고 있어야 한다면 전 뒈져버릴 겁니다!' '잘됐군! 이제 그 염소들을 이리로 데려오게. 그러면 전에는 알아보지 못했던 행복을 맛보게 될 걸세. 뿔로 박아대고 고약한 냄새를 폴폴 피워대는 염소들이 없으면 자네의 누추한 집이 궁궐처럼 느껴지겠지. 이 땅 위에서는 모든 게 상대적이라네.' 제 처지도 똑같아요, 시몬 아르카디에비치, 저도 하느님에게 이러쿵저러쿵 투덜댔죠. 재우고 먹여야 하는 장인과 딸아이가 있거든요. 힘들게 일했지만, 가족을 잘 먹이지 못했어요. 하지만 어쩌겠어요, 약간의 빵을 위해 많은 땀을 흘려야 하는 게 인간의 삶인걸요. 구시렁거린 제 잘못이죠. 최근에 제 동생이 죽었다는 전갈이 왔어요. 이제 제수가 아이 둘을 데리고 우리 집으로 올 겁니다. 군식구가 셋이나 늘어나는 셈이죠. 죽어라 일해라, 불쌍한 인간, 가난한 유대인아! 넌 땅에 묻히고 나서야 쉬게 될 팔자이니⋯."

이렇게 해서 아다는 자신에게 사촌들이 있다는 것과 그

들이 곧 온다는 사실을 알게 되었다. 아다는 그들의 모습을 상상해보려 했다. 그것은 시간 가는 줄 모르고 푹 빠져들 수 있는 놀이였다. 한번 상상에 빠지면 아이는 주변에서 무슨 일이 일어나는지 들리지도 보이지도 않는 것 같았다. 그러다 마치 꿈에서 깨어난 것처럼 현실로 돌아오곤 했다. 아다는 아버지가 아르카디에비치에게 하는 말을 들었다.

"스미르나*에서 건포도가 온다던데, 관심 있으세요?"

"날 좀 내버려둬! 그 빌어먹을 건포도 가지고 나더러 어쩌라고?"

"왜 화를 내세요? 화낼 일은 아니잖아요…. 그건 그렇고, 니즈니** 면직을 싼 가격에 드릴 수 있는데, 어떠세요?"

"면직 따윈 거저 줘도 싫으니 썩 꺼지게!"

"그럼 파리에서 들어온 부인용 모자는요? 철도 사고로 살짝 망가져서 국경에 묶여 있는데, 반값에 살 수 있다면 관심 있으세요?"

"음… 얼만데?"

거리로 나오자, 아다가 아버지에게 물었다.

"숙모랑 사촌들이 이제 우리 집에서 살아요?"

"그래."

---

* Smyrna, 튀르키예 이즈미르의 옛 이름.
** Nijni, 니즈니타길, 우랄 산맥에 위치한 러시아 도시.

아버지와 딸은 인적이 끊긴 넓은 대로를 따라 걸었다. 야심 찬 계획에 따라 새로 닦은 가로(街路) 몇 개가 도시를 관통했다. 길들은 양쪽에 늘어선 보리수 사이로 기병 중대가 행진할 수 있을 정도로 넓었지만, 지금은 바람만이 날카롭고 쾌활한 소리와 함께 먼지를 휘몰아치며 끝에서 끝까지 가로질렀다. 여름 저녁이었고, 하늘은 맑고 붉었다.

"집에 여자가 있게 될 거야. 너도 돌봐주고…" 아버지가 슬픈 눈길로 아다를 보며 마침내 입을 열었다.

"난 돌봐주지 않아도 돼요."

아버지가 고개를 저었다.

"나스타샤가 물건을 슬쩍하지도 못할 거고, 네가 종일 날 따라다니지 않아도 되고…."

"내가 따라다니는 게 싫으세요?" 아다가 떨리는 작은 목소리로 물었다.

아버지가 아다의 머리카락을 부드럽게 쓰다듬으며 말했다.

"좋기는 하다만, 네 작은 다리가 아프지 않도록 내가 천천히 걸어야 하잖니. 우리 중개인들은 뛰어다니면서 밥벌이를 한단다. 빨리 뛰어야 부자들 집에 일찍 도착하니까. 다른 중개인들은 나보다 빨리 뛰어서 더 많은 돈을 벌어. 그들은 자식들을 따뜻한 집에 두고 올 수 있거든."

'아내가 있는….' 그는 속으로 생각했다.

하지만 죽은 사람 얘기는 금물이었다. 자칫 질병과 불행의 주의를 끌 수도 있으니까(마귀들은 호시탐탐 먹잇감을 노리고 있었다). 아이에게 슬픔을 안기고 싶지 않았다. 언제든 가장 소중한 것들을 앗아갈 준비가 되어 있는 삶이란 게 얼마나 힘들고 불확실한지 앞으로도 충분히 배울 테니까…. 결국, 과거는 과거일 뿐이다. 지난 일에 연연하다가는 사는데 필요한 힘을 잃기 마련이다. 이렇게 해서, 죽은 엄마의 무덤에 한 번도 가본 적 없는 아다는 엄마에 대해, 그녀의 짧은 생에 대해 한마디도 듣지 못하고 그 이름조차 제대로 알지 못한 채 자라야 했다. 세월에 닳아 희미해진 사진이 집에 있기는 했다. 교복 차림에 길고 까만 머리카락을 풀어서 어깨 위로 늘어뜨린 아주 젊은 여자 사진이. 커튼이 드리운 그늘에 반쯤 가려진 얼굴은 원망의 눈길로 산 자들을 쫓는 것 같았다. 두 눈은 이렇게 말하는 것 같았다. '나도 너희와 같았단다. 그런데 왜 날 무서워하니?' 성격이 부드럽고 소심한 편이긴 했지만, 먹을 것도, 잠도, 두려움도, 모진 말다툼도, 인간적인 거라곤 아무것도 없는 왕국에 살아가는 그녀의 존재가 아다는 무섭기만 했다.

아다의 아버지는 제수와 조카들이 오는 게 달갑지만은 않았지만, 오랫동안 방치된 집은 정말이지 너무나 더러웠다. 게다가 어린 딸을 돌봐줄 여자가 필요했다. 본인은? 결혼할 당시에는 그에게도 꿈이란 게 있었지만, 지금은 그냥 모든 걸 체념하고 일자무식 가난뱅이로 살기로 마음 먹었다. 그 자신은, 요컨대 그의 욕망은 조금도 중요하지 않았다. 우리는 자식들을 위해 일하고, 살아가고, 희망을 품는다. 그들이 우리의 살과 피가 아닌? 아다가 자신보다 더 많은 지상의 부를 누리고 산다면, 그는 그것으로 만족했다. 그는 부잣집 아이들처럼 잘 차려입은, 수 놓은 예쁜 드레스를 입고 곱게 머리를 땋은 아다를 상상했다. 그가 어떻게 아이를 차려입힐 수 있겠는가? 그가 튼튼한 옷감만 확인하고 산 헐렁하고 긴 옷을 입은 아이는 늙고 병들어 보였다. 가끔은 색깔도 영 어울리지 않았다…. 그는 마뜩잖다는 듯 아이가 입고 있는 체크무늬 원피스와 식모 나스타샤가 만들어 준 작은 벨벳 카라코 윗도리를 흘낏했다. 아이의 이마를 덮은 무성한 앞머리와 삐뚤빼뚤 잘라놓은 목덜미의 검은 곱슬머리도 마음에 들지 않았다. 불쌍한 것, 목이 어쩜 저렇게 가는지…. 그는 짠한 마음에 아이의 목을 손으로 잡아 부드럽게 감싸 쥐었다. 하지만 그는 유대인이기에, 잘 먹고 곱게 자라 나중에 부자와 결혼하는 아이를 꿈꾸는 걸로 만족할 수 없었다. 그래서 그는 아이에게서 어떤 재능을, 놀라운 소질을 찾고 싶어했다. 나중에 위대한 음악가나 배우가 될 수도 있지 않을까? 물론 그의 욕망은 한계가 있는 소박한 것이었다. 그에게는 딸밖에 없었으니까. 아! 헛된 소망, 꺾여버린 희망! …아들! …사내아이! 그러나 하느님은 원치 않으셨다…. 하지만 그는 노후를 편안하게 해주기는커녕 슬픔과 치욕만 안기는 천벌이나 다름없는 골칫덩이 아들들 때문에 마음 편할 날 없는 친구들을 떠올리며 마음의 위로를 얻었다. 정치에 관심을 가진 아들들은 감옥에 갇히거나 해외로 쫓겨났고, 다른 아들들은 머나먼 외국 도시를 떠돌았으니. 그렇다고 나중에 아다가 스위스, 독일, 혹은 프랑스로 공부하러 가는 걸 반대할 마음은 없었다…. 하지만 그러려면 죽어라 일하고 한 푼이라도 모아야 했다. 그는 제안할 물건의 품목을 적어놓은 꾀죄죄하고 작은 수첩을 들여다보고는 걸음을 재촉했다.

3

　저녁이 되면 온 식구가 비좁은 식당의 긴 가죽 침상에 모여 앉아 차를 마셨다. 한 잔, 또 한 잔, 아다가 자기 의자 위에서 잠들 때까지 설탕 조각을 깨물어가며 레몬 한 조각을 띄운 진하고 뜨거운 차를 마셨다. 부엌문이 늘 열려 있어서 화덕의 매캐한 연기가 스며들었다. 나스타샤는 가끔 노래를 부르거나 술 취한 목소리로 투덜거리면서 요리를 휘젓고 난로 속 땔감을 뒤적였다. 맨발에 머릿수건을 동여맨, 뚱뚱하고 둔한 그녀는 늘 술 냄새를 풍겼다. 만성적인 치통에 시달려서 색바랜 낡은 천으로 넙데데하고 붉은 얼굴을 감싸고 있었다. 그래도 그녀는 그 동네의 메살리나*였고, 부엌 한구석에 놓인 침대를 가리는 더럽고 찢어진 커튼 앞에

인근 막사에서 온 군인의 장화 한 켤레가 놓여 있지 않은 밤은 드물었다.

아다의 외할아버지는 사위 집에 얹혀서 살았다. 그는 코가 가늘고 길며 이마가 훤하고 온 얼굴이 하얀 수염으로 덮인 잘생긴 노인이었다. 그의 삶은 아주 묘했다. 그는 젊은 시절에 게토를 떠나 러시아와 유럽을 여행했다. 돈이 아니라 공부에 대한 갈증 때문에. 그는 떠날 때만큼이나 가난한 상태로, 하지만 책으로 가득한 가방을 들고 돌아왔다. 그의 부친은 이미 세상을 떴고, 그에게는 부양할 어머니와 시집 보낼 누이들이 있었다. 그는 자신의 방랑, 경험, 꿈에 대해 일절 말하지 않았다. 보석상인 아버지의 가게를 물려받아, 아래 구역의 신혼부부들에게 변변찮은 은그릇이며 우랄산맥에서 나는 보석들로 장식된 반지나 브로치를 팔았다. 계산대 뒤에서 하루를 보내긴 했지만, 날이 저물자마자 문을 걸어 잠그고 책으로 가득한 가방을 열었다. 사각사각, 귀에 거슬리는 소리가 나는 낡은 펜으로 두툼한 종이 뭉치에 뭔가를 계속 써댔다. 아다로서는 결코 끝을 볼 수 없었던, '샤일록의 성격과 재평가'라는 이해할 수 없는 제목이 붙은 책이었다.

가게는 시녀 가족이 사는 집의 지층에 있었다. 저녁에 차

---

* Messaline, 고대 로마 제국에서 가장 방탕했던 황후.

를 마시고 나면, 외할아버지는 원고를 팔에 끼고 잉크병과 펜을 손에 든 채 가게로 내려갔다. 석유등이 탁자 위에서 연기를 뿜고, 장작을 채운 난로가 씩씩거리며 열기와 붉은빛을 퍼뜨렸다. 아버지가 다시 도시로 나가고 나면, 아다는 나스타샤를 병사의 품에 맡긴 채 졸음으로 무거운 눈을 비비며 외할아버지의 곁으로 내려갔다. 아이는 벽에 기대놓은 의자 위로 조용히 미끄러졌다. 외할아버지는 늘 책을 읽거나 글을 쓰고 있었다. 문틈으로 스며든 차가운 바람에 긴 수염 끝자락이 살짝 휘날렸다. 우수에 찬 평화가 흐르던 겨울 저녁은 아다의 삶에서 가장 달콤한 순간이었다. 라이사 숙모와 사촌들이 집에 오면, 그런 저녁들은 더는 없을 터였다.

라이사 숙모는 뾰족한 턱과 코, 신랄한 혀, 바늘 끝처럼 반짝이는 날카로운 눈을 가진, 비쩍 마르고 예민하고 매몰찬 여자였다. 게다가 안 그래도 가는 허리를 가슴께까지 올라오는 코르셋과 버클 달린 좁은 허리띠로 죌 정도로 허영심이 많았다. 머리카락은 붉었는데, 불붙은 듯한 머리카락과 길쭉하고 생기 없는 얼굴이 대비되어 아주 이상하고 처연해 보였다. 머리를 이베트 길베르* 스타일로 손질해서 뽀글뽀글한 머리 타래가 이마와 관자놀이를 덮었다. 그녀는 호리호리한 상체를 살짝 뒤로 젖힌 채 극도로 곧은 자세를

---

* Yvette Guilbert(1867-1944) 19세기 말 파리 유흥가를 지배한 전설적인 가수.

취했고, 얇은 입술을 꽉 다물고 눈꺼풀을 반쯤 감은 채 날카로운 눈으로 쏘아보곤 했다. 모든 걸 꿰뚫는 듯한 그 끔찍한 눈길에서 벗어날 수 있는 건 아무것도 없었다. 기분이 좋을 때면 목을 부풀리고 어깨를 가볍게 흔드는 독특한 습관이 있었는데, 그럴 때면 마치 앞날개를 흔들어대는 가늘고 긴 벌레 같았다. 호리호리하고 분주하고 발랄한 악의를 지닌 그녀는 말벌을 떠올리게 했다.

라이사 숙모도 젊었을 때는 남자들에게 제법 인기가 많았다. 그 시절을 떠올리며 내쉬는 가벼운 한숨이 그것을 짐작하게 했다. 그녀는 야심 많은 사람이었다. 그녀는 인쇄소 주인인 이다의 숙부와 결혼했는데, 남편을 잃은 후로 자신이 하층계급으로 추락했다고 느꼈다. 입술 위를 떠도는 오만하고 경멸에 찬 옅은 미소를 지으며, 지식인들과 사귀던 자신이 이젠 친척에게 빌붙어 사는 불쌍한 과부로 전락했다고 한탄하곤 했다. 자비심 덕에 입에 풀칠이나 하는 불쌍한 존재! 이제는 갈 데까지 가서, 유대인 동네의 누추한 가게 위층에 거주하고 있다니!

그녀는 이다의 아버지에게 자주 이렇게 말했다.

"이사*, 아무리 그래도 시너라는 성을 가졌으면 좀 덜 더럽고 덜 손가락질 받는 곳에서 자식을 키워야 하는 거 아니

* 아버지의 이름인 '이스라엘'의 줄임말.

에요? 잊으신 모양인데, 나는 목숨이 붙어 있는 한 내 가엾은 남편의 성, 그러니까 이사의 성이 시너라는 걸 잊지 않을 거예요."

아다는 평소 자기 자리인 낡은 침상 위, 사촌 릴라와 벤 사이에 앉아 그 말에 귀를 기울였다. 아마 라이사 숙모가 도착한 직후였을 것이다. 그것은 아다의 최초의 기억 중 하나였다. 그들은 차를 마시고 있었다. 외할아버지, 아버지, 라이사 숙모는 광장의 중고 장터에서 산, 왜인지는 알 수 없지만 '비엔나 의자'라 불리던 뒷면이 검은 등나무 의자에 앉아 있고, 아이들은 높고 곧은 등받이가 달린 갈색 가죽 소파에 모여 있었다. 아다에게 그 집은 언제나 어두컴컴하고 을씨년스러워 보였다. 실제로 그렇기도 했다…. 아주 오래된 집이었는데, 방 네 개가 어둡고 좁은 복도와 깊은 벽장들로 둘러싸여 있었다. 방들이 높이가 다 달라서 집을 둘러보려면 삐걱거리는 층계를 오르내리고, 용도가 뚜렷하지 않은 골방들을 지나야 했다. 벽돌이 깔려 있어서 몹시 추운 골방에는 날이 저물자마자 마당에 세워진 가로등의 창백하고 떨리는 불빛이 천창을 통해 스며들었다. 아다는 그 집에서 자주 두려움을 느꼈지만, 침상이 피신처 노릇을 톡톡히 했다. 아이는 거기서 놀았고, 아버지를 기다렸으며, 어른들이 아이를 재우는 것을 잊고 두런두런 얘기를 나누는 저녁에는 거기서 잠이 들었다. 아이는 낡은 이미지들이 새겨진 쿠션들 뒤에 가장 아끼던 부서진 장난감과 크레용들을 감췄다. 침상은 워낙 낡아서 벗어진 가죽이 곳곳에 늘어져 있고 용수철은 삐걱거렸다. 하지만 아이는 그 침상을 무척 좋아했다. 앞으로는 벤이 거기서 잘 터였다. 그래서 아이는 소중한 것을 잃었다고, 빼앗겼다고 느꼈다.

아다가 차가 가득 든 사발을 두 손으로 떠받치고 어찌나 열심히 호호 불어대는지 작은 얼굴이 사발 속으로 사라질 것만 같았다. 그래서 어른들 눈에는 아이의 이마를 덮는 무성한 갈색 머리카락밖에 보이지 않았다.

모처럼 기분이 좋아 상냥하게 굴고 싶었던 라이사 숙모가 그런 아다를 보며 말했다. "이리 오렴, 아도츠카. 예쁜 리본으로 머리 묶어줄게."

아다는 고분고분 일어났지만, 어른들의 다리와 탁자 사이로 난 좁은 통로를 지나가야 했다. 아이는 천천히 돌아서 갔다. 아다가 곁에 왔을 때, 라이사 숙모는 이미 머리 묶어주는 일을 까맣게 잊었다. 아다는 아버지의 무릎 위로 올라가 어른들의 얘기에 귀를 기울이며 아버지의 담배에서 피어오르는 연기 고리 속으로 손가락을 넣어보려고 애썼다. 담배 연기는 아이가 손을 내밀자마자 흩어져 푸르스름하고 가볍고 흐릿한 작은 반지들이 되었다.

"우리는 시너 집안의 사람들이에요." 라이사 숙모가 자랑스럽다는 듯 말했다. "이 도시에서 가장 돈이 많은 사람이 누구죠? 솔로몬 시너 노인이에요. 그럼 유럽에서는?"

그녀가 아다의 외할아버지를 쳐다보며 말했다.

"에제키엘 르보비치, 어르신은 여행을 해보셨으니 런던 과 빈에 있는 우리 집안의 궁궐들을 직접 보셨죠?"

아다의 아버지가 당황한 듯 희미하게 웃으며 말했다.

"그렇게 가까운 친척은 아니에요."

"정말요? 그렇게 가깝지 않다고요? 왜 그렇죠? 당신 할 머니가 시너 노인과 사촌지간 아니에요? 그들은 둘 다 맨발 로 진흙탕을 뛰어다녔어요. 그러다가 그녀는 베르디체프에 서 옷과 낡은 가구 장사를 하던 할아버지와 결혼했죠."

"그런 사람들을 헌 옷 장수라고 불러요." 벤이 갑자기 끼 어들었다.

"넌 입 다물고 있어." 라이사 숙모가 매섭게 꾸짖었다. "잘 알지도 못하면서! 헌 옷 장수는 낡은 옷 보따리를 짊어 지고 집집마다 돌아다니면서 파는 사람이야. 하지만 할아 버지한테는 가게도 있고 점원도 있었어. 경기가 좋을 때는 둘씩이나 됐지. 바로 그 호경기에 솔로몬 시너는 부지런히 일해서 부를 쌓았고, 그의 자식들이 사업을 번창시켜서 더 많은 돈을 벌었어. 그래서 지금은 로스차일드* 집안에 맞먹 는 부자가 됐지."

---

* Rothschild. 독일-유대계 혈통의 국제적 금융 재정 가문. 오늘날도 세계 경제를 쥐락펴락하는 것으로 알려져 있다.

하지만 그녀는 영 미심쩍어하는 가족의 표정을 보고 자신이 지나쳤다고 느꼈다.

"물론 로스차일드 집안보다 몇백만쯤 적기는 하겠죠. 모르긴 해도 이삼백만 정도? 하지만 그들도 엄청난 부자예요. 우리는 그들의 친척이고요. 이걸 잊지 말아야 해요. 불쌍한 이사, 당신도 좀 더 대담해지면, 우리 남편 말마따나 태어날 때부터 짓고 있었다던 그 얻어맞은 개의 표정만 벗어던지면, 이 도시에서 내로라하는 인물이 될 수 있을 거예요. 돈도 돈이지만, 혈육은 배반하지 않는 법이죠."

"돈이라…." 아버지가 중얼거렸다.

아버지가 한숨을 내쉬고 희미하게 웃었다. 모두 입을 다물었다. 그가 잔에 차를 약간 따르고 고개를 끄덕이며 마셨다. 돈은 모든 사람에게 좋은 것이지만, 유대인에게는 물만큼이나, 숨만큼이나 꼭 필요한 것이었다. 돈 없이 어떻게 살겠는가? 뇌물은 어떻게 바치겠는가? 정원이 이미 차버린 학교에 아이들을 어떻게 집어넣겠는가? 여기저기 갈 수 있고 이것저것 팔 수 있는 허락을 어떻게 받아내겠는가? 군 복무를 어떻게 피할 수 있겠는가? 아! 맙소사, 돈이 없으면 어떻게 살아갈 수 있겠는가?

외할아버지는 입술을 가볍게 움직이며 속으로 그의 책 제12장 일곱 번째 문단에 필요하지만, 자꾸 잊고 마는 시편 하나를 계속 웅얼거리고 있었다. 그에게 가족의 수다는 존재하지 않는 거나 마찬가지였다. 사리사욕에서 벗어나 명상에 들지 못하고 순수한 사색에 몰두하지 못하는 천박한 존재들이나 바깥세상의 일을 중요하게 여긴다고 그는 생각했다.

라이사 숙모는 혐오감을 감추지 못한 채, 부엌에서 들어온 연기가 자욱하고 시도 때도 없이 외풍이 드는 지저분하고 무질서한 집 안을 둘러보았다. 은색 종려나무로 장식된 짙은 녹색 벽지는 더럽고 곳곳이 찢겨 있었다. 유일한 플러시 천 안락의자는 닳아서 해졌고 다리 길이가 맞지 않았다. 강둑 쪽에서 경관들에게 얻어맞는 술꾼의 처절한 비명이 들려왔다. 그녀는 이제 자기 힘만으로 번듯하게 살아볼 희망을 잃었다. 예전에는 그래도 최선을 다해 몸부림을 쳤었다. 결혼 전, 그녀는 자신의 미래를 중매쟁이에게 맡기지 않았다. 똑똑하고 진지한, 출세할 싹수가 보이는 대학생 중에서 스스로 신랑감을 찾았다. 몇 번이고, 지치지 않고, 그들 중 하나가 마침내 덫에 걸려들 때까지 — 얼마나 공을 들였던가! — 사냥을 다시 시작했다. 밤의 고요 속에서 방에 홀로 처박혀서 얼마나 많은 비단 치마의 밑단을 접어 감치고, 얼마나 많은 낡아빠진 모자를 수선했던가! 저물녘이면 혼기를 맞은 선남선녀가 활보하는 고향 도시의 대로를 얼마나 오랫동안 거닐었던가! 마음에 드는 남자를 더 예쁘고 부유한 친구들에게서 빼앗기 위해 얼마나 많은 추파를 던지

고, 얼마나 많은 치욕을 말없이 삼키고, 얼마나 많은 술책을
부리고, 얼마나 길고 끈기 있게 심사숙고했던가! 정말이지
잔인하고 고요하고 기나긴 전쟁이었다! 하지만 이제 남편
을 잃고 빌붙어 사는 그녀가 무엇을 할 수 있겠는가? 그녀
는 이제 늙었다. 숱한 투쟁과 책동 끝에 쟁취한 남편은, 도
시에서 가장 큰 인쇄소를 운영하던 훌륭한 남편은 어느 날
갑자기 세상을 떴다. 열두 살이 된 깜찍한 릴라와 말썽꾸러
기 벤을 남겨둔 채! 이제 릴라만이 유일한 희망이었다.

갈색 머리, 뽀얀 살결, 부드럽고 진지해 보이는 아리따운
얼굴, 원피스 교복 차림에 목뒤로 늘어뜨린 머리카락을 크
고 납작한 검은 새틴 리본으로 묶은 릴라, 그리고 길고 검은
곱슬머리에 목이 너무 가늘어 투명하게 느껴지는 벤이 나
란히 붙어서 아주 곧은 자세로 앉아 있었다. 그들은 호기심
어린, 겁에 질린 눈길로 주변을 둘러보았다. 벤은 겁에 질
린 게 아니라 오히려 비웃는 것처럼 보였다. 여섯 살인 벤은
나이에 비해 키가 작았지만, 냉소적이고 되바라지고 신랄
한 표정 때문에 — 그토록 작은 존재에게 그런 감정들이 가
능하다면 — 나이가 더 들어 보였다. 때때로 그 아이는 병약
하지만 꾀바른 원숭이를 떠올리게 했다. 그의 얼굴은 잠시
도 가만히 있지 못하고 연신 옴짝거렸다. 말을 거의 하지 않
았지만, 눈길과 웃음이 많은 것을 말해주었다. 두 손이 끊임
없이 움직이고, 입술도 쉬지 않고 달싹였다. 그는 조롱 삼

아, 그리고 무의식적인 모방본능에 따라 어머니, 큰아버지, 할아버지의 태도를 번갈아 흉내 냈다. 그는 모든 것에 열광했다. 그는 설탕통 뚜껑을 열고는 그 안에 갇힌 파리를 살폈다. 두 눈을 깜빡거리고, 혐오스럽다는 듯 인상을 찌푸리고, 작은 다리들의 움직임을 더 잘 포착하기 위해 고개를 숙이고 들여다보다가, 손으로 파리를 잡아 아다의 찻잔에 슬며시 떨어뜨렸다. 큰아버지의 손목시계를 집어 들어 민첩한 손가락으로 뚜껑을 열고는 바늘들을 돌려보았다. 가끔은 자기 자리에서 미끄러지듯 벗어나기도 했다. 창문으로 다가가 창백하고 날카로운 얼굴을 창유리에 붙였다. 창유리는 서리로 덮여 있었다. 그는 고개를 좌우로 아주 빠르게 움직였고, 그러자 그의 숨결이 유리에 낀 서리에 축축하고 어두운 원을 만들었다. 그런 식으로 그는 모든 가게의 불이 꺼진, 사람 하나 지나가지 않는 거리를 내다보았다. 그러고 나서 릴라 곁으로 다시 돌아왔다.

아다는 연기로 찌든 낡은 천장에서, 그림자와 얼룩들 속에서 자신에게만 보이는, 고개를 특정 각도로 기울여야 나타나는 하얀 얼굴을 찾았다. 그 얼굴은 아다를 내려다보며 알 수 없는 신호를 보냈다. 아다는 살며시 웃으며 아빠의 어깨 뒤로 숨었다. 그러고는 눈을 감고 잠이 들었다.

4

아다는 이제 일곱 살이었다. 아다는 숙모와 사촌들과 함께 사는 데에 조금씩 익숙해졌다. 릴라와 벤은 아다를 괴롭히지 않고 그냥 내버려두었다. 라이사 숙모는 아버지가 있을 때만 아다를 돌보는 척했고, 어서 돈을 벌고 싶었던 아버지는 더는 딸을 데리고 다니지 않았다. 따라서 아다는 전보다 훨씬 방치된 상태로, 낡은 침상이나 마당에서 조용히 놀면서 시간을 보냈다. 릴라는 일요일마다 사촌 동생을 데리고 외출했다. 도시의 고등학생들을 만나러 갈 때는 저만치앞서서 얌전히 뛰어다니다가 집에 돌아와서는 아무것도 일러바치지 않는, 시키는 대로 온갖 거짓말을 해대는 어린 여동생이 있어서 편했다.

청춘 남녀들은 겨울에는 주로 빵집에서 만났고, 사랑이 식욕을 돋우는 나이인지라 크림과 분홍색 설탕을 얼려 속을 채운 어마어마한 양의 프티 쾨르(하트 모양 과자)를 먹어 치웠다. 아다에게도 선심 쓰듯 한두 개씩 건네면서. 과자를 먹을 때는 외투 주름 속에 부스러기를 흘리지 않게 조심해야 했다. 엄마의 예리한 눈에 띄었다가는 난리가 날 테니까. 아닌 게 아니라, 라이사 숙모는 섬뜩한 냉소를 지으며 릴라에 대해 이렇게 말하곤 했다.

"내 딸도 나는 못 속여. 보헤미안 집시가 눈 뜨고 도둑맞는 거 봤어?"

이 말은 자신의 이득을 위해 갖은 술수를 부려본 사람보다 더 꾀바를 수는 없다는 지역 속담이었다. 물론 라이사 숙모는 자신이 무슨 얘길 하는지 아는 것처럼 보였지만, 귀가한 릴라의 붉게 달아오른 뺨, 그늘진 눈, 풀어헤친 머리카락은 눈치채지 못했다. 여름이 되면 그들은 공원에서 만났다. 도시에는 네 개의 공원, '니콜라이 공원'과 '식물원', 그리고 언덕 위의 '차르 공원'과 '상인 서클'이 있었다. 먼지가 자욱하게 날리는 일요일이면, 납작한 밀짚모자, 봉긋 솟아오른 가슴이 돋보이도록 잘록하게 묶은 앞치마, 엉덩이 부분을 부풀린 원피스 차림으로 서로 팔짱을 낀 여학생들과 밝은색 셔츠 차림에 황실의 독수리 문양이 새겨진 요대로 허리를 졸라매고 챙모자를 승리자처럼 당당하게 뒤로 젖혀 쓴

남학생들이 야외음악당 주변을 돌아다녔다. 달콤한 눈길과
은밀한 쪽지들을 주고받으며. 붉게 물든 저녁 공기 속에 군
악대의 관악기 소리가 울려 퍼졌다. 학교에서 나온 감독관
들이 학생들의 애정 행각을 감시하며 이곳저곳을 돌아다녔
다. 풍기 단속은 엄격했다. 하지만 학생들은 달아났다가도
날이 어두워지면 철책 너머에서 다시 만났다. 그들은 아이
스크림 장수가 작은 종을 흔들며 지나가는 텅 빈 대로를 천
천히 걸어 내려왔다. 아다는 사촌 언니에게서 작은 초콜릿
아이스크림을 받아 들고 앞으로 쪼르르 달려가, 아이스크
림이 따뜻한 저녁 공기 속에서 천천히 녹는 동안 집들의 수
상한 그림자를 살피며 행인이 보일 때마다 휘파람을 불어
두 연인에게 신호를 보냈다.

　어느 봄날, 릴라와 그녀의 남자친구는 아다를 데리고 식
물원으로 산책하러 갔다. 식물원은 오랫동안 방치되어 황
량했다. 쇠창살 우리에는 벌레에게 갉아 먹힌 코카서스 독
수리 한 마리, 늑대 가족, 갈증에 허덕이는 곰 한 마리 등, 몇
몇 동물이 반수(半睡) 상태로 살아가고 있었다. 우리 하나는
비어 있었다. 한때 여우들이 살았는데, 사람들 말로는 몇 년
전에 땅굴을 파고 도망쳐버렸다고 했다. 이제는 쇠창살, 녹
슨 커다란 빗장, 그리고 '여우'라고 적힌, 바람에 흔들리는
팻말만이 남아 있었다. 그러나 아다는 여우 새끼가 집으로
돌아오기를 바랐다. 그래서 부질없게도 창살에 얼굴을 바

싹 붙이고 이렇게 불러댔다.

"이리 좀 나와봐. 너희가 거기 있다는 거 아무한테도 말
하지 않을게!"

실망한 아다가 결국 자리를 뜨며 늑대들과 독수리를 향
해 빵 조각을 던져주었다. 하지만 병든 짐승들은 아무 관심
없는 듯 꼼짝도 하지 않았다. 아다는 릴라를 흘낏했다. 릴라
는 어린 사촌 동생을 돌볼 생각은 조금도 하지 않고 열다섯
살 중학생 곁에 다소곳이 앉아 있었다. 아다는 심심했다. 모
기들이 아다의 맨팔을 물어댔다. 아이는 산책길을 한 바퀴
돌았다. 처음에는 천천히 걸어서, 나중에는 깨금발로, 지역
사람들이 '디드코'와 '바브코'(할아버지와 할머니)라고 부르
는 두 개의 큰 바위에 도착할 때까지. 두 바위는 이목구비가
반쯤 지워진 사람과 막연하게 닮은 구석이 있었다. 아다는
예전에 이교도들이 바위들을 폭풍의 신과 그의 아내, 다산
의 여신으로 숭배했다는 말을 어른들에게 들었다. 바위 부
부의 발치에는 제물의 피가 흐르도록 고랑을 파둔 제단의
흔적이 아직 남아 있었다. 하지만 아다에게 바위들은 친근
한 친구들, 따스한 햇볕을 받으며 그들 거처의 문턱에서 꾸
벅꾸벅 졸고 있는 할아버지, 할머니였다. 아다는 전에 왔을
때 낙엽과 마른 가지를 모아 그들 뒤에 두더지 굴만 한 작은
오두막을 만들어놓았다. 아다는 거기가 그들의 집이라고,
그들이 햇볕을 받으며 쉬기 위해 잠깐 나왔고, 밤이 되면 오

두막으로 들어가 잘 거라고 상상했다. 아다는 속이 검고 씁쓸한 향기가 나는 노란색 데이지로 화관을 만들어 사나운 할머니의 이마에 씌워주었고, 늙은 폭풍의 신 어깨 위로 기어 올라가 개처럼 쓰다듬어주기도 했다. 하지만 곧 다시 심심해졌다.

아다가 릴라에게 다가가 옷을 잡아끌며 졸랐다.

"이제 산책하러 가자."

릴라가 한숨을 내쉬었다. 성격이 순하고 무른 릴라는 떼를 쓰는 아다에게 오래 버티지 못했다. 릴라는 나중에 힘껏 불면 부풀면서 날카로운 소리가 나서 '장모 혓바닥'이라고 불리는 붉은색 풍선이나 사탕 따위를 사주겠다며 아다를 꾀려 했다. 그러나 아다는 허망한 약속에 넘어가지 않았고, 릴라와 남자친구에게는 당장 돈이 없었다.

그래서 그들은 할 수 없이 잎과 이끼로 뒤덮인 은신처를 떠났고, 식물원을 벗어나 언덕 위쪽으로 올라갔다.

그곳 집들은 얼마나 아름다운지! 아다는 한 번도 거기까지 가본 적이 없었다. 단단히 잠긴 높은 철책이 나올 때마다 아다는 얼굴을 대고 보리수가 서 있는 넓은 정원을 들여다보았다. 가끔 마차 행렬이 지나갔다. 그곳에 있는 모든 것이 부와 평온을 발산했다. 손잡이에 금박이 입혀진 철책 문 앞에서 아다는 마차 한 대가 서 있는 걸 보았다. 벤 또래의 남자아이가 한 부인과 함께 집에서 나왔다. 아다는 그런 식으로 차려입은 아이를 한 번도 본 적이 없었다. 그녀가 아는 모든 남자아이는 교복이나 유대인 거리의 누더기를 입고 있었다. 하지만 그 아이는 커다란 리넨 목깃이 달린 작잠견(柞蠶繭) 양복을 입고 있었다. 하지만 그 새까만 머리카락과 뾰족한 코, 너무 길어서 신기한 새처럼 앞으로 굽은 섬세한 목, 기름 속에서 타는 불처럼 반짝이는 동시에 흐릿한 큰 눈… 그 아이가 벤과 어찌나 닮았는지 아다는 릴라의 손을 잡고 말을 잇지 못한 채 고갯짓으로 그 아이를 가리켰다. 마차가 출발했다.

"시너 집안사람들이야." 릴라의 남자친구가 말했다.

그러고는 릴라를 보며 물었다.

"너희랑 성이 같잖아? 친척이니?"

"몰라. 아마 아닐 거야." 자신이 사는 아래 구역의 허름한 집을 떠올린 릴라가 창피한 듯 얼굴을 붉히며 웅얼거렸다.

"저 사람들은 유대인인데도 돈이 엄청나게 많아. 저 꼬마 이름이 해리래." 존경심과 경멸감이 묘하게 뒤섞인 이상한 목소리로 남자친구가 말했다. 아직 어렸지만 아다 역시 그 상반된 감정을 아주 쉽게 알아차릴 수 있었다.

그가 양팔로 릴라의 허리를 감싸 안고는 아다에게 명령하듯 말했다.

"손으로 얼굴 가리고 백까지 세."

아다는 순순히 따랐다. 릴라와 남자친구는 오랫동안 입

을 맞췄다. 아다는 손가락 사이로 그들을 훔쳐보았다. 하지
만 곧 심심해져서 돌 위로 올라가 쇠창살 사이로 그 넓고 귀
족적인 집과 주변의 기둥과 그늘진 보리수 나무를 바라보
았다.

그때까지 아다는 영리한 아이가 천부적으로 가지는 호기
심으로 자신을 둘러싸고 있는 세계를 의식하는 것으로 만
족했다. 하지만 외부 세계를 향해 던진 시선이 그녀에게 특
별한 쾌감을 준 적은 한 번도 없었다. 그곳에서 아다는 처음
으로 쾌감을 맛보았다. 날카롭고 부드러운 쾌감이 화살처
럼 아이를 관통했다. 소르베처럼 백합과 피스타치오의 색
깔이 섞인 감미로운 하늘을 본 것도 처음이었다. 후광 없이
둥근, 노랗고 창백한 달이 아직 밝은 하늘에 떠다녔다. 저
멀리 지평선에서 가볍고 부드러운 작은 구름이 달려와 달
속으로 빨려드는 것 같았다. 아다는 그 하늘만큼 아름다운
것을 본 적이 없었다. 시녀 가문의 집처럼 아름다운 것을 본
적이 없었다. 아이는 저녁 어스름 속에서 하나씩 불이 켜지
기 시작하는 창문 중 어느 것이 해리의 침실 창문인지 알아
맞히려고 애썼다. 아다는 별처럼 반짝이는 오른쪽 창문을
골랐다. 철책의 쇠에 달아오른 뺨을 붙이고 낮은 목소리로
중얼거렸다.

"해리… 해리… 해리…."

아다는 하늘과 아름다운 집을 바라볼 때만큼이나 감미로

운, 거의 고통스러운 쾌감을 맛보았다. 고귀하고 독특한 울림을 가진 그 미지의 이름, 그 낯선 이름이 아이의 입술에 마치 입맞춤처럼 맺혔다.

5

나스타샤는 일 년에 딱 한 번, 부활절 전날에만 창유리를 닦았다. 일 년 내내 창유리에는 기름때가 끼어 있고, 바깥쪽은 빗물로, 안쪽은 아이들의 숨결과 더러운 손자국으로 얼룩져 있었다. 그래서 날씨가 아주 좋은 날에도 방들은 어두침침했다. 아다도 벤과 동시에 병이 들어 한 달 가까이 방에서 누워 지내던 때에야 비로소 그 사실을 알아차렸다.

노란 페인트로 바닥을 칠하고 중국 남녀들이 그려진 벽지를 바른 지붕 밑 방이었다. 열이 떨어지지 않으면, 아다와 벤은 침대에 누워 각자 작은 목소리로 눈에 보이는 인물들의 수를 세고 또 셌다. 중국 남자들은 커다란 밀짚모자를 썼고, 맨다리로 지팡이에 기대서서 양산을 쓴 채 교태를 부리는 중국 여자들을 보고 있었다. 양산은 푸른색도 있고 붉은 색도 있었는데, 하필이면 빗물 홈통이 그곳을 지나가는 바람에 생긴 축축하고 시커먼 얼룩이 색깔들을 뒤섞어 자두색에서 맨드라미색으로 옅어지는 보라색으로 만들어버렸다. 두 침대 바로 위에는 심심해진 아이들이 벽지를 뜯고 하얀 회반죽에 연필 끝으로 그려놓은 얼굴과 동물들이 아이들을 내려다보고 있었다. 방구석 천장에는 부활절 전날의 빗자루질을 기다리는 거미줄이 부엌 쪽에서 끊임없이 불어오는 외풍에 부드럽게 흔들렸다. 나스타샤를 찾아온 남자들이 아무 때나 들어올 수 있도록 아파트 안쪽에 있는 문을 늘 열어두었기 때문이다.

아다와 벤이 앓아누웠을 때, 라이사 숙모는 돼지기름 약간과 송진을 섞어 촛불에 뜨겁게 달군 다음, 메마르고 야윈 자신의 손가락에 잔뜩 발라 아이들의 배와 등을 문질러주고 뜨거운 차를 억지로 마시게 했다. 그런데도 낫질 않고 병세가 심각해지자 목에 습포(濕布)를 대주고 아주까리기름을 한 숟가락씩 먹이기도 했다. 릴라가 약의 쓴맛이 가시도록 시내에서 산 슈크림 파이, 혹은 자신을 쫓아다니는 남자아이들의 주머니에서 일주일 이상 굴러다닌 끈적끈적한 사탕을 몰래 건네기도 했다. 그래서 아다와 벤은 병에 걸리는 걸 은근히 기뻐하기도 했다. 하지만 그 병은 정말이지 오래갔다. 고열과 피로, 목과 귀의 통증이 그치지 않았다. 종일 잠을 자거나 종이 인형만 오리고 있을 수는 없어서 아이들은 심심해졌다. 그러다 3주차가 끝날 무렵이 되어서야 벤이 그들의 음울한 나날을 완전히 바꿔놓을 눈부신 생각을 해냈다.

아다와 벤은 세상의 모든 아이처럼 '섬 놀이'를 시작했다. 두 아이는 상상의 나라를 나눠 가졌지만, 그것으로는 부족했다. 두 아이가 '놀이'라고 부른 그것을 누가 먼저 발명했는지는 기억할 수는 없었다. 다른 모든 놀이를 대체한 '놀이'는 이렇게 진행되었다. 세상 모든 아이가 어느 날 아침 모여서 아다와 벤의 지휘 아래 (그들이 발견하게 될) 미지의 나라로 떠나고, 어른은 단 한 명도 없는 곳에서 살게 된다. 그들에게는 그들만의 법, 군대, 장관 들이 있을 것이다. 석공의 아이들은 도시를 건설하고, 도장공의 아이들은 벽에 색을 칠할 것이다. 높은 바위들로 에워싸인 그 나라에는 아무도 들어오지 못할 것이고, 그들을 찾으러 그곳으로 올 사람도 없을 터였다. 어차피 어른들은 성가신 꼬맹이들이 없어지면 오히려 잘됐다고 할 테니까(그들은 그렇게 생각했다)! 그들은 부모들이 징징대는 걸 끊임없이 듣지 않았는가? '애를 키우려면 돈이 너무 많이 들어! …입혀야지, 먹여야지, 가르쳐야지… 그뿐인가, 나중에 크면 시집, 장가도 보내야지! …저 근심덩어리들!' 자식들이 머나먼 곳에서 행복하게 산다는 걸 알게 되면 분명 부모들도 크게 기뻐할 터였다.

아다는 열에 들떠 뺨이 발갛게 달아오른 채 눈을 지그시 감고 출발을 상상했다. 아주 이른 아침이었다. 아니면 빛 한 점 없는 칠흑 같은 밤이거나. 모두 잠들어 있고, 아이들만이 소리 나지 않게 맨발로 몰래 집을 빠져나온다. 모두가 외투 속에 빛이 새어 나오지 않는(이것이 가장 중요했다) 등(燈)을 감추고 있다. 아이들이 도시 바깥에 있는 모종의 장소에 모여 출발한다. 당연히 그들은 늙어서 몸이 무거운 부모들보다 훨씬 빨리 걷는다. 어른들이 그들을 따라잡으려 해도 불가능할 것이다. 아다는 그들 모두를, 동네, 도시, 러시아 전체에서 모여든 아이들을, 어두운 숲이나 강둑에서 야영하는 민첩하고 작은 그림자들을 보았다. 그들은 오랫동안, 몇 주 혹은 필요하다면 몇 달 동안 길을 걸어 그들을 기다리는 나라에 도착할 것이다. 그곳이 어딘지 알지는 못했지만, 아다는 그 나라를 안다고 믿었다. 그곳에는 야생동물이 있어 사냥의 즐거움을 누릴 수 있고, 적들이 있어 전쟁놀이를 할 수 있으며, 척박한 땅이 있어 노동과 정복의 기쁨을 맛볼 수 있다.

"그 나라를 뭐라고 부를까, 벤?"

하지만 이 점에 있어서는 그들도 의견의 일치를 보지 못했다.

"어른들이 우리를 찾으러 경찰을 보내면 어떡하지?"

"왜 그러겠어? 어른들이 우리 걱정을 할 것 같아?"

"그래도… 기억 안 나? 작년에 양복점 집 어린 로즈가 죽었을 때 그 애 엄마가 슬프게 울었잖아…."

"걔는 멍청하니까 죽었지. 우린, 우린 생생하게 살아 있을 거야!"

"그래도 우리가 허락도 안 받고 떠나서 어른들이 화가 나면? 우릴 잡으려고 경찰을 보내면?"

벤이 두 눈을 반짝이며 말했다.

"황제의 아이들도 우리와 함께 있을 거야. 경찰도 그 아이들 말에는 따를 거야, 당연하지!"

"황제의 아이들도 우리랑 같이 갈까?"

"가고말고! 걔들도 우리 같은 아이잖아. 그 아이들이라고 자유롭게 지내는 걸, 집도 짓고, 가게들을 돌아다니며 흥정도 하고 물건도 사는 걸 싫어할 것 같니?"

세부적인 내용이며 새로운 모험이 더해지면서 그들의 놀이는 나날이 풍부해졌다. 아이들은 그들만의 제복과 훈장, 문학, 거리, 법을 가질 터였다.

"그런데 대장은 누가 하지?"

아다와 벤은 서로를 곁눈질했다. 벤은 등을 대고 누워 시트와 이불로 쓰는 회색 모직 숄을 턱까지 끌어당긴 채, 아다는 베개에 팔꿈치를 기대고 상체를 세운 채. 아다에게는 검은 머리카락에 반쯤 가려진 벤의 길쭉하고 가느다란 코끝밖에 보이지 않았다. 아다가 안달이 난 듯 이마를 덮은 갈색 머리카락을 흔들어댔다. 아다의 입술은 고열로 인해 바싹 말랐고, 두 뺨은 발갛게 상기되었다. 아다는 짧은 셔츠와 릴라의 낡은 캐미솔을 겹쳐 입고 있었다. 소매가 너무 헐렁해서 야윈 팔이 그대로 드러났다. 아다는 한 번도 잠옷을 가져본 적이 없었다. 눈에 보이지 않는 속옷보다는 보이는 겉옷에 돈을 쓰는 게 당연해 보였으니까. 아다가 빠르고 단호하게 손짓하며 말했다.

"너나 나나 대장이 안 될 거야. 우리는 대등할 수밖에 없을 테니까. 따라서 우리는 두 개의 정부를 가질 거고, 그러면 전쟁이 벌어질 거야."

"좋아! 못 할 게 뭐 있어? 넌 여자아이들을, 난 남자아이들을 지휘하면 되겠네."

"이 바보야, 누가 이겼는지 결정하려면 최고 대장이 있어야 하잖아!"

"우리가 너희를 완전히 박살 낼 테니까 누가 이겼는지 결정할 사람은 필요 없을 거야!"

"하지만 전쟁 중에는, 우리가 서로 싸우는 동안에는 누가 대장을 할 건데?" 극도로 흥분한 아다가 소리쳤다. "그러는 동안에도…."

아다가 모호한 몸짓을 했다.

"다른 아이들…. 싸우고 싶어하지 않는 아이들을 돌볼 사람이 있어야 하잖아…."

"그래서 넌 누가 대장이 되면 좋겠어?" 벤이 경계하는 표정을 지으며 물었다.

아다가 눈을 내리깔고는 부드럽게 말했다.

"해리 시너."

그 이름을 발음하는 것만으로도 가슴이 저려왔다. 아다는 오랫동안 그 이름을 비밀로 간직했다. 해리와 짧게 마주친 후로 6개월이 흘렀고, 그를 두 번 다시 보지 못했지만, 아다는 그를 한순간도 잊은 적이 없었다. 그런데 그렇게 그 이름을 부르고 나니 그가 벤과 아다 사이에, 그 허름한 방에 불쑥 모습을 드러냈다.

벤이 빈정거렸다.

"그까짓 게 누군데?"

"그까짓 거? 해리는 너보다 더 커!" 남자의 가슴에서 가장 취약한 지점이 어딘지 귀신같이 아는 여성의 본능으로 벤에게 가장 큰 모욕이 무엇인지 기어코 찾아낸(벤은 여덟 살치고는 작은 편이었다) 아다가 분을 못 이겨 떨리는 목소리로 외쳤다.

"해리는 너보다 적어도 이만큼은 더 커." 아다가 손으로 해리의 키를 가늠하며 말했다. "힘도 너보다 세고! 걔는 네가 모르는 것도 많이 알아. 말도 얼마나 잘 타는데."

"걔가 말 타는 거 봤어?"

아다는 거짓말을 하지 않으려고 고개만 끄덕였다.

"거짓말이지!"

"아냐, 진짜야."

그들은 한동안 애가 닳아 일그러진 서로의 얼굴에 대고 '아냐'와 '맞아'를 던져댔다. 목이 터져라 소리를 질러댔다. 소리를 하도 질러 지치고 목이 쉰 아이들이 마침내 입을 다물자, 부엌에서 나스타샤가 앓듯이 부르는 노랫소리가 들려왔다. 라이사 숙모는 도시 부르주아들의 옷을 짓는 알크방 양복점에 옷감을 고르러 갔고, 남자들은 각자 자기 일을 하고 있었으며, 릴라는 학교에 있었다.

"그럼 맹세해!" 벤이 마침내 말했다.

아다는 나스타샤가 하듯이 잽싸게 성호를 그으며 맹세했다.

"성스러운 십자가에 대고 맹세해!"

벤이 잠시 입을 다물고 있다가 말했다.

"말을 타는 건 어렵지 않아. 어려운 건 말을 사는 거지. 걔는 전차 뒤에 올라타지 못할 거야. 거기에 매달려서 경관들에게 들키지 않고 도시를 한 바퀴 돌지도 못할 거고, 시장통 패거리에 맞서서 유대인 거리 아이들을 이끌지도 못할 거고, 십 대 일로 싸우지도 못할 거고…."

"넌 십 대 일로 싸워봤어? 언제?"

"네 이빨 개수보다 더 많이." 벤이 깊은 앙심을 드러내며, 남자는 많아도 정식 청혼은 한 번도 못 받아보지 않았느냐고 빈정대는 청어 장수 아줌마에게 나스타샤가 날린 날카로운 대꾸를 반복했다.

하지만 길길이 날뛰면서 소리를 지르느라 피곤해진 아다와 벤은 결국 입을 다물었다. 이미 어둠이 깔리고 있었다. 한겨울이라 어둠은 빨리 찾아왔다. 바퀴벌레 한 마리가 더듬이를 휘저으며 서두르지 않고 방을 가로질렀다. 다른 녀석들은 난로의 온기에 행복해하며 벽을 기어올랐다. 사람들은 그것들을 잡지 않았다. 집안에 돈이 들어오는 신호라고 믿었으니까. 서리 낀 창유리를 통해 번쩍이는 구두 수선점의 간판이 — 온통 눈가루로 덮이고 희미한 가로등 불빛에 밝혀진, 박차들로 장식된 금박 양철 장화 — 어렴풋이 보였다. 온 세상이 고요했지만, 뭔가 불길한 게 웅크리고 있는 것 같았고, 무엇보다 기쁨이 없었다. 아다는 이마와 뺨을 베개에 묻고 눈을 감았다. 내리감은 눈꺼풀 아래에서 어둠을 뚫고, 뜨겁고 검은 여름밤의 어둠을 뚫고 길게 뻗은 길을 보았다. 아다는 해리와 함께 걷고 있었다. 해리가 피곤해해서 아다가 부축해주었다. 해리가 배고파서 아다가 먹을 것을 주었다. 그다음엔 아다가 무섭고 춥고 아파졌다. 이번에는 해리가 그녀를 위로하고 다독이고 지켜주었다. 놀이가 꿈과 비슷하게 변하면서 이미지가 선명해졌다. 하지만 그것은 동트는 첫새벽처럼 창백하고 회색을 띤 독특한 빛에 젖어 있었다. 그리고 소리들, 함께 달아난 아이들의 목소리,

해리의 웃음소리, 그들의 발소리가 또렷해졌지만, 너무 멀어서 희미하게 들리는 것 같았다. 해리! 그 얼마나 멋진 이름인지… 왕자나 가지는 이름… 그 이름만으로도 사랑을 싹트게 하기에 충분할 것 같았다…. 문턱까지만이라도 들여보내준다면, 해리의 방과 장난감들을 볼 수만 있다면…. 아마 해리는 그녀에게 그것들을 만져보게 해줄 터였다. 아마 그는 책이며 알록달록한 상자, 풍선들을 그녀의 품에 안겨주면서 이렇게 말할 터였다.

"받아. 함께 놀자."

아다는 해리가 자신의 귀에 대고 이렇게 속삭이는 걸 들은 것만 같았다. 아다는 열에 들떠 비몽사몽 상태로 빠져들었다. 아다는 바로 곁에서 해리의 뺨을, 과일처럼 신선하고 부드러운 뺨을 느꼈다. 아다는 그의 손을 잡았다. 그러고는 잠이 들었다.

6

아래 구역의 유대인들은 신앙심이 깊었고 자신들의 관습에 광적으로 집착했다. 언덕 위의 부유한 유대인들도 전통을 엄격하게 지켰다. 아래 구역 유대인들에게 유대 신앙은 워낙 깊이 뿌리를 내리고 있어서 신앙을 떨쳐버리는 게 심장 없이 사는 것만큼 불가능해 보였다. 부자 동네 유대인들에게도 조상의 의식을 충실히 따르는 것은 예의범절이자 품위, 도덕적인 우아함, 진정한 신념으로 보였다. 어쩌면 그 이상이었을지도. 각자의 방식대로 독실한 이 두 계급 틈에서 서민과 중산층은 또 다른 방식으로 살아가고 있었다. 그들은 사업이 잘되게 해달라고, 부모, 배우자, 자식의 병을 낫게 해달라고 하느님에게 빌었다. 하지만 이내 하느님을

잊거나, 더러는 미신적인 두려움과 소심한 양심이 뒤섞인
마음으로 떠올렸다. 하느님은 그들이 간청하는 것을… 결
코 다 들어주지는 않았으니까.

아다의 아버지는 가끔 유대교회당을 찾았다. 원하기만
하면 그의 사업을 돕고 그를 영원히 가난에서 벗어나게 해
줄 수 있지만, 보살펴달라고 애원하는 사람이 너무 많은 탓
에 감당을 못하는 부자를, 보잘것없는 그에게 신경 쓰기에
는 너무나 돈이 많고, 너무나 위대하고, 너무나 큰 권력을
가진 부자를 찾아가는 심정으로. 어쩌다 그 부자와 마주칠
수도 있지 않을까? 운이 좋아서 그의 눈에 띌지 누가 알겠
는가? 일이 영 안 풀릴 때면, 그는 속삭임이나 한숨으로 그
분께 자신의 존재를 알렸다. "아! 보예, 보옌카(아! 나의 주
님, 나의 선하신 주님)!" 또는 희미한 희망, 슬픈 체념의 원
망을 품고 웅얼거렸다. "왜 저를 버리시나이까?"

하지만 전통이 너무나 복잡하고 지키기 어려워서 곧이곧
대로 따를 수가 없었다. 그래서 어떤 것은 따르고, 어떤 것
은 안 따랐다. 사람들은 일 년에 하루만 금식을 했다. 부활
절에는 누룩 안 든 빵을 먹어야 하는데, 그것을 흔한 러시아
빵과 섞어놓은 적이 있었다. 그것은 큰 죄악이었는데, 그렇
게 무심코 섞어 먹었는데도 아무 일도 일어나지 않았다. 하
느님이 천벌을 내리지 않은 것이다. 그래서 사람들은 계속
그렇게 했다. 아다는 어릴 적에 주변 어른들이 금식일(나중

에는 이것마저 잊혔지만)을 제외하고는 전통을 곧이곧대로 따르는 걸 본 적이 없었다. 아다의 아버지는 그날은 아주 중요한 날이라고, 하느님이 '가게에 있는 할아버지의 회계장부'처럼 커다란 책을 무릎 위에 올려놓고 대변에는 선행을, 차변에는 죄악을 기록하기 때문에* 아주 무시무시한 날이라고 아다에게 설명했다. 아다는 하느님이 불쌍히 여기도록 먹고 싶어도 꾹 참아야 한다는 건 이해했지만, 아직 너무 어리고 약해서 꼭 그럴 필요는 없었다. 게다가 아이들에게는 큰 죄의식이 없었다. 물론 훗날 갖게 될 테지만. 아버지의 종교적 지식이 거기까지인지, 아니면 자신이 아직 너무 어려서 잘 이해하지 못하리라고 여겨 나머지에 대해서는 입을 다문 건지 아다는 알 수 없었다.

라이사 숙모는 결혼과 함께 덜떨어진 유대인, 가난뱅이 유대인이라 불리는 부류와 가능한 한 거리를 두는 걸 자신의 명예가 걸린 문제로 여기는 계층으로 변모했다.

이처럼, 시너 집안에서 유대교는 더는 기쁨을 주지 못한 채 많고 많은 근심만 제공했다. 사람들은 가난한 신자들을 그들의 때, 비참함, 미신 속에 빠져있게 내버려두고 싶었을 것이다. 하지만 불행하게도 그 처참한 거처, 지층의 가게, 게토 자체는 아니지만 게토에서 워낙 가까워 그곳의 냄새가

---

* 대변(貸邊)은 장부의 오른쪽으로, 이익을 기입하며, 차변(借邊)은 장부의 왼쪽으로, 손실을 기입한다.

풍기고 소리가 들리는 거리 때문에 그들을 완전히 잊고 살
수는 없었다. 더 심각하며 비극적인 다른 불행 즉 포그롬*을
차치하더라도 그랬다.

　나머지 세상 역시 마찬가지이긴 했지만, 그 도시, 그 동
네의 주민들을 특히 더 괴롭히는 두 가지 위험이 있었다. 이
제 여덟 살이 된 아다 역시, 죽어보지 않고도 죽음의 존재를
알 듯, 직접 겪은 적은 없지만 두 위험의 존재를 알고 있었
다. 두 위험은 느닷없이 덮쳐올 수도 있고, 비껴갈 수도 있
다. 그 불확실성의 여지가 아다를 안심시켰다. 게다가 주변
어른들이 그 얘기를 하도 자주 하는 바람에 그들의 말은 아
이의 상상력에 더는 큰 영향을 미치지 않았다. 화산 주변에
서 태어난 아이가 적어도 자기 눈으로 직접 보기 전에는 화
산이 폭발할 수도 있다는 생각을 전혀 하지 않는 것처럼. 그
두 위험은 포그롬과 콜레라였다.

　아다는 어른들이 두 가지 위험에 대해 정확하게 같은 방
식으로 말한다고 생각했다. 목소리를 낮추고, 한참 동안 고
개를 젓고, 한숨을 쉬고, 눈을 들어 하늘을 올려다보면서.
무더위가 기승을 부릴 때면, 안 그래도 높은 아래 구역의 사
망률이 더욱 치솟을 때면, 봄 기근 동안 벌레와 상처로 뒤
덮인 순례자들이 모습을 드러낼 때면, 사람들은 이렇게 수

---

* pogrom, 제정 러시아 시절 권부의 암묵적인 사주로 행해진 유대인 박해.

군댔다. "이번 여름에는 닥치고 말 거야…" 길하든 흉하든 러시아에서 어떤 사건(평화, 전쟁, 승리, 패배, 오랫동안 기다린 황태자의 탄생, 암살, 재판, 혁명적인 봉기나 자금 고갈)이 일어나면 불안에 휩싸인 똑같은 목소리들이 이렇게 속삭였다.

"그 일이 닥칠 거야. 올해, 다음 달, 내일, 아니면 오늘 밤이라도…"

어른들의 말을 흘려들은 아다는 마침내 포그롬이 실제로 닥쳤을 때도 그것을 알아차리지 못했다. 어른들이 일주일 전부터 소요, 학살, 약탈당한 가게, 살해당한 여자, 그리고… 처녀들(사람들은 여기서 차마 말을 잇지 못하고 고개를 떨궜다) 얘기를 했는데도. 릴라 역시 아무것도 모르는 순진무구한 표정을 지어 보였다. 마치 "도대체 무슨 얘길 하시는 거예요. 잘 들리지도 않지만 잘 들린다 해도 무슨 말인지 못 알아듣겠어요"라고 말하는 것처럼. 릴라는 하루가 다르게 예뻐졌고, 길게 땋아 늘어뜨렸던 머리카락을 묵직하고 낮게 말아 올렸다. 그러자 머리카락이 관자놀이와 좁은 이마 위에서 살짝 부풀었다. 릴라는 확연히 대조되는 황금빛 피부와 푸른 기운이 도는 짙은 색 머릿결로 이목을 끌었다. 두 손은 가늘고 섬세했다. 도시의 이 공원 저 공원을 전전하며 학생들과 데이트를 즐기고 몇 차례 입맞춤을 나누긴 했지만, 그녀에게 방탕한 구석은 없었다. 적어도 경험이 풍부한 라이사는 그렇게 생각했다.

라이사 숙모는 릴라에게 온 희망을 걸고 있었다…. 고운 피부와 가벼운 발걸음, 사랑받고 싶은 본능적인 욕망이 너무나 달콤하고 여성스러워 보였다. 부드럽고 수줍은 몸짓을 본 모든 이가 호감을 품었다. 사랑스러운 릴라…. 모두 그녀를 사랑했다. 그래서 벤은 이렇게 말하곤 했다. "누나는 거위야. 하얗고 부드러운 작고 아름다운 거위." 그러고는 아직 아홉 살인데도 열다섯 살인 누나보다 삶을 더 잘 아는 벤은 이렇게 덧붙였다. "남자들이 털을 뽑아서 아주 맛있게 먹어치울 거위…." 라이사는 불안해하면서도 릴라를 싸고돌았다. 경주 마사(馬舍)의 주인이 아직 자신이 무엇을 할 수 있는지 보여주지 못한 예쁜 암망아지에게 불안감이 밴 배려심을 보이는 것처럼. 언젠가 그 말은 주인이 건 희망을 실현해줄 것이다. 첫 장애물에 걸려 다리가 부러지는 불상사만 없다면.

라이사 숙모는 릴라에 대해 어처구니없는 꿈을 키우고 있었다. 훌륭한 남편과 연을 맺어주는 것으로는 성에 차지 않았다! 아니, 그건 보통 여자들이나 꿈꾸는 것이었다. 릴라… 릴라에게는 다른 운명이 기다리고 있었다. 그녀는 배우나 무용수… 아니면 대형 오페라 무대에 서는 가수가 될 터였다. 그녀는 너무나 얌전하고 유순했다. 어머니가 자신의 욕망에 따라 다듬을 수 있을 정도로. 반면 아다는 뭔가로 만들어낼 수 있는 대상이 아니었다! 말이 없고 당돌하고 고집이 센 그 아이는 늘 몽상에 빠져 있었다. 라이사는 아다에게는 관심조차 없었다. 자기 자식 건사하기도 바빴으니까. 그녀는 걸핏하면 러시아 속담을 인용했다. "당신이 입고 있는 허름한 셔츠가 이웃의 멋진 정장보다 당신 몸에 더 가깝다." 라이사 숙모가 "새끼들… 내 새끼들…" 하고 말할 때 내심으로 염두에 둔 이는 오로지 릴라뿐이었다. 혼란이 시작되었을 때도 릴라는 즉시 같은 반 친구의 집으로 보내졌다. 정교도 집안이라, 그 집에 있으면 전혀 위험하지 않았다. 아다와 벤을 어찌할지는 나중에 두고 볼 일이었다.

그해 아다는 할아버지의 책들을 처음으로 발견했다. 입학시험이 있던 시기에 앓아눕는 바람에 아다는 아직 학교에 다니지 않았다. 대신, 대학교 신입생이 점심 식사와 일년에 구두 두 켤레를 받는 조건으로 아다에게 글을 가르쳤다. 아다는 공부를 열심히 했고, 벤보다는 덜 날카롭고 덜 공격적이지만 민첩하고 통찰력 있는 지능을 드러냈다. 그것이 라이사 숙모의 심기를 불편하게 했다.

그녀는 신랄하게 물었다.

"왜 유대인 아이는 늘 너무 멍청하거나 너무 똑똑할까? 릴라는 여덟 살 아이 같은데, 벤은 조금이라도 지적을 받으면 애늙은이처럼 대답해. 아다도 벤을 따라 하고 있어. 보통 아이들처럼 멍청하지도 똑똑하지도 않으면 안 되는 거야?"

그러나 그 질문에 대답할 수 있는 사람은 없었다.

할아버지의 책들은 주로 러시아 저작들과 영국, 독일, 프랑스 고전의 번역본이었다. 미지의 세계가 아다 앞에 펼쳐졌다. 그 색채들이 너무나 눈부셔서 실제 세계가 광채를 잃고 희미해졌다. 보리스 고두노프*, 사탄, 아탈리**, 리어왕은 무척이나 의미심장한 말을 했고, 그 음절 하나하나는 이루 말할 수 없을 정도로 재치 넘쳤다. 그러니 어른들이 나누는 단조롭고 쓸데없는 말들, 귀에서 입으로 전해지는 아무 의미 없는 소식들, "총독이 살해 협박을 받았다던데, 정말이야? 헌병대 대장이 상처를 입었다던데…. 유대인들이 체포되었다던데…. 사실이라면… 불행하게도… 사실이 아니어도… 주님께서 우릴 보호해주시길…" 따위에 아다가 무슨 흥미를 느꼈겠는가.

어느 날 밤, 아다가 마침내 책을 내려놓고 잠자리에 들려는 순간, 평소에는 쥐 죽은 듯 고요하던 거리에서 이상하고 무거운 웅성거림이 들려왔다. 추위는 누그러졌지만 눈이 내리고 매서운 바람이 부는 2월의 밤이었다. 뭐야, 사람들이 바깥에서 도대체 뭘 하는 거지? 얼어붙은 창유리로 다가

---

* Boris Godunov, 제정 러시아의 정치가 및 군주. 차르로 선출되어 1598년부터 1605년까지 집권했다. 푸슈킨은 희곡으로, 무소르그스키는 오페라로 그의 생애를 묘사했다.

** Athalie, 17세기 프랑스 작가 장 라신의 비극 〈아탈리〉의 주인공.

가 입김을 후후 불어 서리를 녹인 후에야 아다는 흥분한 군중이 고함을 치고 호루라기를 불어대며 거리에서 몰려다니는 모습을 보았다. 아다가 무슨 일이 벌어지고 있는지 이해하지 못한 채 내다보고 있는데, 갑자기 라이사 숙모가 방으로 들이닥쳤다. 숙모의 얼굴은 화가 나거나 격한 감정에 사로잡힐 때 돋아나는 붉은 반점으로 뒤덮여 있었다. 숙모는 아다의 팔을 붙잡아 창문에서 멀리 떼어내고는 빽 소리를 질렀다(자신의 분노와 두려움을 쏟아부을 조카가 있어서 다행으로 여기는 기색이 역력했다).

"너, 뭐 하는 거니? 정말이지 못 말릴 아이로구나! 필요할 때는 코빼기도 안 보이고, 보살펴주려고 하면 어깃장이나 놓으니, 원! …그건 신중하지 못한 행동이란다, 얘야." 아다의 아버지가 문턱에 모습을 드러냈기 때문에, 그녀는 갑자기 확연히 부드러워진 말투로 말을 맺었다.

아다는 이 갑작스러운 변화가 조금도 놀랍지 않았다. 라이사 숙모가 두 개의 목소리, 두 개의 얼굴을 가지고 있다는 걸, 욕설에서 부드러운 말투로 믿을 수 없을 만큼 빠르고 쉽게 넘어갈 수 있다는 걸 이미 알고 있었으니까. 이번에도 그녀의 입술 사이에서 터져 나오던 분노의 씩씩거림은 플루트 연주처럼 부드럽고 애절하게 변했다.

"아다, 말을 잘 들어야 착한 아이지. 진작에 잠자리에 들었어야지? 벌써 열 시잖아. 자, 아도츠카, 이제 누우렴. 가엾

은 것. 그런데…" 라이사 숙모는 아다의 아버지와 눈길을
주고받았다. "옷과 신발을 벗지 말고 자렴."

"왜요?"

어른들은 대답하지 않았다. 이번에는 할아버지가 방으로
들어서며 말했다.

"오늘 밤에는 아무 일 없을 거야. 저 사람들, 유리창이나
몇 장 깨고 자러 갈 거야. 하지만 군인들까지 가세하면, 그
때는…."

할아버지는 말을 맺지 않았다. 세 사람은 조심스럽게 창
가로 다가갔다. 옆방에 켜놓은 등불이 방을 희미하게 비추
었는데, 그마저도 아다의 아버지가 반쯤 심지를 낮춰놓아
거의 보이지 않는, 연기에 휩싸인 뿌옇고 붉은빛만을 퍼뜨
리고 있었다. 아다는 호기심 어린 눈길로 그들을 보았다. 그
들은 희미한 어둠 속에 바싹 붙어 서서 낮은 목소리로 속삭
였고, 시커먼 창유리에 번갈아 입김을 불고는 바깥을 내다
보았다. 하지만 아다는 술에 취한 듯 순식간에 잠의 욕구에
사로잡히는 나이였다. 아다는 연신 크게 하품을 하고는 어
둠 속 침대로 갔다. 그러고는 어른들이 시킨 대로 옷과 신발
을 벗지 않고 입가에 옅은 웃음을 머금은 채 — 낡은 침대 속
이 편안하고 따뜻했으니까 — 시트 속으로 미끄러져 들어갔
다. 아다는 아래 구역의 유리창들이 깨지는 소리를 들으며
잠에 빠져들었다.

7

며칠 동안 피해는 날이 어둑해지면 일기 시작하는 소동에 지나지 않았고, 고함과 욕설이 들려오고 유리창들이 깨진 다음에는 소동도 곧 잦아들었다. 낮에는 아무 일 없이 조용했다. 그래도 어른들이 밖으로 나가는 걸 허락하지 않았기 때문에, 아이들은 몇 시간이고 낡은 소파에 모여 앉아 스스로 발명한 '놀이'를 이어갔다. 놀이는 내용이 점점 풍부해져서 수많은 인물이 등장하고 전쟁, 항복, 포위, 승리가 이어지는 진정한 서사시가 되었다. 고목의 굵은 줄기에서 가지들이 뻗어나가듯, 최초의 발명에서 매일 저녁 새로운 이야기가 생겨났다. 아이들은 열에 들떠 헐떡이며, 마른 입술과 퀭한 눈으로 놀이에 몰두했다. 날이 어두워지면 등을 켜

는 것조차 허락되지 않아 할 수 있는 게 없었다. 아래 구역
전체가 겁에 질려 이중창 뒤에, 좁고 어둡고 더운 방들 속에
웅크린 채 숨죽이고 있었다.

　하지만 어느 날, 마침내 현실 세계가 꿈의 세계를 덮어버
렸다. 벤과 아다는 서로의 말조차 귀담아듣지 않을 정도로
놀이의 환영에 빠져 있었다. 둘이 소파의 나무를 발로 차며
숨죽인 목소리로 동시에 말을 해대는데, 전부터 그들의 귀
를 자극하던 웅성거림과 속삭임이 갑자기 멈추고, 야만적
이고도 비인간적인 소란이 들려왔다. 어찌나 가까이서 들
리는지 마치 그들의 집에서, 벽이나 낡은 마룻바닥에서 솟
아나는 소리 같았다. 그와 동시에 문이 벌컥 열렸고, 누군가
가 ― 익숙한 얼굴이었지만 두려움에 일그러진 탓에 아이
들은 그 사람이 누군지 미처 알아보지 못했다 ― 불쑥 나타
나서는 아이들을 붙들고 미친 듯이 끌고 갔다. 신발 한 짝을
잃어버린 벤이 신발을 줍게 놓아달라고 소리쳤지만, 그는
들은 척도 하지 않았다. 그는 그들을 데리고 건물을 가로질
렀다. 그는 부엌문으로 다시 나갔다가 아이들을 내던지고,
밀치고, 손목과 손, 다리를 잡아당겨 마침내 지붕 바로 아래
다락방까지 사다리를 타고 올라가게 했다.

　아이들은 마룻바닥에 던져졌고, 어둠 속에서 궤짝 모서
리와 바닥에 놓인 낡은 촛대를 더듬었다. 그곳은 창고로 쓰
이는 다락방이었다. 아다의 아버지가 ― 그제야 아이들은

문 너머에서 걸걸하고 다급한 그의 숨결을 알아들었다. 그
는 겁에 질려 미친 듯이 달려온 탓에 가슴이 터질 듯이 숨을
몰아쉬고 있었다―열쇠 구멍으로 속삭였다.

"꼼짝 말고 있어. 울지도 말고. 꼭꼭 숨어 있어." 그러고
는 더 작은 목소리로 말했다. "그렇다고 너무 겁먹지는 말
고….

"난 여기 있기 싫어!" 아다가 소리쳤다.

"입 다물어! 꼼짝도 하지 마. 입도 벙긋 말고 가만있어."

"아빠, 우린 여기서 안 잘 거야!"

"큰아버지, 우리 배고프단 말이에요!"

아이들은 주먹을 쥐고 온 힘을 다해 잠긴 문을 두드렸다.
하지만 아다의 아버지는 허겁지겁 내려갔고, 아이들은 그
가 사다리를 치우는 소리를 들었다. 둘만 남게 되자, 벤이
차분한 목소리로 말했다.

"소리 질러봤자 소용없어. 할 수 있는 게 아무것도 없어.
큰아버지는 이미 가버렸어."

다락방은 높은 벽들 사이로 깊은 우물처럼 파인 좁은 안
뜰을 향해 나 있었다. 군중이 다른 곳으로 몰려갔는지 때때
로 무시무시한 아우성이 잦아들기도 했다. 마치 쓰나미가
믿을 수 없게 거리로 밀려들며 집들에 대고 파도를 쳐대는
것 같았다. 때로는 군인, 유랑자, 약탈꾼, 극도로 흥분한 유
대인들이 게토 입구에 집결했다. 벤과 아다는 무슨 일이 벌

어지는지 전혀 알지 못했지만, 소란은 그들의 집 문과 문 사이에서, 바로 문턱에서 시작되기도 했다. 그러면 다수의 군중에게서 격노한 짐승의 포효가 터져 나왔다. 그 힘은 벽을 들이받는 숫양처럼 파괴적이었다. 그들은 벽을 들이받고 물러났다가 무질서하게 되돌아와 이번에야말로 무너뜨리고 말겠다는 듯 마구 쳐댔다.

아이들은 궤짝 가장자리에 걸터앉아 너무 놀라 울지도 못한 채 서로를 꼭 끌어안았다. 수많은 목소리로 이뤄진 단조로운 소란에서 떨어져나온 이런저런 소리가 들려왔다. 아이들은 귀를 쫑긋 세우고 두 손을 덜덜 떨며 알아들을 수 있어서 다른 소리보다 덜 무서운 그 소리를 탐욕스럽게 주워 모았다.

"저건 유리창 깨지는 소리야. 유리 조각 떨어지는 소리 들리지? 저건 벽으로, 가게 셔터로 날아드는 돌멩이 소리야. 저건, 사람들이 웃는 소리고. 저건 여자의 비명이야. 누가 배를 가르기라도 하는 것처럼. 왜 저러지…. 저건 군인들의 노랫소리고. 또 저건…."

아이들은 입을 다문 채 그들에게까지 들려오는 깊고 규칙적인 소리의 너울을 해독하려고 애썼다.

"저건 기도하는 소리야." 벤이 말했다.

국가(國歌)를 부르는 소리, 러시아 성당의 기도 소리, 막 울리기 시작한 종소리, 그 친근한 소리를 듣는 게 거의 기쁘기까지 했다….

몇 시간이 지나갔다. 아이들은 이제 덜 무서웠지만, 그럴수록 견디기가 더욱 힘들어졌다. 그들은 추웠고, 궤짝 모서리에 부딪힌 곳이 아팠고, 무엇보다 배가 고팠다.

벤이 궤짝을 열어볼 생각을 해냈다. 깜깜해서 보이진 않았지만, 그 안에 가득 든 건 낡은 종이와 헝겊 같았다. 아이들은 손으로 더듬어가며 물건들을 펼쳐 깔개를 만들었고, 서로에게 신문 조각을 내던지고 부드러운 천 조각은 자기 쪽으로 끌어당기느라 실랑이를 벌이다가 마침내 끙끙 앓으며 궤짝 속에 몸을 뻗었다. 먼지와 나프탈렌 냄새가 났다. 아이들은 연신 재채기를 했다. 마침내 그들은 나란히 누울 수 있었다. 그렇게 누워 있으니 안전하다는 느낌이 들었고 더 따뜻했다. 하지만 뚜껑이 꽝 하고 닫혀서 숨이 막히면 어떡하나 겁이 났다. 아이들은 어둠 속에서 두 눈을 부릅뜨고 뚜껑을 쳐다보았다. 서서히 뚜껑의 금속 부품들이 반짝거리는 게 보였다.

바깥에서는 소동이 계속되고 있었다. 갑자기 아다가 벌떡 몸을 일으키고는 평소답지 않은 목소리로, 마치 그녀를 통해서 다른 사람이 도움을 요청하는 것처럼 거칠고 깊은 목소리로 고함을 질러댔다.

"더는 못 견디겠어! 이러다간 난 죽고 말 거야."

"이건 계속될 거야!" 벤이 화난 목소리로 말했다. "내일 아침까지 네가 아무리 소리 지르고 징징대고 기도하고 울어도 네 입에는 감자 한 알도 안 떨어질 거라고!"

"그래도… 난… 상관없어." 아다가 울음을 터뜨리며 웅얼거렸다. "난 쫄쫄 굶어도 상관없어. 저 소리가 멈추기만 한다면!"

"네가 아무리 그래봤자 단 하나의 입도 다물게 만들 수 없을 거야." 벤이 말했다.

그게 너무나 분명해 보여서 갑자기 마음이 진정된 아다는 기분이 한결 나아지는 것을 느꼈다.

"그럼, 놀자." 아다가 말했다.

"뭘 하면서?"

"여긴 배야." 아다가 한껏 들뜬 목소리로 말했다. "바깥에는 폭풍우가 몰아치고 있어. 안 들려? 바람이 불고, 파도가 치고 있잖아."

"그래! 우리는 해적이야." 두 발을 모으고 궤짝에서 마룻바닥으로 뛰어내리며 벤이 소리쳤다. 마룻바닥이 난파 중인 배의 선체처럼 신음하듯 삐걱거렸다. "돛을 펼쳐라! 중간돛과 깃발을 올려라! 육지를 찾아라! 육지, 육지를!"

이제 아이들은 행복했다. 어깨를 깨무는 차가운 외풍은 어둠 속에서 스치는 빙하의 얼음장 같은 숨결이 되었다. 삐걱거리는 마룻바닥과 헌 옷, 그들을 괴롭히는 허기는 이제 사실이 아니라 이야기이자 모험, 꿈이 되었다. 바깥에서 들

려오는 비명, 호소, 소란, 오래된 거리를 휩쓰는 소요는 이
제 파도가 몰아치고 폭풍우가 으르렁거리는 소리였다. 아
이들은 황홀한 표정을 지으며 머나먼 모래밭에서 들려오는
것 같은 애절한 종소리와 기도의 파편에 귀를 기울였다.

   벤이 호주머니에서 성냥갑, 양초 조각, 굵은 실타래, 빵
부스러기, 호루라기, 그리고 잊고 있던 호두 두 알을 찾아냈
을 때, 두 아이의 행복감은 절정에 달했다.

   아이들은 호두를 나눠 먹었다. 그 호두는 지난 크리스마
스 때 트리를 장식했던 것이어서 겉이 금박으로 싸여 있었
지만 속은 바싹 말라 쓴맛이 났다. 아이들은 양초에 불을 붙
여 궤짝 가장자리에 세웠다. 다락방의 차가운 공기 속에서
흔들리는 작은 불꽃이 반은 환영이고 반은 놀이인 어두컴
컴하고 혼란스러운 세계에 환상적인 느낌을 더해주었다.
그렇게 밤이 흘러갔다. 마침내 바깥의 소란이 잦아드는 것
같았다. 비명과 낯섦, 배고픔에 취한 아이들은 어느덧 궤짝
바닥에 쓰러져 잠에 빠졌다.

8

새벽에 다락방을 연 사람은 라이사 숙모였다. 처음에 그녀는 아이들을 보지 못했다. 그래서 불안에 휩싸인 채 아이들을 찾았다. 아이들이 부스스한 모습으로 궤짝 속에서 벌떡 일어섰을 때 그녀는 놀라 비명을 질렀다. 아이들의 옷은 더럽게 구겨졌고, 머리카락은 먼지를 뒤집어써서 회색으로 변해 있었다. 라이사 숙모는 아이들의 팔을 잡아 궤짝에서 끄집어냈다.

"너희는 릴라의 친구들 집으로 가게 될 거야. 지금 거리에 아무도 없으니까 갈 수 있을 거야. 그 사람들이 너희를 하루 이틀 재워줄 거다."

아이들은 잠이 덜 깬 채로 그녀를 따라 내려갔다. 손발은 꽁꽁 얼어 있었다. 몸은 천근만근이고 곳곳이 욱신거렸다. 아이들은 자기도 모르게 손가락으로 더러운 얼굴을 비벼댔다. 눈을 크게 뜨려고 애썼지만, 무겁고 따가운 눈꺼풀은 금방 다시 내리 감겼다.

부엌 문턱을 넘어설 때쯤 비로소 아이들은 잠에서 깨어났다.

"먹을 건 안 줄 거예요?"

"나 배고파요. 뜨거운 차랑 빵 먹고 싶어요." 아다가 말했다.

"릴라의 친구 집에 가면 먹게 될 거야."

"왜요?"

"오늘 아침 우리 집은 불을 안 지폈어."

"왜요?"

라이사 숙모는 대답하지 않았다. 하지만 아이들이 옷을 입는 동안, 팔 아래 끼고 있던 보따리에서 꺼내는 것으로 보아 그들에게 주려고 가져온 게 분명한 검은 빵 조각을 나눠 주었다. 보따리에는 옷도 몇 벌 들어 있었다.

"각자 입을 셔츠 한 벌과 양말 한 켤레도 챙겼다. 혹시… 더 오래 걸릴지도 몰라서…."

"무엇보다 더 오래요?"

"그만 물어, 아다! 예상보다 더 오래지, 뭐겠니!"

"우릴 어쩔 건데요?"

"어쩌건 뭘 어째. 아무 일 없을 테니 입 다물어."

"그럼 우리가 왜 가야 하는데요?"

"입 좀 안 다물래, 이 멍청한 것아?" 라이사 숙모가 아들의 어깨를 잡아 흔들며 씩씩거렸다.

그녀는 거리로 난 문을 조심스럽게 열었다. 나스타샤가 바깥에서 기다리고 있었다.

"빨리 가. 지금!"

라이사가 잠시 아이들을 배웅했다. 아이들은 그녀가 그렇게, 모자도 망토도 없이 나서는 걸 본 적이 없었다. 날씨가 잔인할 정도로 추웠다. 숙모의 얼굴은 창백했고, 입술이 시퍼렇게 질려 있었다. 벤이 난생처음으로 애정이 담긴 표정을 지으며 엄마의 손을 잡아끌었다.

"엄마도 우리랑 같이 가요."

"난 못 가. 아다의 할아버지 보살피는 걸 도와야 해."

"그 사람들이 아다 할아버지한테 무슨 짓을 했는데요?" 벤이 물었다. 아다는 창백하게 변한 얼굴을 숙이고 땅바닥만 내려다보았다. 이유는 모르겠지만, 대답을 듣는 게 두려웠다.

"아무 짓도 안 했어. 아다 할아버지가 쓰던 원고를 불에 태워버린 것 말고는. 그래서 지금 그분이 제정신이 아니셔."

"왜요? 멍청하게." 벤이 웃으며 말했다. "할아버지를 불에 던졌다면 모를까, 낡은 종이 좀 태웠다고!"

"입 닥쳐!" 아다가 눈물을 쏟으며 버럭 소리를 질렀다. "넌 아무것도 이해 못 해! 넌… 넌…"

아다는 분을 풀 만한 욕설을 찾아내지 못했다. 그래서 벤의 따귀를 때렸고, 벤도 아다의 뺨에 따귀를 때리는 것으로 응수했다. 라이사 숙모가 아이들을 떼어놓았다.

"이제 그만해! 나스타샤를 따라가! 어서!"

라이사는 아이들을 안아주고 서둘러 돌아갔다. 나스타샤가 걸음을 재촉했다. 아이들도 그녀의 치마를 붙들고 달렸다. 그들은 겁에 질린 눈길로 주변을 둘러봤다. 늘 뛰어놀던 친숙한 거리가 이렇게 변하다니! 아이들은 이제 거리를 알아볼 수 없었다. 거리는 낯설고 무시무시하고 이상했다. 사 층이나 오 층에 있는 집들은 유리창이 몇 장 깨진 것 말고는 큰 피해가 없었지만, 가난한 동네에 다닥다닥 붙어 있는 판잣집, 노점, 푸줏간, 방 한 칸에 다락방과 곧 무너질 듯한 지붕이 고작인 가게들은 태풍이나 홍수가 휩쓸고 간 자리처럼 땅에서 뽑혀 내동댕이쳐진 것 같았다. 약탈에 망가지고 연기에 시커멓게 그을린, 문과 창문도 없는 다른 집들도 눈멀고 얼빠진 표정을 짓고 있었다. 땅바닥에는 고철, 타일, 주철, 판자, 벽돌 등 엄청나게 많은 쓰레기가 쌓여 있었다. 그 더미 속에 때로는 장화 한 짝, 때로는 옹기 조각이나 냄비 손잡이, 좀 더 떨어진 곳에는 굽이 뒤틀린 여자 구두

한 짝, 부서진 의자, 거의 새것으로 보이는 거품 떠내는 국자, 푸른색 자기 찻주전자, 목이 날아간 빈 병들이 굴러다녔다. 약탈자들이 이 모든 걸 바깥으로 내던졌지만, 가끔 화재에서도 불붙기 쉬운 가구가 멀쩡하게 남아 있듯 몇몇 물건들은 기적적으로 화를 면하기도 했다. 모든 가게가 텅 비었고, 진열창들은 시커멓게 그을린 채 입을 벌리고 있었다.

흰색과 회색 깃털들이 천천히 허공을 날아다녔다. 갈라진 털 이불에서 나온 깃털들이 내리는 비처럼 천천히 떨어졌다.

"더 빨리! 더 빨리!" 나스타샤가 소리쳤다.

그들은 텅 빈 거리와 어둡고 황폐해진 집들이 무서웠다.

아래 구역은 위쪽 구역들과 층계 하나로 나뉘었는데, 장이 서는 날이면 아낙들이 바구니와 양동이를 펼쳐놓고 계단에 쪼그리고 앉아 생선이며 과일, 물과 모래 맛이 나는 양귀비씨가 점점이 박힌 얇고 푸석거리는 작은 크루아상을 팔았다.

나스타샤와 아이들은 약탈당한 거리의 무시무시한 광경을 뒤로할 수 있기를 막연히 바랐다. 위쪽 구역에 가까워지면 익숙한 풍경, 쾌활하게 오가는 썰매, 평화롭게 산책을 즐기는 사람, 물건들로 가득한 가게들과 다시 마주치게 되리라고 믿었다. 하지만 거기서도 모든 게 달라 보였다…. 아마도 석양이 깔릴 때처럼 낮과 밤이 교차해 혼란스러운, 동트는 창백한 새벽녘이어서일 것이다. 여기저기 가로등이 아직 켜져 있었다. 얼음처럼 차가운 공기에서는 눈을 예고하는 떫은맛이 났다. 옷을 겹겹이 껴입었는데도, 아다는 추위를 그토록 생생하게 느껴본 적이 없었다. 뜨거운 차 한 잔마시지 못한 채 바깥으로 나온 건 태어나서 처음이었다. 빵도 전날 구운 것이라 딱딱하게 굳어 삼키기가 어려웠다. 억지로 삼키면 목구멍이 아플 정도였다.

그들이 가로지르는 거리는 한산했다. 가게들 앞에는 바리케이드가 쳐졌고, 진열창은 판자로 막혔다. 몇몇은 유대인 상점이었지만, 다른 상점들도 군인들 틈에 섞여서 종교와 상관없이 약탈을 일삼는, '비렁뱅이'라 불리는 인간 말종들의 습격을 두려워했다. 정교회 신자들은 약탈자들이 성스러운 이미지를 보고 습격을 멈추지 않을까 하는 희망으로 발코니에 성상들을 내놓기도 했다.

아이들이 나스타샤에게 이것저것 물어댔지만, 나스타샤의 귀에는 아무것도 들리지 않는 것 같았다. 그녀는 라이사 숙모가 왜 밤마다 부엌에 남자를 들이느냐고, 왜 고기를 태워먹었느냐고, 술은 왜 또 마셨느냐고 잔소리를 할 때마다 짓던 무뚝뚝하고 잔인하고 결연한 표정을 짓고 있었다. 숄을 목에 친친 감은 채 아무 대답 없이 걷기만 했다.

그들은 성당 앞에서 처음으로 사람들을 보았다. 여자 몇명이 성당 포치 아래 모여 서서 먼 곳을 바라보며 열띤 대화

를 나누고 있었다. 개중 하나가 나스타샤를 알아보고 소리
쳤다.

"애들 데리고 어디 가는 거야?"

나스타샤가 릴라의 친구들이 사는 거리 이름을 댔다.

여자들이 그녀를 둘러싸고 한꺼번에 재잘댔다.

"주님께서 자네를 보호해주시길! 그쪽으로는 가지 마…. 술 취한 러시아 기병들이 여자 하나를 자빠뜨렸고, 말들이 그녀를 짓밟았대…. 아무한테도 아무 말도 안 하고 그냥 가만히 걸어가기만 했다는데…. 기병들이 말을 타고 인도까지 올라왔대…. 아냐, 기병들은 여자가 달아나는 줄 알았대. 여자가 손에 옷 보따리를 들고 있었는데, 그들이 그것을 빼앗으려 했고, 여자가 순순히 안 내놓으니까, 그래서…. 천만에! 말도 안 되는 소리 하지 마. 말이 겁을 집어먹은 거야…. 여자가 뛰어서 길을 건너려다가 도중에 넘어진 거야… 어쨌거나 여자가 죽었으니 그쪽으로는 가지 마…. 아이들까지 데리고 어쩌려고…."

여자들은 나스타샤의 소매와 치마를 잡아끌었다. 그들의 숄이 바람에 날려 머리 주변에서 나부꼈다.

아다가 울기 시작했다. 여자 하나가 아다를 달래려고 애쓰는 사이에도 그들은 소리를 질러댔다. 말다툼이 벌어져 욕설과 주먹이 오가기도 했다. 나스타샤는 갈피를 못 잡고 우왕좌왕했다. 아이들 손을 잡고 길 끝으로 내달리다가는

이내 되돌아와 신음하듯 말했다.

"어떡하지? 어디로 가야 하지? 이 사람들아, 뭐라고 말 좀 해봐! …아래 구역에서는 약탈이 벌어지고, 여기서는 사람이 죽어나가고…. 어디로 가지? 어떡하지?"

그때까지 무리와 약간 떨어져 있던 여자 하나가 소리를 지르며 그들을 향해 뛰어왔다.

"그들이야! 그들이 오고 있어! 저기 보여! 술에 취해 있어! 지나는 길에 있는 모든 걸 짓밟고 있어! 주 예수 그리스도여, 저희를 불쌍히 여기소서!"

기병들이 빠르게 말을 몰아 그들을 향해 달려왔다. 질겁한 여자들이 서로 밀치며 달아나는 통에 아다와 벤은 나스타샤를 놓치고 말았다. 두 아이는 무턱대고 한 건물 안뜰로, 이어서 다른 안뜰로 내달렸고, 골목길을 통해 다시 대로로 나왔다. 기병들의 고함과 말들이 힝힝거리는 소리, 얼어붙은 땅에 울려 퍼지는 말발굽 소리가 들려왔다. 아이들은 무서워서 미칠 지경이었다. 기병들이 자신들을 쫓아오고 있다고, 그래서 자신들도 조금 전에 짓밟혀 죽은 여자의 운명을 맞이할 거라고 확신한 두 아이는 아무것도 쳐다보지 않고, 서로 손을 꼭 잡은 채, 헐떡이며 무조건 앞으로 내달렸다. 두껍고 불편한 겨울 외투 때문에 빨리 달릴 수가 없었다. 벤은 그 와중에 챙모자를 잃어버리고 말았다. 긴 머리카락이 눈을 가려 앞도 잘 보이지 않았다. 숨을 들이쉴 때마다 칼날이 가슴을 파고들어 마구 찌르는 것 같았다. 아다가 직접 기병들을 본 건 딱 한 번뿐이었다. 아다는 재빠르게 뒤를 돌아보았고, 껄껄 웃으며 말을 타고 달려오는 한 남자를 보았다. 긴 벨벳 천 조각이 말안장에 매달려 있었다. 돌돌 말린 천 조각이 진흙과 뒤섞인 녹은 눈 속에서 질질 끌렸다. 아다는 그 벨벳 천의 색깔을, 은빛 광택을 띤 보라색에 가까운 그 장미색을 절대 잊지 못할 터였다. 날은 완전히 밝아 있었다.

아이들은 본능적으로 게토를 등진 채 계속 위쪽으로, 언덕 방향으로 내달렸다. 마침내 그들은 뜀박질을 멈췄다. 아무 소리도 들려오지 않았다. 기병들이 그들을 쫓아온 건 아니었지만, 이제 그들은 둘뿐이었고 어디로 가야 할지 몰랐다.

아다가 경계석에 주저앉아 엉엉 울기 시작했다. 모자와 장갑, 토시는 잃어버린 지 오래였고, 외투의 아랫단이 찢어져 처량하게 늘어져 있었다. 아다가 두 주먹으로 얼굴을 비벼댔다. 창백한 두 뺨이 시커멓게 얼룩졌다. 전날 밤에 쌓인 먼지가 눈물에 녹아 길고 시커먼 줄무늬로 변했다.

벤이 숨을 헐떡이며 말했다.

"다시 내려가서 릴라 누나가 있는 집으로 가보자."

"싫어! 싫어!" 몸을 떨며 아다가 소리쳤다. "난 무서워! 난 거기 안 갈 거야! 무서워!"

"내 말 잘 들어, 어떻게 할 건지 말해줄 테니까! 안뜰들을 거쳐서 집들 뒤로 돌아갈 거야. 아무도 우릴 못 볼 거고, 우리도 아무것도 못 볼 거야."

하지만 아다는 같은 말만 반복했다.

"싫어! 싫단 말이야!"

아다는 두 손으로 경계석을 붙들고 늘어졌다. 이 세상에서 찾을 수 있는 유일한 피난처인 것처럼.

이다와 벤은 도시에서 가장 부유하고 평화로운 길 중 하나에 와 있었다. 드넓은 정원들에 에워싸인 길이었다. 거기서는 모든 게 평화로웠다. 그곳에 사는 사람들은 강가에서 무슨 일이 벌어지는지 까맣게 모르고 있는 게 분명했다. 그들의 휴식을 방해하려고 달려오는 기병은 단 한 명도 없었다. 어쩌면 그들은 극장에서 비극을 관람하는 관객처럼, 불안과 동시에 안전함('나에게는 절대, 절대 저런 일이 일어나지 않을 거야')을 느끼며 곧 잦아드는 피상적인 전율 속에서 게토의 혼란과 공포를 구경하고 있는지도 몰랐다. 그들은 행복했다. 세 배나 더 행복했다! 하지만 그들도 우리와 마찬가지로 유대인이 아닌가? 아다는 그들이 하늘의 발코니에서 불행에 빠진 지상을 무심하게 내려다보는 천사들과 비슷할 거라고 상상했다. 아다가 있고 싶은 곳은 바로 거기, 그들 틈이었다! 절대 저 아래로는 내려가지 않을 것이다.

"우리, 여기 있자, 벤." 아다가 나지막이 청했다.

벤이 버럭 화를 내며 아다를 '미친년, 바보천치, 겁쟁이'

라고 불렀지만, 아다는 그 역시 제 발로 평화로운 동네를 벗어나고 싶어하지 않는다는 걸 잘 알고 있었다.

그들은 손을 잡고 정처 없이 걸었다. 아다는 벤의 팔을 붙들고 절뚝이며 걸었다. 그러다 둘이 함께 넘어졌고, 벤의 바지가 찢어지면서 무릎에서 피가 났다.

"아무 문이나 두드려볼까? 혹시 우리를 들여줄 사람이 있을지 누가 알아?" 아다가 소심하게 물었다.

벤이 비웃으며 대답했다.

"아! 바랄 걸 바라야지…."

"벤, 시너 집안사람들이 사는 데가 이 근처야." 아다가 잠시 입을 다물고 있다가 말했다.

"그래서?"

"그래도 우리 사촌이잖아…."

"그래서 그 집에 찾아가겠다고?"

"안 될 게 뭐 있어?"

"우릴 쫓아낼 거야."

"왜?"

"그들은 부자니까."

"하지만 우리가 돈을 달라는 건 아니잖아!"

또다시 벤은 아다를 '바보천치'라고 불렀다. 아다는 되받지 않고 슬프게 한숨을 쉰 다음 다시 걷기 시작했다. 벤이 옆에서 추위에 벌벌 떠는 게 느껴졌다.

"그 사람들이 사는 데가 저기야." 아다가 어느 길을 가리키며 말했다.

"살거나 말거나."

바람이 더 거세게 몰아쳤다. 아다가 벤의 손을 슬며시 잡으며 말했다.

"현관 포치 아래에서 잠시 바람을 피할 수는 있을 거야. 기억나, 기둥들이 서 있고, 지붕…." 아다가 잠시 생각해본 후에 덧붙였다. "대리석 지붕으로 덮인 포치가 있었어."

"대리석 지붕?" 벤이 어깨를 으쓱하며 말했다. "순금으로 된 지붕이라고 하지 그래?" 그가 빈정거리며 덧붙였다.

"어쨌거나 바람을 피할 수는 있잖아."

"정원에는 어떻게 들어갈 건데?"

"너, 아무리 높은 철책이라도 거뜬히 넘어갈 수 있다고 큰소리쳤던 것 같은데, 아냐?"

"나야 넘어갈 수 있지만… 넌, 여자애잖아!"

"나도 너만큼은 할 수 있어." 아다가 화를 내며 쏘아붙였다.

"그래? 널 좀 봐! 고작 삼십 분 달려놓고 절뚝이는 네 꼬락서니를 좀 보라고!"

"그러는 넌? 너도 달리다가 넘어지지 않았어? 무릎에서 피가 나잖아."

"장담하건대, 난 철책 꼭대기까지 기어 올라가서 정원으로 뛰어내릴 수 있어. 하지만 넌 첫 번째 창살을 올라가지도 못할 거야."

"어디 한번 해보자고!"

"입만 살아서는!"

그들은 시너 집안의 저택까지 달려갔다. 벌써 아홉 시였다. 행인들이 보였고, 하녀들이 가게와 도심에 있는 시장으로 발길을 재촉했다. 남자 하인이 개들을 산책시키고, 농부가 눈을 쓸었다. 아이들은 사람들이 안 보이는 순간을 골라 철책을 기어오르기 시작했다. 솜으로 안을 댄 겨울 외투 때문에 움직임이 둔해졌지만, 둘 다 민첩했다. 먼저 철책을 넘은 벤이 빈정거리는 표정으로 아다를 쳐다보았다. 아다는 신의 가호를 빌며, 벤에게 도움을 청하길 한사코 거부한 채 금박이 입혀진 두 철창을 잇는 창대에 발을 올려놓는 데 성공했다. 그것이 가장 중요한 걸음이었다. 그런 다음에는 철책을 넘어 내려가기만 하면 됐다… 가능한 한 빨리…. 아다는 눈으로 반쯤 덮인 잔디 위로 뛰어내렸다. 벤이 손을 내밀었다. 벤이 이리 밀고 저리 당기고 힘껏 들어 올려준 다음에야 아다는 일어설 수 있었다. 그들은 수풀 뒤에 몸을 숨기며 현관으로 갔다. 현관 앞에는 아닌 게 아니라 가느다란 돌기둥들이 타원형 천장을 받치고 있는 포치가 있었다. 벤과 아다는 그 안으로 슬그머니 미끄러져 들어가 차가운 벽에 등을 기대고 그들 자신도 알지 못하는 뭔가를 기다렸다. 우선은 매서운 바람을 피할 수 있어서 좋았지만, 곧 무엇보다 강하고 끔찍한 고통, 피로와 허기가 그들을 덮쳤다.

아다가 웅얼거리는 목소리로 나지막하게 제안했다.

"초인종을 누르자."

벤이 추워서 시퍼렇게 질린 얼굴로 또다시 고개를 저었지만, 전보다 완강하지는 않았다. 아다가 초인종을 눌렀다. 그들은 꼭 붙어 서서 두근거리는 가슴을 안고 문을 뚫어지게 쳐다보았다. 문이 열렸다. 벌겋게 달아오른 큼지막하고 무뚝뚝한 얼굴 위쪽에 우스꽝스럽게도 작은 레이스 리본을 묶은, 하녀로 보이는 갈색 머리의 뚱뚱한 여자가 나와서는 그들을 내쫓는 시늉을 했다. 하지만 벤이 잽싸게 두 문짝 사이에 손을 집어넣고 붙잡았다. 아다가 서둘러 말했다.

"시녀 어르신을 뵙고 싶어요. 우린 그분의 사촌이에요."

"사촌이라니, 무슨 얘길 하는 거니?" 하녀가 아다를 향해 몸을 굽히며 못 믿겠다는 표정으로 물었다.

"우리가 시녀 어르신의 사촌들이라고요. 그분을 뵙고 말씀을 드리고 싶어요." 아다가 더 자신 있게 말했다.

하녀는 망설였다. 하지만 아이들은 현관 안쪽을 얼핏 들여다본 이후로, 꽁꽁 여며져 있던 실내의 온기가 훅 끼치는 것을 느낀 이후로 절망적인 용기에 사로잡혀 있었다. 그들은 하녀를 밀치고 안으로 들어갔다. 하녀가 마침내 말했다.

"좋아! 부인께 가서 말씀드려볼 테니… 여기서 꼼짝 말고 기다려!"

하지만 하녀가 걸음을 옮기자마자 아이들은 그 뒤를 졸 졸 따라갔다. 그들을 내쫓으려 들 게 뻔했으니까. 부자 친척 들에게 생각할 시간을 주지 말아야 했다.

묵직하고 값비싼 가구들로 가득하고 붉은 다마스쿠스 천 으로 된 긴 커튼이 쳐진 식당에서 시녀 가족이 아침을 먹고 있는데, 옷이 찢어지고 산발을 한 창백한 꼬마 둘이 투지와 당돌함, 두려움이 가득한 표정으로 안전하고 따뜻한 곳에 서 실컷 먹고 싶은 욕망에 떨며 하녀를 따라 불쑥 들어왔다.

벤이 자꾸 끊어지는 목소리로 그들이 누구이고, 왜 거기 와 있는지 이야기하기 시작했다. 이야기는 길었다. 아다는 오로지 눈빛으로만 존재했다. 주변에 있는 것을 보기만 하 는 게 아니었다. 아다는 그것을 들이마셨다. 목이 말라 죽어 가는 사람처럼, 물을 아무리 마셔도 갈증이 가시지 않아 잔 을 다시 내려놓지 못하는 사람처럼. 색깔 하나하나, 물건들 이 띠는 형태 하나하나, 낯선 얼굴 하나하나가 아다의 가슴 속에 감춰진, 그때까지 그 존재를 의심해보지도 않았던 깊 고 비밀스러운 자리까지 파고드는 것 같았다. 아다는 눈을 휘둥그레 뜬 채 꼼짝하지 않았다. 아다는 붉은색 커튼의 불 투명하고 무거운 천을, 등받이가 아주 높은, 흑단과 다마스 쿠스 천으로 만들어진 의자를, 양탄자의 짙은 자주색을, 가 구들의 검은색을, 찬장에 놓인 쟁반들의 은색을, 이 모든 색

깔의 풍부함이 돋보이도록 창백한 크림색으로 칠한 밝은
벽을 넋 나간 표정으로 쳐다보았다.

방 한가운데에 어마어마하게 큰 식탁이 있고, 그 식탁에
둘러앉은 부인들 가운데에 해리가 있었다. 아다는 해리를
금방 알아보았다. 해리는 자두색 비단 잠옷을 입고 있었다.
아다는 그렇게 두껍고 반짝거리는 비단 천은 비슷한 것조
차 본 적이 없었다. 그녀는 사람들이 해리를 그런 식으로 입
히고 애지중지하는 것으로 보아 해리가 병에 걸린 모양이
라고 생각했다. 해리 앞에는 달걀 껍데기처럼 희고 섬세한
자기 잔과 도금한 코크티에*가 놓여 있었다. 접시에는 갈색
빵 조각 두 개가 담겨 있었다. 부인 하나가 은 솔방울로 뚜
껑을 장식한 작은 크리스털 그릇에서 버터를 떠서 빵 조각
에 펴 발랐다. 다른 부인이 긴 부리가 달린 은주전자를 들어
해리의 잔에 커피를 따랐다. 세 번째 부인이 커피에 우유를
붓고는, 손 안경으로 들여다보며 커피 표면에 남은 하얀 크
림을 작은 은수저로 꼼꼼하게 제거해주었다. 네 번째 부인
이 끓는 물로 채워진, 똑같이 도금된 움푹한 접시에서 막 꺼
낸 달걀을 썰어주었는데, 아다가 여태까지 보아온 칼 대신,
특별히 제작된 금박 입힌 둥근 가위를 사용했다. 그게 다른
것보다 특히 더 신기했다.

---

* 반숙된 달걀을 담는 작은 잔.

부인 넷 중 둘은 레이스가 달린 가운을 입었고, 아침 시간 인데도 큼지막한 다이아몬드 귀걸이를 하고 있었다. 그들은 해리의 어머니와 숙모였다. 그들은 살이 쪄서 무거운 몸에 피부가 희고 머리칼이 검었으며 이마 양쪽에 반짝이는 조개껍데기 머리쓰개를 썼다. 활짝 피어난 거대한 흰색 작약 같은 그들은 자기 삶에 만족하는 중년 부인의 배부르고 게으르고 느린 풍모, 깔보는 듯한 표정, 지나치게 부유하고 행복한 암컷들의 악랄하고 무자비한 눈을 하고 있었다. 그들보다는 젊은 다른 두 부인은 아직 결혼하지 않은 노처녀 숙모들이었다. 그들은 영국식으로 옷을 입었다. 거칠고 남성적인 천으로 만들어 곧게 뻗은 치마와 목깃에 풀을 먹인, 아주 뻣뻣한 리넨 블라우스. 그들은 숙녀보다 더 '숙녀다운', 젊은 유대인 백만장자 세대의 깍듯한 예의범절과 그들의 몸짓 하나하나에 대해 '내가 사람들 눈에 띄지 않으려고', '세간의 이목을 끌지 않으려고' 얼마나 애쓰는지 좀 보세요. 나는 평범한 사람들 틈에 섞여 잊히고 싶어요'라고 말하는 듯한 가식적인 소박함과 검소함을 갖추고 있었다.

벤과 아다가 나타나자 그들은 일제히 식사를 중단했다. 손 안경들이 오르내리더니 목소리들이 터져 나왔다.

"저 꼬마들은 뭐야?"

벤이 얘기를 늘어놓는 동안, 식사를 멈춘 해리의 얼굴이 겁에 질려 점점 창백해졌다. 그는 도무지 믿을 수 없다는 표정으로 남자아이와 여자아이를 번갈아 쳐다보았다. 남자아이는 머리가 까치집 같은 데다 무르팍이 찢어졌고, 여자아이의 풀어헤친 머리카락은 먼지와 땀에 떡진 채 굵고 너저분한 술처럼 눈썹 위로 늘어져 있었다.

벤이 해리의 표정을 보고는 의도적으로, 그때까지는 거의 사실에 가까웠던 이야기에 시체 몇 구와 배가 갈라진 여자 십여 명을 끼워 넣어 잔혹하게 꾸며대기 시작했다. 그러자 해리는 자신의 접시를 완전히 밀어내고 의자에 앉아 허옇게 질린 얼굴로 몸을 벌벌 떨었다.

벤이 숨을 돌리려고 이야기를 멈추자, 아다가 기어드는 목소리로 말했다.

"제발, 먹을 것 좀 주세요."

아다가 식탁으로 다가가자, 여자들이 일제히 벌떡 일어나서 몸으로 해리를 보호했다.

"다가오지 못하게 잡아! 아마 엄청 더러울 거야. 병에 걸렸을지도 모르고! 다가오지 마, 이것아! 거기 그냥 있어. 그러면 먹을 걸 줄게. 돌리, 저 아이들을 부엌으로 데려가요."

"우린 더럽지 않아요." 아다가 소리쳤다. "당신들도 밤새 궤짝 속에 갇혀 있었다면, 당신들의 아름다운 옷도 찢어졌을 거고, 당신들의 얼굴도 먼지 범벅이었을 거예요."

'언젠가는 당신들에게도 그런 일이 일어나기를!' 아다는 속으로 이렇게 생각했지만, 입 밖에 내지는 않았다.

누가 하녀에게 '그 꼬마들'을 부엌으로 데려가 차 한 잔과 빵 한 덩이씩을 주라고, 그러고 나서 지시를 기다리라고 말했다. 그사이, 해리는 의자에서 슬그머니 내려와 사라지고 없었다. 하인들이 아이들을 데리고 나가려고 할 때, 해리가 아다의 할아버지와 마치 형제처럼 닮은 노인을 대동하고 돌아왔다. 모두 입을 다물었다. 그는 집안의 주인인 시너 노인이었다. 그는 너무 돈이 많아 유대인들의 상상 속에서 위신과 재산에 있어서 그를 능가하는 사람은 오로지 로스차일드뿐이었다(황제 니콜라이 2세는 세 번째 자리를 차지했다).

시너 노인은 야위고 누렇고 투박한 얼굴에 코는 주먹에 맞아 두 동강이 난 것처럼 이상하게 생겼고, 깊은 눈두덩은 움푹 들어가서 거의 보라색으로 보였으며(사람들은 그것이 그의 생명을 좀먹는 암의 가장 확실한 표식이라고 했다), 붉은색의 가늘고 구불구불한 줄무늬들이 내달리는 안구에 눈동자에는 초록빛이 돌았다. 하지만 그의 모든 것, 덥수룩한 흰 수염과 달걀처럼 반질반질한 대머리, 유연한 등, 뿔처럼 딱딱하고 둥글고 흰 누런색의 손톱으로 마무리되는 마르고 긴 손가락, 느릿느릿하고 날카로운 이디시어 억양은 벤과 아다에게 친근했다. 시너 노인은 게토의 노인, 중개인, 고철장수, 구두 수선공과 판박이처럼 비슷했다. 아이들은 그 앞에서 경외심과 존경심으로 주눅이 들긴 했어도 그를 무서

위하지는 않았다.

　이번에도 그들이 겪은 일에 대해 떠벌린 사람은 벤이었
다. 아다는 약간 떨어져 서 있었는데, 힘이 없고 아프다는
느낌이 들면서 갑자기 자신의 운명에 대해 무관심해졌다.
그사이, 아다는 자신이 기절해야 한다는 생각이 들었다. 책
에서는 아이가 기절하면 사람들이 곧바로 도움의 손길을
내밀어준다. 먹을 걸 주고, 깨끗하고 따뜻한 침대에 눕힌다.
그것을 상상하는 것만으로도 아다는 갈망으로 온몸이 떨렸
다. 아다가 눈을 어찌나 꼭 감았는지 머리가 갑자기 바닷소
리 같은 묵직하고 부드러운 윙윙거림으로 가득 찼다. 그렇
게 잠시 기다렸지만 기절하지는 않았다. 아다는 아쉽다는
듯 눈을 떴고, 등 뒤로 두 손을 맞잡고 벽에 기댄 채 주변의
사람들을 보는 자신을 발견했다. 여자들은 화가 나서 몹시
흥분한 듯 보였다. 그들은 앞다퉈 언성을 높였고, 아이들을
향해 공포에 질린, 거의 증오에 찬 눈길을 던졌다.

　'아줌마들이 참 못됐네.' 아다는 속으로 생각했다. 하지만
가끔 그러듯이, 그녀는 동시에 다른 두 가지 생각에 사로잡
혔다. 순진하고 유치한 생각과 성숙하고 관대하며 현명한
생각. 내면에 두 명의 아다가 있었다. 그중 하나는 사람들이
왜 자신을 쫓아내려고 하는지, 왜 자신에게 화를 내는지 이
해했다. 굶주린 아이들은 부유한 유대인들 앞에 불쑥 나타
나 영원한 일깨움처럼, 참담하고 부끄러운 기억처럼 한때

그들 자신이었던 것, 또는 그들 자신이 될 수도 있었던 것을 떠올리게 했다. 하지만 그들 중 아무도 감히 '그들이 언젠가 또다시 될 수도 있는 것'을 떠올리지는 않았다.

아다는 커튼 뒤에 숨었고, 곧바로 반쯤 잠이 들었다. 이따금 잠을 깨려고 손등을 입으로 가져가 가볍게 깨물었다. 사람들은 잠에 취한 창백한 얼굴 하나가 비단 주름 사이에서 나타나 사람들이 자신을 보지 못한다고 믿고는 살금살금 고개를 내밀고 여자들을 향해 혀를 내미는 것을 보았다.

사람들이 커튼 뒤에서 나오게 했을 때 아다는 걸으면서 자고 있었다. 아다는 벤과 함께 어마어마하게 큰 방으로 떠밀려 갔는데, 시너 노인의 서재였다. 사람들이 작은 상을 차려주었고, 아이들은 허겁지겁 먹었다. 아다는 너무 피곤해 노인의 질문에 아무 대답도 하지 않았다. 그 질문들을 아예 듣지도 못했다. 나중에 벤은 그런 아다를 잔인하게 놀려댔다. 벤은 흥분에 들뜬 날카로운 목소리로 아주 크고 빠르게 말을 했다.

"이스라엘 시너가 네 백부라고? 나도 그에 대해 들은 적이 있단다. 아주 성실한 유대인이라고 하더구나."

노인이 배려와 연민이 담긴 억양으로 천천히 흘리듯이 말했다. 아래 구역의 유대인에 대해 성실하다고 말할 때, 어떻게 그를, 주님께서 깜빡하시는 바람에 자신을 보호할 손발톱과 이빨을 받지 못한 그 가엾은 인간을 어떻게 불쌍히 여기지 않을 수 있겠는가?

"날 찾아오라고 전해라. 내가 돈을 좀 벌게 해줄 터이니 (자신과 거래하는 하르키우의 중개인들 대신 부지런하고 신중하지만 뛰어난 지능까지 갖추진 않은 것으로 보이는 유대인에게 일을 맡기는 것도 나쁘지는 않을 터였다)."

노인은 아이들이 편하게 먹을 수 있도록 돌아서서 창가로 갔다. 거기서는 저 멀리, 아래 구역의 지붕들이 보였다. 그에게 너무나 가까운 동시에 너무나 먼… 그 저주받은 동네를 바라보면서 노인이 무슨 생각을 하는지 알 수 있다면 참 흥미롭겠다고 막연하게나마 아다는 생각했다. 하지만 그처럼 어마어마하게 돈이 많은 사람의 생각은 하늘에 거하는 사람들의 생각만큼이나 고상하고 기묘해서 평범한 사람들은 도저히 이해할 수 없는 것일 터였다. 게다가 주변의 모든 것이 꿈이나 헛것으로 느껴질 정도로 아다는 피곤했다. 아다는 이튿날이 되어서야, 시녀 가문의 연락을 받은 아버지가 아다와 벤을 릴라의 친구 집에 데려간 후에야 외부 세계에 대한 의식을 되찾았다. 아다는 스물네 시간 동안 내리 잠만 잤다.

9

시너 노인은 약속을 지켰고, 아다의 아버지에게 일할 기회를 주었다. 노인이 제공한 중개료는 변변찮았지만, 감히 넘볼 수 없는 영역에 있는 가문의 보호를 받는다는 사실은 이스라엘 시너 같은 남자의 사회적 지위를 드높이기에 충분했다. 그는 곧 상당한 인정을 받았다. '부자 동네의 왕이 일을 맡긴 걸 보면 모르긴 해도 대단한 자질을 갖춘 게 틀림없어.' 사람들은 이렇게 생각했다.

그사이 그의 후원자가 사망했다. 어마어마한 상속에 관여한 사업가들이 몇몇 거래를 이스라엘에게 맡겼고, 그는 그 거래를 훌륭하게 해냈다. 사업가들은 더 중요한 다른 거래를 맡겼다. 그래서 이스라엘은 이 년 만에 부자라고 할 수

는 없어도 적어도 넉넉할 정도의 돈을 벌었다. 유대인 사회
에서는 모든 일이 급격하게 일어났다. 행복과 불행, 번영과
빈곤이 하늘에서 내리는 비처럼 그들에게 쏟아졌다. 이것이
그들에게 끊임없는 불안감과 불굴의 희망을 동시에 주입했다.

또 다른 사건, 외할아버지의 죽음이 라이사 숙모에게 그
녀의 꿈 하나를 실현하게 해주었다. 할아버지는 포그롬의
밤 이후로 실의에 빠져 망연자실한 상태로 지냈다. 잘 걷지
도 먹지도 않았다. 그는 얼마 못 가 숨을 거두었고, 그의 죽
음과 함께 시너 가족이 아래 구역에 거주해야 할 주된 이유
가 사라졌다.

시너 가족은 더 높은 곳으로 이사했다. 언덕과 게토 사이
의 중간 구역으로.

라이사 숙모는 자그마한 성공에 만족하는 여자가 아니었
다. 이제는 릴라의 교육에 힘써야 했고, 우선 프랑스어를 가
르쳐야 했다. 당시 시너 가족의 고향에는 유복한 집안 자제
들에게 프랑스어를 가르치는 나이 든 프랑스 여자가 있었
다. 사람들은 그녀를 마담 미미라고 불렀다. 그녀의 본명을
아는 사람은 아무도 없었다. 그녀는 발랄한 성격에 몸은 비
쩍 말랐지만 우아해 보였고, 눈은 툭 튀어나왔으며 코는 깃
털이 듬성듬성하지만 여전히 매력적인 새의 부리처럼 가느
다랗고 굽었다. 류머티스를 앓고 있어서 다리가 뻣뻣하고
말랐지만, 크리스마스 무도회에서 춤을 못 추거나, 유행에

따라 풍성한 드레스 아래로 삐죽 나오는 태피터 페티코트
를 우아하게 걷어 올리지 못하거나, 그녀에게 프랑스어와
함께 쉴리 프뤼돔*의 시, 〈귀여운 통킹 아가씨〉나 〈깨진 꽃
병〉을 배우는 제자들의 건강을 위해 '샴페인 한 잔'을 마시
지 못할 정도는 아니었다. 그녀에게는 억척스러운 유대인
들이 스스로 찾아내지 못하는, 낙천적이고 정겹고 부드럽
고 유쾌한 삶의 방식이 있었다. 그녀는 젊은 시절을 보낸 페
테르부르크에서 왕실 귀족 중 하나와 염문을 뿌리고 다녔
다고 넌지시 말하곤 했다(예전에 유명했던 이름 하나를 슬
며시 흘리면서). 그 이야기는 평판에 해가 되지 않았다. 한때
상류사회에서 잘나갔고, 아스파라거스를 어떻게 먹어야 하
는지(포크로 먹어야 하는지, 손으로 먹어야 하는지) 정확하
게 알며, 최고의 프랑스어, 다시 말해 너무나 어려운 발음과
너무나 재미있는 은어를 아이들에게 가르치겠다고 자신 있
게 말하는 여자를 집에 들이는 걸 내심 흡족해하지 않을 사
람은 없었다.

  마담 미미는 곧 릴라와 아다에게 각별한 애정을 보였다.

  "릴라는 지나가는 곳곳에 사랑이 피어나게 할 거야."

  그녀는 마르고 긴 손가락을 민첩하고 매혹적으로 움직이
며 이렇게 말하곤 했다. 마치 다발에서 꽃송이들을 꺼내 흩

---

* Sully Prudhomme(1839-1907) 프랑스 시인, 노벨문학상을 수상한 최초
의 작가다.

뿌리듯 릴라가 나아가는 길에 보이지 않는 구애자들을 뿌려놓는 것 같았다.

"그리고 아다는… 아! 성깔이 얼마나 대단한지… 한번 마음을 주면 영원히 변치 않을 거야."

아다는 뿌듯한 기분이 들었다. 사랑과 관련해 프랑스 여자가 내린 판단은 이론의 여지가 없는 것이었다. 가령 난파를 당해 야만인의 땅으로 표류한 일류 요리사가 자기 나라의 조리법에 대해 말하면, 완전히 매료된 원주민들은 입을 다물고 찬탄의 눈길을 던질 수밖에 없다. 마담 미미는 사업이니, 수수료나 중개료니, 상석을 차지할 권리를 두고 벌어지는 말다툼 따위는, 다시 말해 시녀 가족과 그 부류의 삶 대부분을 이루는 것은 무시했고 경멸했다. 하지만 감정은 그녀의 영역이었다. 따라서 그녀를 믿어야 했다. 라이사 숙모는 꿈에서 칸의 꽃축제 때 화려하게 꽃장식을 한 마차를 타고 가는 릴라를 보았다. 아다는 하나의 그림자를, 하나의 유령을, 포그롬 이후로 두 번 다시 보지 못했지만, 끊임없이 그녀의 마음을 사로잡고 있는 해리를 더 소중하게 여겼다.

오직 그림에 대한 열정만이 그 마음과 겨룰 수 있었다. 아다는 늘 그림을 그렸다. 아버지가 첫 화구 상자를 사준 것은 그녀가 열 살가량 되었을 때였다. 그때부터 그녀는 창 아래의 눈 덮인 거리, 3월 하늘의 회색빛 색조, 사람의 얼굴 등을 지치지 않고 그려대기 시작했다…. 도무지 지칠 줄을 몰랐

다. 붉은 얼굴에 작고 검은 무시무시한 눈을 가진 나스타샤
든, 주먹 쥔 손을 만돌린 형태의 블라우스 아래쪽 허리 부분
에 올려놓고 있는 라이사 숙모든, 퍼케일 면으로 만든 치마
차림의 릴라든, 늙은 할미새의 얄밉고 우아한 표정을 짓고
있는 마담 미미든, 모든 것이 아다의 마음에 들었고 흥미를
끌었다. 하지만 아다는 무엇보다 해리의 얼굴을, 자신의 기
억 속에 남은 그대로 끊임없이 그렸다.

아다는 마담 미미에게 자신의 그림들을 보여주었다. 그
런데 어느 날 마담 미미가 초상화 속 해리를 알아보고는 말
했다.

"내가 널 이 어린 꼬마하고 놀게 해주마." 그녀가 명민하
고 생기 넘치고 반짝이는 눈길로 아다를 뚫어지게 쳐다보
며 말했다.

아다의 얼굴이 창백해졌다.

"그럼… 선생님은 저 아이를 아신다는 말이에요?"

"그 집에서 프랑스어를 가르친 적이 있어. 그 후로 아주
좋은 관계를 유지하고 있지. 어디 보자, 돌아오는 2월에….."

"2월요?" 아다가 숨을 헐떡이며 반복했다.

"네 숙모하고 릴라와 함께 알리앙스 프랑세즈 축제에 오
면 내가 그 아일 소개해주마."

알리앙스 프랑세즈는 매년 프랑스 문화 애호가들을 모아
공연을 펼쳤고, 공연이 끝나면 무도회가 이어졌다. 이 행사

의 수익은 전액 이웃 돕기에 사용되었다. 공연이 열리면 중간 구역의 사람들이 몰려와 만원을 이뤘고, 위쪽 구역 사람들이 가끔 모습을 비치기도 했다. 마담 미미는 성심성의껏 행사를 준비했지만, 시도 때도 없이 한숨을 쉬며 이렇게 말하곤 했다.

"아! 왕자의 집에서 무도회를 열던 시절은 어디로 가버렸는지! 샴페인이 넘쳐흐르고, 날이 훤히 밝아올 때까지 폴카와 마주르카가 울려 퍼지고, 내가 나비처럼 가볍게 춤을 추던 그 시절은…."

"아직도 춤을 잘 추시잖아요." 아다가 말했다.

그러면 마담 미미는 치마 밑단을 살짝 들어 올리고 거울 달린 장롱 앞에 서서 한 걸음을, 단 한 걸음을 내디뎠는데, 우수 어린 자기 조롱이 미묘하게 밴 그 우아하고 생동감 넘치는 동작에 아다는 완전히 매료되었다.

"아! 내가 선생님의 그런 모습을 화폭에 담을 수만 있다면! 하지만 숙모가 릴라와 함께 저도 데려갈 거라고 생각하세요?"

"물론이지, 물론이지, 내가 알아서 하마!"

아직 가을이었고, 축제는 2월에 열릴 예정이었다. 아다는 속으로 생각했다. '2월이 되면 해리를 보게 될 거야. 그가 나와 함께 춤을 추며 놀 거야. 난 그의 눈에 더는 아래 구역에서 온 거지나 떠돌이, 천민, 유대인 여자아이가 아닐 거야.'

그녀는 이제 프랑스어를 할 줄 알았다. 격식을 갖춰 인사할 줄도 알았다. 그녀는 '다른 사람들'과 똑같았다. 포그롬 이후로 두 번 다시 못 만났지만, 그녀는 해리를 더 잘 보았다. 그녀에게 해리는 벤이나 라이사 숙모보다 더 생생하게 살아 있었다. 학교를 파하고 어두운 겨울 거리에서 꽁꽁 언 손가락을 호호 불면서, 휘날리는 눈과 얼음장 같은 바람에 눈꺼풀이 따끔거리는 걸 느끼면서 서둘러 발걸음을 옮길 때, 아다는 그 소년이 자기 곁에 있다고 믿었다. 그에게 말을 걸었고, 그의 대답을 지어냈다. 놀라운 일, 행복한 사건, 만남, 다툼과 화해로 가득한 드라마 한 편을 스스로 지어내며 놀았다.

마침내 축제일이 되었다. 부엌에서 뜨겁게 달궈지는 다리미 냄새, 릴라가 뚜껑을 열어 손등에 발라보고 야단스럽게 비교해보는 싸구려 향수 냄새가 아침부터 시너 가족의 집을 가득 채웠다. 릴라와 아다는 검은 실로 짠 스타킹과 풀 먹인 치마를 침대 위에 펼쳐놓았다. 새로 산 회색 아마포 코르셋은 릴라의 것이었다. 릴라는 마담 미미가 축제를 위해 특별히 작곡한 악극 〈장미와 나비〉에서 춤추고 노래하고 낭송을 하기로 되어 있었다. 마담 미미는 못 하는 게 없는 여자였다.

"내가 무대에 오르면 모든 사람이 손뼉을 치며 환호할 거야." 릴라가 말했다.

릴라는 좋아 어쩔 줄 몰라 방 안에서 빙글빙글 돌기 시작했다. 그녀는 나비처럼 우아하고 가벼웠다. 릴라는 아주 작은 발, 전쟁 전에 사람들이 좋아했던 다리, 가는 발목을 가지고 있었지만, 장딴지는 불룩했고 허벅지는 약간 살찐 편이었다.

릴라는 아다와 함께 라이사 숙모의 방에 있었다. 아다도 그새 많이 자랐다. 뻣뻣해서 다루기 어려운 머리카락은 빗질해서 짧게 땋았지만, 눈썹 높이에서 자른 채 내버려둔 이마 위의 들쑥날쑥한 앞머리는 가끔 흘러내려 눈을 덮기도 했다. 그럴 때면 머리카락 사이로 드러나는 눈빛이 잡목림에 숨어 있는 작은 야생동물의 반짝이는 눈빛 같았다.

하루가 천천히 흘러갔다. 마침내 등이 켜졌다. 아파트는 고데기 냄새보다 더 강한, 저녁 식사를 위해 삶은 붉은 배추 냄새로 가득 찼다. 벤이 학교에서 사귄 친구를 식사에 초대했다. 금발에 혈색 좋은 이바노프는 열한 살로, 뺨이 어린아이처럼 빨갛고 솜털이 보송보송했다. 친구들이 장난삼아 그의 뺨을 꼬집곤 했는데, 그러면 눈처럼 하얀 자국이 남았고, 나머지 얼굴은 빨갛게 달아올라 마치 그 살이 버찌와 우유로 반죽한 것처럼 보였다. 벤과 이바노프는 식당 등 아래 앉아 있었는데, 눈이 크고 푸르며 작은 입술이 붉고 도톰한 부드럽고 웃음 많은 이바노프가 벤의 얘기를 말없이 듣고만 있었다. 벤은 엄마가 들을까 봐 감히 목소리를 높이지 못했지만, 변화무쌍한 표정과 잠시도 가만히 두지 못하는 두 손, 끊임없이 움직이는 몸짓이 목소리보다 더 많은 감정을 전했다.

벤은 거짓말을 섞어가며 정신 나간 이야기를, 혼자서 자기보다 힘도 세고 나이도 많은, 게다가 돌로 무장하기까지 한 아이 여섯 명과 싸움을 벌인 이야기를 늘어놓고 있었다. 그는 마치 헛것이라도 본 것처럼 그 장면을 정확하고 자세하게 묘사했다. 실제로 싸우는 시늉을 하며 자신이 하는 말 한마디 한마디가 모두 사실이라고 가장 신성한 맹세를 통해 증명했다. 그는 자신이 엉뚱하게 꾸며낸 이야기에 취했고, 자신이 이야기하는 모든 것을 믿었다. 자기 몸이 불처럼 뜨거워졌다가 얼음처럼 차가워지는 것을 느꼈다. 이바노프는 두 손으로 얼굴을 가린 채 벤의 이야기를 마시듯 듣다가 가끔 희미한 목소리로 "거짓말이지? 응? 솔직히 말해봐. 지어낸 얘기지?" 하고 말했고, 벤은 그를 때리고 싶은 욕구와 안아주고 싶은 욕구를 동시에 느꼈다.

"정말이야, 맹세해! 거짓말이면 주님께서 내게 벌을 내려 지금 당장 죽게 하시길! 여길 돌멩이로 맞았다니까…."

벤이 열에 들뜬 작은 손으로 이마를 가리는 머리카락을 들어 올리고 눈두덩을 보여주었다. 어린 이바노프는 주문처럼 속으로 되뇌었다. '거짓말이야. 벤이 얘기하는 건 사실이 아니야. 사실이 아니란 걸 난 알아. 벤은 더러운 거짓말쟁이 유대인이야. 돌멩이에 이마를 맞았으면 자국이 남아야 하잖아.' 그런데 정말 자국이 없었을까? 이마를 세게 문지르고 머리 타래를 앞뒤로 마구 잡아당긴 끝에 벤은 결국 눈 위에 붉은 자국이 나타나게 했다.

"맞은 자리 보이지? 보이지?"

벤은 왜 이렇게 끝까지 우겼을까? 좋아하는 이바노프의 눈에 들기 위해서였다. 이바노프의 애정과 존경만으로도, 그의 내부에 있지만 정작 자신은 거의 의식하지 못하는 영혼의 게걸스러운 갈증을 충분히 해소할 수 있었을 테니까.

"그러니까, 이바노프, 내가 널 얼마나 잘 지켜줄 수 있는지 이제 알겠지…. 나랑 있으면 아무것도 두려워할 필요 없어. 난 자코블레프나 폴로프(그의 호적수들)보다 훨씬 더 힘이 세고 영리해. 그런데, 이바노프, 넌 왜 걔들하고 노니? 봄이 되면 모두가 잠자리에 들었을 때 창문으로 몰래 빠져나가 강둑에 모닥불을 피우자. 내가 밤에 횃불을 피워서 물고기 잡는 법을 가르쳐줄게. 한 사람이 횃불을 들고 있으면(벤은 자기가 지어낸 이야기에 취해서 말을 이어갔다) 불꽃들이 허공에 날아다니면서 머리카락을 붉게 물들일 거고, 다른 하나가 낚싯줄을 던질 때마다 아가미에서 피가 철철 흐르는 어마어마하게 큰 은빛 물고기가 온몸을 요동치면서 물밖으로 튀어 오를 거야! 넌 맨손으로 줍기만 하면 돼. 아침이 되면 물고기를 시장에 내다 파는 거야. 그래서 돈이 제법 모이면 총도 사고, 진짜 총알도 사고, 그리고 또…."

벤이 꿈꾸듯이 덧붙였다.

"…자전거도 사고…."

불붙은 듯 뜨거웠던 그의 작은 손이 욕망으로 얼음처럼 차가워졌다.

"나랑 같이 갈 거지, 이바노프?"

"응."

"그런데 너도 알겠지만, 내가 널 데려가려면 네가 자코블레프나 폴로프보다 나랑 있는 걸 더 좋아한다는 걸 내가 알아야만 해."

"난 너랑 있는 게 더 좋아."

"말만으로는 충분치 않아. 당장 내일부터 그 녀석들을 피해 다녀. 그 녀석들이랑 더는 놀지 마. 멍청하고 막돼먹은 놈들이잖아. 그놈들을 어쩔 거야?"

"약속은 못 하지만…."

"좋아! 너한테 아무것도 요구하지 않겠어. 다른 친구를 찾아보는 수밖에."

"너랑도 놀고, 개들하고도 놀면 왜 안 되는데?" 이바노프가 절망에 빠진 표정으로 물었다.

"그건 안 돼!" 벤이 단호하게 말했다. "나랑만 놀든지, 개들하고만 놀든지, 둘 중 하나야. 선택해, 선택하라고." 자신의 검은 머리 타래가 이바노프의 분홍빛 무릎에 닿을 때까지 몸을 숙이며 벤이 채근했다.

잡아먹을 듯이 번뜩이는 벤의 눈길을 보고 잔뜩 주눅이 든 이바노프가 기어드는 목소리로 말했다.

"선택했어."

"나하고만?"

"너하고만."

벤이 갑자기 몸을 뒤로 젖히고 의자에 풀썩 주저앉았다. 마침내 원하는 것을, 적어도 그 상징이나 이미지를 얻어낸 것이다. 그에게는 진실 따위보다 자신이 가지고 싶은 것을 가졌다는 환상이 더 중요했으니까. 이제 다른 것이 필요할 터였다. 자코블레프와 폴로프를, 다음에는 그를 도저히 참아내지 못하는 자연과학 선생을, 마지막으로 늘 그에게 맞서는, 정곡을 찌르는 말로 그를 놀려대는 아다, 반역자 아다를 같은 방식으로 매료시켜야 할 터였다. 하지만 아다는… 아! 빌어먹을 해리에게 복수할 날이 어서 오기를! 아다가 해리 얘길 꺼낸 적은 없지만, 벤은 아다가 그 가증스러운 부자들의 떨거지를 끊임없이 생각한다는 걸, 그를 꿈꾼다는 걸 알고 있었다. 그런데 그날 저녁 아다가 그 자식을 만나게 된다니…. 벤이 엄마와 누나를 따라 축제 가기를 거부한 것도 그 때문이었다! 벤은 해리만 떠올리면 싸움을 더 잘하거나 선생님에게 고자질한 친구에게 품는 단순한 증오보다 더 미묘하고 섬세한 뭔가를 느꼈다. 찬탄과 시샘, 맹렬한 혐오가 뒤섞인 감정이었다. 이바노프가 벤과 전혀 다른 삶을 산다면 그건 어쩔 수 없는 것이었다. 하지만 해리는…. '그 자식이 내가 되고, 내가 그 자식이 될 수도 있었어.' 벤은 이렇게 생각했다. 그는 할 수만 있다면 자신이 겪은 모든 고통을, 동상(凍傷), 작아진 신발 때문에 짓무른 발, 엄마가 때리는 따귀, 선생님들의 꾸지람 등을 그도 겪게 하고 싶었다. 그러는 동시에 상상으로 해리의 자리를 차지했다. 상상 속에서는 그도 해리처럼 잘 먹고 잘 입고 큰 사랑을 받았다. 해리처럼 부자였다. 아닌 게 아니라, 그의 백부와 엄마의 말이 맞았다. 유대인에게는 부유함이 곧 구원이다. 해리나 그나… 같은 피, 같은 성을 갖고 있었다. 해리의 주변에는 웃음뿐이었지만, 벤의 주변에는….

그사이, 여자들이 축제를 위해 차려입었다. 릴라는 흰색의 얇은 모슬린 드레스에 물결 무늬 허리띠를 매고, 금갈색 구두에 머리에는 작은 조화로 장식한 화관을 썼다. 릴라와 아다는 일주일 전부터 얇은 망사를 자르고 꿰매 만든 물망초들을 화관의 놋쇠 받침에 붙였다. 아다는 교복 위에 하얀 예식용 앞치마를 두르고 머리에는 커다란 붉은색 리본을 묶었다.

릴라가 손수건과 허리띠에 향수 몇 방울을 떨어뜨렸고, 손가락에 향수를 묻혀 목과 윗입술에 발랐다. 아다가 입을 다물지 못하고 쳐다보며 물었다.

"목과 입술에는 왜 바르는데?"

"아! 그냥…."

"오! 릴라, 누가 언니한테 뽀뽀할 거라고 생각하는 거야? 입술에? …그리고 목에도? …오!"

"쉿! 입 다물어! 엄마가 듣겠어!"

"나도 좀 줘, 응?"

"왜?" 릴라가 아다를 향해 웃으며 말했다. "너도 누가 너한테 뽀뽀해주기를 바라는 거야?"

릴라는 장난으로 아다의 머리카락에 향수를 약간 뿌려주었다. 아다는 너무나 깊은 충격을 받아 릴라와 함께 웃지 못하고 얼이 빠져 있었다. 도대체 입맞춤이 뭐기에 사람들은 그것을 그토록 금하는 동시에 탐하는 걸까? 벤과 입을 맞춘다고 해도 분명 아무 쾌감도 느끼지 못할 터였다! 하지만 만일 아다가 해리의 여자친구가 된다면, 그도 입을 맞추려 할까? 이 생각을 하자, 이유는 알 수 없었지만, 얼음과 불꽃의 파동이 그녀의 몸을 훑고 지나갔다.

갑자기 아다는 달아났다. 컴컴하고 먼지 냄새가 나는 광으로 달려가 숨었다. 문을 잠그고 광 한가운데에 무릎을 꿇고 앉았다. 그러고는 두 손을 모아 주님께 기도했다.

"주님, 해리가 절 알아보게 해주세요. 해리가 저에게 눈길을 던지게 해주세요."

아다는 잠시 망설였다. 나스타샤는 늘 성호를 그어 기도를 마무리했다. 이런 소원을 빌고 성호를 그으면 신성모독이 되는 건 아닐까? 하지만… 아다는 참을 수가 없었다. 그녀는 떨리는 손으로 이마와 가슴에 성호를 그었다. 그러고는 일어섰다. 광을 나서면서 자신의 교복이 더러워진 것을, 앞치마 무릎 부분이 구겨진 것을 보고 망연자실했다. 하지만 어쩔 도리가 없었다.

아다는 릴라 곁에 앉아 아무 말 없이 치장을 마무리하는 릴라를 지켜보았다. 마침내 라이사 숙모가 그들을 데리러 왔다. 보라색 비단 드레스 차림으로, 컬을 넣은 붉은색 머리카락을 나비 모양 인조 보석으로 묶고, 소매 위쪽을 한껏 부풀리고, 희망에 고무된 채.

10

행사장은 종이 화환, 파릇파릇한 식물, 그리고 작은 삼색 깃발들로 장식되어 있었다. 공연이 막 시작되었다. 열을 지어 빼곡이 놓인 의자에 불안에 찬 어머니들이 앉으면서 이제 의자 삐걱거리는 소리는 멎었다. 어머니들은 손 안경을 무대 쪽으로 고정시킨 채 미동도 없이 여자아이 스물다섯 명이 입을 모아 노래하는 무대를 바라보았다.

"프랑스에서 새가 날아들어…."

어머니들은 두꺼운 목덜미 위로 검은 머리카락을 굵게 틀어 올렸고, 남편의 신분과 사회적 성공에 따라 더, 혹은 덜 하얀 다이아몬드 귀걸이를 하고 있었다. 은행가 정도는 되어야 진주 목걸이가 격에 맞다고 여겨졌지만, 다이아몬드는 맨 아래 계층 즉 2부 길드 상인들에게도 허용되었다.
라이사 숙모는 마침내 존중받는 중년 부인들 가운데에 자
기 자리를 찾았다. 중년 부인들은 '부자 시너 가족' 전용으
로 칸막이 좌석을 마련해놓은 작은 연단 바로 아래 앉아 있
었다.

'부자 시너 가족'은 공연 도중에 도착했다. 그들이 들어서
는 것을 본 순간 사람들의 얼굴에 황송해하는 동시에 무관
심을 가장한 표정이 떠올랐다. 부자 시너 가족과 같은 장소
에 있는 건 큰 영광이지만, 자기 자신이 누군지도 잊지 말아
야 했다. 레비 가문, 라비노비치 가문이 아닌가! 여자들은
가슴을 앞으로 내밀어 블라우스를 부풀리고 다이아몬드 귀
걸이를 흔들어 번쩍이게 하며 수군거렸다.

"시너 가족 무도회에는 총독도 참석한대요…."

시너 가족 가운데에 해리가 앉아 있었다. 그때 그는 열세
살이었다. 해리가 금실로 지은 옷을 입고 있어도 아다는 놀
라지 않을 것이다. 해리의 복장이 훨씬 수수했지만, 그 역
시 아다의 눈에는 특별해 보였다. 해리는 담회색 바지를 입
고 검은색 상의에 명문 이튼 중학교의 둥근 목깃을 두르고
있었다. 소심하고 침울한 표정을 짓고 있었지만, 아다의 눈
에는 그것마저 너무나 멋있어 보였다. 머리도 얼마나 깔끔
하게 손질했는지! 해리는 아다가 그린 프로그램 하나를 손
에 들고 있었고, 그의 앞에는 초콜릿 상자가 놓여 있었다.

그가 초콜릿을 집다가 놓친 프로그램이 잠시 허공을 맴돌다 아다 근처에 떨어졌다. 아다는 떨리는 손으로 그것을 집어 꼭 쥐었다.

그사이, 푸들처럼 머리를 곱슬곱슬하게 만 여자아이가 극작가 코르네유가 당대에 써넣은 것에 'r' 세 개를 넉넉하게 보태며 〈카미유의 저주〉를 낭송했다. 강한 인상을 받은 관중이 귀를 기울였다.

"로로로마, 내 원한의 류류류류유일한 대상이여!"

허벅지가 발그레한 뚱뚱한 남자아이가 무대 위에 나타나 대사를 시작했다.

"떨어진 나뭇가지에 매달린 바싹 말라버린 가엾은 나뭇잎…"

그러다가 대사를 멈추고 울음을 터뜨리며 발아래에 뚜껑 문이라도 있는 것처럼 갑자기 사라졌다.

그러고는 장미와 나비의 발레가 이어졌다. 릴라는 뚱뚱한 여자아이들 틈에서 매력적으로 우아하게 춤을 췄다. 알록달록한 스카프를 요란하게 흔들며 모든 관중에게 애교 섞인 미소를 날렸는데, 마치 이렇게 말하는 것 같았다.

'당신들은 왜 날 사랑하지 않죠? 날 사랑해야만 해요.'

릴라의 춤은 성공 이상이었다. 위대한 승리였다. 라이사 숙모는 의자에 아주 꼿꼿이 앉아 주변 사람들을 무시하듯 입술을 앙다문 채 쾌감을 음미했다. 그러면서 속으로 생각했다.

'내가 저 아이를 이 지방 도시에서 시들어가도록, 길을 잃고 그럴듯한 남편감을 찾느라 힘과 재능을 낭비한 나처럼 살아가도록 내버려둘 것 같아? 아니, 천만에! 릴라는 그보다 훨씬 큰 가치가 있어! 당신들은 릴라와 그녀의 어머니에 대해 말하는 걸 듣고 또 듣게 될 거야, 이 무지렁이들아!'

유명한 비극 배우 라첼도 집시의 마차에서 태어난 유대인이 아니던가? 유대인에게 불가능한 건 아무것도 없었다. 그들에게도 모든 길이 열려 있었다. 그들도 아찔할 정도로 높은 곳까지 올라갔다. 릴라에게는 거대한 러시아도 충분하지 않은 것 같았다! (게다가 모스크바와 페테르부르크는 유대인에게 출입이 금지되었다.) 아니, 릴라에게 필요한 건 파리였다! 오로지 파리에서만 그녀의 운을 시험해보고 모든 것을 걸어볼 가치가 있다! 얼마나 매력적인 아이인가! 얼마나 우아하게 인사를 하고, 얼마나 예쁘게 갈채에 답례하는가! 릴라는 무대를 위해 태어난 아이였다. 릴라가 분홍색과 녹색 스카프를 마지막으로 흔들며 무대를 나갔을 때, 행사장은 우레같은 '브라보!'로 무너질 지경이었다.

그러고는 춤과 놀이가 시작되었다. 해리는 약간 떨어져서 숙모 옆에 우두커니 서 있었다. 마담 미미가 아다를 데리러 왔다. 사람들은 두 사람이 행사장을 끝에서 끝까지 가로지르는 것을 보고 마담 미미가 아다 시녀를 그의 부유한 사

촌에게 소개하려 한다는 것을 알았다. 두 아이가 가까운 친
척인데도 그들 사이에 어마어마한 거리가 있다는 사실에
놀라는 사람은 없었다. 한쪽에는 막대한 부와 파리에서 은
행가로 일하는 삼촌들이 있고, 다른 쪽에는 게토의 가게, 변
변찮은 교육, 가난이 있었으니까…. 모르긴 해도, 사람들은
마담 미미가 주도적으로 나서서 두 사촌을 소개하는 것에
충격을 받았을 것이다. 쯧쯧, 프랑스인들이란….

마담 미미가 해리에게 아다를 소개했다.

"해리, 이 참한 여자아이가 너와 인사를 나누고 싶어해.
둘이 춤을 춰도 되겠네. 이제 곧 아주 멋진 왈츠가 연주될
거야."

해리는 고개를 들었고, 이 년 전에 잠시 본 여자아이, 풀
어헤친 머리에 먼지를 뒤집어쓰고 손이 찢어진 채 추하고
불결한 세계, 그에게서 너무나 멀지만 너무나 불가사의하
고 너무나 무시무시하게 이어져 있는 땀과 더러움, 피의 세
계에서 불쑥 나타났던 그 여자아이를 알아보았다. 잘 먹고
따뜻한 보살핌을 받으며 자란 어린 강아지가 숲에서 야생
의 형제인 굶주린 늑대들의 으르렁거림을 듣고 털을 곤두
세우듯, 그의 몸이 곤두섰다. 그는 황급히 뒤로 물러섰다.

"아뇨, 아뇨, 전 춤 안 춰요…."

이렇게 말하면서도 해리는 부끄러워 죽을 지경이었다.
그는 자기 가족이 그 아이들을 얼마나 무시하고 천대했는

지 기억했다. 그는 그날 저녁 자신이 하는 행동 때문에 두고 두고 괴로우리라는 걸 잘 알고 있었다. 양심적이고 섬세한 영혼을 가지고 있었으니까. 하지만 그는 그 여자아이의 손만 아니면 아무리 더러운 거지의 손이라도 기꺼이 잡았을 것이다. 그가 그 여자아이 앞에서 그렇게 덜덜 떤 것은 그의 눈에 그 여자아이가 가난뿐만 아니라 불행을, 전염될 수 있는 질병처럼 이상하고 불길하게 전염되는 불행을 표상했기 때문이었다.

마담 미미가 채근했다.

"좋아! 그럼, 춤은 추지 마. 그러고 있지 말고 가서 같이 놀아!"

해리가 웅얼거렸다.

"마담 미미, 그럴 수 없어요."

"왜?"

"잘 아시잖아요…."

아! 아다를 빨리 쫓아버리기 위해, 자신을 올려다보는 그 불안한 눈길을 더는 보지 않기 위해 그가 무슨 말을 할 수 있었을까? 무슨 핑계를 지어낼 수 있었을까?

해리가 말을 이었다.

"제가 다른 아이들과 노는 걸 어른들이 허락하지 않는다는 걸."

바로 그 순간, 아다의 가슴속에서 극단적인 증오와 극단적인 사랑이 뒤섞여 마치 몸이 찢기는 것 같은 너무나 격렬하고, 너무나 모순되고, 너무나 혼란스러운 감정이 솟았다. 하지만 해리의 마음속도 복잡했다. 그는 아다가 무서우면서도 그녀에게 끌렸다. 그는 고통스럽고 열렬한 호기심을 느끼며 아다를 보았다. 한순간, 끌림이 너무 커서 그는 이렇게 말했다.

"저도 정말 유감이에요…."

해리가 얼굴을 붉혔다. 벤의 얼굴과 너무나 닮은 그 작고 침울한 얼굴이 새빨갛게 변했다. 그의 두 눈에 눈물이 고였다. 그 모습을 본 아다에게는 오로지 사랑만 남았다.

마담 미미는 종종걸음으로 온 길을 되돌아갔고, 아다는 고개를 떨군 채 그 뒤를 따랐다. 모든 사람이 자신을 쳐다보며 비웃는 것 같았다. 그녀가 너무나 독특한, 뭔가에 집중하며 고통스러워하는 표정을 지어서, 마담 미미가 아다의 심중을 알아차리고 걸음을 멈추며 말했다.

"아다, 너무나 강하게 갈망하면 못써."

"선생님, 저도 어쩔 수 없어요."

"가슴에 더 많은 초연함을 담고 살아야 해. 탐욕스러운 고리대금업자가 아니라 너그러운 채권자처럼 삶을 대해야 해."

"저도 어쩔 수가 없어요." 아다가 반복했다.

아다는 아무것도 보지 않고 걸었다. 마담 미미가 노는 아이들을 멈춰 세우고는 아다도 끼워주라고 제안했다. 하지만 이미 모든 편이 정해져 있었다. 술래잡기하는 아이들은 손사래를 쳤고, 색칠 놀이하는 아이들, 고무줄뛰기를 하는 아이들은 시큰둥한 반응을 보였다. 얼음땡을 하던 아이들이 마침내 아다를 끼워주었다. 아다는 시작하자마자 술래가 되었다. 아다는 호기심에 차서 혹은 놀리는 시선으로 둥그렇게 원을 그린 아이들 속에서, 날카로운 비명을 내지르며 달아나는 여자아이들을 잡으려 애쓰며 이리저리 달렸다. 훗날에도 그때만큼 생생하게 슬픔을 맛본 적은 없었을 것이다.

11

자정이 다 된 시각이었지만, 축제의 성공에 지나치게 흥분한 라이사 숙모와 마담 미미는 곧바로 헤어질 수가 없었다. 마담 미미는 시녀 가족의 집에 잠시 들러 차를 마시기로 했다. 릴라는 피곤했는지 곧바로 잠자리에 들었고 금방 코를 골았다. 보이는 거라곤 시트 위에 흐트러진 검은 머리채뿐이었다. 아다는 힘없고 차디찬 손가락으로 천천히 옷을 벗었다. 침대에 누웠지만 잠을 이룰 수가 없었다. 벽 너머에서 라이사 숙모와 마담 미미가 얘기를 나누고 있었고, 그들이 나누는 말 한마디 한마디가 아다의 귀에 닿았다.

"저 아이는 본능적으로 치장을 할 줄 알아요." 마담 미미가 말했다.

두 사람은 릴라 얘기를 하고 있었다. 아다는 질투를 느끼지 않았다. 릴라의 성공을 함께 기뻐하지 않을 수 없었지만, 아다는 자기도 모르게 어둠 속에서 눈물을 흘렸다.

"저 아이를 이곳에 두는 건 죄악이에요…."

"아! 마담 미미, 어쩜 그렇게 제 생각하고 똑같으세요! 이 야만적인 고장에서 저 아이가 뭘 하겠어요?"

"오륙 년 후 저 아이는 파리의 여왕이 될 거예요…. 발성법과 자세 교육을 좀 받아야 할 것 같아요…. 파리 음악학교라도 보내서…."

그 마술적인 말에 라이사 숙모가 탐욕과 아쉬움으로 억눌린 일종의 비명을 내질렀다.

"파리 음악학교요? 정말 그렇게 생각하세요?"

"너무나 예쁜 목소리를 가졌고…."

"그런데 저 애가 헛바람이 들었어요." 라이사 숙모가 놀라울 정도로 독기 서린 목소리로 불쑥 말했다. "아무 사내하고나 닥치는 대로 사랑에 빠지는 걸 막으려면 잠시도 눈을 떼지 않고 감시해야 할 거예요. 그래서 아이를 혼자 파리로 보낼 수 없어요. 길을 잃고 말 테니까요(돈 없는 놈팡이에게 유혹당하고 말 거라는 뜻이었다)."

"그럼 어머니도 같이 가시면 되잖아요? 낯선 타지로 나가 인생을 운에 거는 데 나이는 중요하지 않아요. 그래서 저도…."

"저는 얹혀사는 신세잖아요. 신세를 지고 있죠. 전 돈 없는 과부니까요." 라이사 숙모가 입술을 깨물며 말했다.

숙모가 그처럼 솔직한 목소리로 말한 건 처음 듣는 것 같았다. 라이사 숙모가 원했던 모든 것, 그녀가 꿈꿨던 모든 것, 그 오랜 세월 동안 그녀의 내면에 비밀로 남아 있던 모든 것이 한숨으로, 억눌린 외침으로, 눈물로 새어 나왔다.

"아! 자유도 돈도 없는 건 얼마나 큰 불행인지! 그 시녀 가족을 떠올리면! 그들이 러시아를 떠나 유럽에서 살 거라고 하셨죠? 그 꼬마가 파리에서 자랄 거라고요? 우리 가족에 비하면 얼마나 눈부신 운명인지, 이 얼마나 부당한 일인지! 나는 여기 남아서 권태롭고 초라한 삶을 살며 늙어갈 테죠. 내 딸에게도 똑같은 운명을 겪게 할 거고요! 난 그런 삶을 살려고 태어난 게 아니랍니다, 마담 미미. 당신은 내 마음을 이해하실 거예요. 당신만은 이해하실 거예요…."

"시녀 씨는…."

"이스라엘은 너무 소심하고 비겁해요! 맙소사, 남자들은 왜 그리 겁이 많은지! 파리로 가자고 하면 그는 질겁할 거예요. 우리를 그곳으로 보내달라고 해도! 자기 딸이라면 모를까. 릴라는 기껏해야 조카잖아요…."

"제가 릴라를 데리고 있을 수도 있는데…."

"당신 집에요, 마담 미미?"

"그래요, 제가 유산으로 받은 돈이 좀 있어서 러시아 국채를 사뒀거든요. 그래서 돈 걱정 없이 살 수 있어요. 봄이 오면 파리로 가서 정착할 생각이에요. 하지만 내가 릴라를 전적으로 책임질 수는 없어요… 워낙 젊고 아리따운 아이라, 무슨 말인지 이해하시죠…? 저 아이를 파리에 풀어놨다가는…. 오로지 어머니만이….”

“물론이죠, 물론이죠.” 비밀스러운 계산에 열중하며 라이사 숙모가 반복해 말했다. “아다 일이라면 이스라엘을 설득해볼 수도 있을 텐데….”

갑자기 두 사람이 목소리를 낮췄다. 아다에게는 이제 아무 말도 들리지 않았다. 기나긴 소곤거림이 마담 미미가 내지른 외침에 의해 끊겼다.

“맞아요! 그 아이도 재능이 있어요…. 게다가 개성이 강하고 사랑스러워요….”

“그래요, 그래요, 파리로 가서 공부할 수 있을 거예요. 확실해요….”

아다는 두근거리는 가슴을 억누르며 침대에서 일어나 앉았다. 지금 내 얘기를 하는 걸까? 그게 가능한 일일까, 있을 수 있는 일일까? 하지만 라이사 숙모가 분명하게 말했다.

“그는 자기 딸을 무척 아껴요…. 아다를 위해서라면 어떤 희생이라도 기꺼이 치를 거예요! 그 아이를 예술가로 만들 수 있다면 무척 행복할 거예요! 아! 내 가엾은 릴라에게 아버지만 있었어도! …하지만 사는 게 다 그런 거죠. 주는 대로 받아먹어야 해요."

"내 집에서 멀지 않은 곳에 자리를 잡을 수 있을 거예요."

"당신은 그곳에 아는 사람들이 많죠. 마담 미미?"

"한때는 많이 알았죠." 마담 미미가 말했다.

그녀가 잠시 망설이다가 사람들이 용기를 내려고 콧노래를 흥얼거리듯 자신의 현실을 잊으려 애쓸 때 사용하는 작위적으로 꾸민 쾌활하고 가벼운 목소리로 말을 이었다.

"한때는 파리의 명사들을 모두 알았죠. 사람들이 날 뭐라고 불렀느냐 하면… 아무한테도 말하지 마세요… 내 별명이자 가명…. 그래요, 당시 난 아주 잘나가는, 정말 화려한 사람들과 어울려 다녔거든요. 그 사람들 모두 별명을 가지고 있었어요…. 그들은 날 '카르통'이라 불렀어요. 내가 카드놀이를 아주 좋아했거든요…. 이제 다 지난 이야기지만, 당연히 충실하고 영향력 있는 사람들과의 우정을 간직했고, 그래야만 했어요…."

마담 미미가 입을 다물었다. 얼마간 아다의 귀에는 작은 찻숟가락이 찻잔을 휘젓는 소리밖에 들려오지 않았다.

라이사 숙모는 속으로 어떤 이미지들을 그리고 있었을까? 확실하진 않지만, 릴라와 젊은 시절의 자신을, 릴라의 운명과 자신의 운명을 뒤섞고 있지 않았을까…. 딸을 그토록 열렬하게 사랑한 건 처음이었다. 그러다 보니 다른 존재들에 대한 살가운 애정까지 피어났다. 그녀는 아다 얘기를 하면서 따사로운 어조로 이렇게 말했다.

　"아다를 저렇게 방치한다면 참 안타까운 일이 될 거예요. 아이가 그림에 재능이 있거든요…. 잘만 키우면 위대한 화가가 될 거예요. 내일 당장 아다 아버지한테 얘길 해봐야겠어요."

12

유대 정신의 특징을 고려할 때, 재단사나 회계원처럼 변변치 않지만 확실한 직업 교육을 위해 릴라와 아다를 파리로 보내야 했다면 이스라엘은 오랫동안 망설였을 것이고, 결국 아이들을 떠나보내지 못했을 것이다. 그 결정은 그의 생활을 완전히 바꿔놓고 지출을 크게 늘릴 테니까. 게다가 사랑하는 딸 없이 홀로 지내야 하지 않는가. 머나먼 파리까지 여행 경비도 한두 푼이 아닐 테니 이삼 년 후에나 재회를 기약할 수 있을 터였다…. 하지만 아이들 앞에 놓인 건 그럭저럭 괜찮은 경력이 아니었다. 그것은 이성이 아니라 꿈의 영역에 속했다. 그 출발은 미지의 세계로의 도약이었다. 나락으로 떨어질 수도 있고, 어마어마한 부를 거머쥘 수도 있다. 아다는 유명한 화가가, 릴라는 위대한 배우가 될 수도 있다. 주님께서 아이들을 위해 무엇을 예비해두셨는지 누가 알겠는가? 물론 지출은 어마어마할 테지만, 자식을 위해서라면, 자신의 살과 뼈를 위해서라면 뭔들 못 하겠는가? 이스라엘은 아다에 대해 막연한 죄책감을 느끼고 있었다. 아다가 더 행복할 수도 있었을 거라는 생각에 늘 시달렸다···. 아이 엄마가 일찍 세상을 뜬 건 한낱 불쌍한 남자인 그의 탓이 아니었다. 라이사 숙모의 까칠한 성격도, 벤의 짓궂은 장난도 그의 책임이 아니었다···. 하지만 이스라엘은 자기도 모르게 늘 아다에게, 딸이 세상에 태어나게 한 것에 대해 용서를 구하고 싶었다. 아주 훌륭한 선물은 아닐지라도 적어도 아다에게 타고난 우연의 몫, 행운의 몫을 주고 싶었다···.

이스라엘은 라이사와 세 아이의 파리행에 동의했다. 벤 역시 엄마의 감시 없이 러시아에 남아 있으면 좋은 일이라곤 아무것도 하지 않을 테니까. 러시아는 유대인 아이에게 이상적인 나라가 아니다···. 직업 선택, 군 복무(영원한 악몽!), 대입 등과 관련된 이런저런 어려움이 곧 시작될 터였다···. 벤도 보내주는 편이 나았다.

어느 봄날 아침, 이스라엘은 그들이 각종 트렁크와 식량, 심지어 가구까지 싣고 기차에 오르는 것을 지켜보았다.

1914년 5월 어느 날이었다.

전쟁이 일어나고 첫 두 해 동안, 이스라엘은 생활비를 꼬박꼬박 보내주었다. 시너 가족은 파리에 자리를 잡았다. 그들은 마담 미미와 월세를 나눠 내기로 하고 작은 아파트를 빌렸다. 사정은 마담 미미가 은근히 기대하게 한 것과는 전혀 딴판이었다…. 마담 미미는 알고 지내던 친구들을 거의 만나지 못했다. 어떤 이들은 이미 죽었고, 다른 이들은 멀리 떠나버렸다고 했다. 또 어떤 이들은 마담 미미를 기억도 못하는 것 같았다. 게다가 전쟁까지 일어났으니….

두 해 동안 시너 가족과 마담 미미의 생활은 불안하고 열악하고 우울했다. 곧이어 혁명이 러시아를 휩쓸었다. 혁명의 물결이 다른 많은 쓰레기와 함께 이스라엘 시너의 삶, 돈, 그에 대한 기억까지 삼켜버렸다.

이스라엘 시너가 꼬박꼬박 보내주던 생활비가 끊기고 마담 미미의 러시아 국채마저 휴지 조각이 되어버리자, 라이사 숙모는 자신이 예사로운 영혼이 아니라는 평소의 믿음을 증명했다. 그녀는 따로 챙겨둔 몇 푼 안 되는 돈으로 옷본을 뜨는 천과 마네킹 두 개를 샀고, 자기 딸과 조카에게 옷감 재단 수업을 듣게 했으며, 회유로 혹은 강제로 마담 미미의 수중에 마지막 남은 돈 될 만한 것들, 각종 보석과 고관대작의 선물, 좋았던 시절의 기념물을 긁어냈다. 그렇게 라이사 숙모는 양장사가 되었다.

우크라이나의 외딴 지방에서 온 가난한 유대인 여자에게

도 자존심이란 게 있었다면, 파리 여자들에게 옷을 팔러 다니면서 라이사 숙모는 그것을 완전히 내려놓았다.

그들은 마담 미미의 아파트를 세놓고 중산층과 화류계가 만나는, 대개는 그 둘이 같은 강의 두 지류처럼 서로 뒤섞이는 테른 구역에 방 세 개짜리 작은 집을 마련했다.

가구 딸린 아파트에서는 먼지 냄새와 싸구려 양장점에서만 맡을 수 있는 특이한 냄새, 부엌과 모직 천 냄새, 여성 고객들이 뿌리는 향이 강한 싸구려 향수 냄새가 났다. 창문을 여는 경우는 드물었다. 라이사 숙모와 마담 미미는 둘 다 바깥 공기를 두려워했다. 릴라는 뮤직홀에 취직했고, 벤은 고객들에게 옷을 배달했다. 아다는 꿰매고, 옷핀을 줍고, 옷본을 자르고, 불법으로 손에 넣은 옷 견본을 베끼고, 숙모가 시키는 온갖 일을 했다. 아다는 갖은 핍박을 받으며 빌붙어 살다시피 했다. 라이사 숙모는 아다에게는 구박을 아끼는 법이 없었고, 구박은 하루가 다르게 심해졌다. 이제는 아다가 자신이 부양해야 하는 짐이 되었을 뿐만 아니라, 그토록 큰 기대를 걸었건만 지금은 이름 없는 뮤직홀에서 옷을 벗는 단역으로나 등장하는 릴라, 신선함과 아름다움을 잃고 돈 많은 놈팡이조차 찾아내지 못하는 릴라의 추락을 라이사 숙모에게 끊임없이 상기시켰기 때문이다! 물론 남자라는 남자는 죄다 릴라만 보면 홀딱 반했지만, 운명의 장난처럼 릴라가 만나는 남자들은 하나같이 가난뱅이들, 다시 말해 인색하고 신중한 서민층 유부남이나 별 볼 일 없는 바람둥이뿐이었다.

열다섯 살이 된 아다가 나날이 예뻐지자, 라이사 숙모는 깊은 혐오감을 느꼈다. 그녀가 보기에 아다의 대답은 늘 불손했다. 불손한 태도야말로 어린 시절부터 아다의 가장 확실한 무기였다. 그런데 이상하기도 하지! 날카롭고 재치 넘치는, 하지만 대체 저런 표현을 어디서 찾았나 싶을 정도로 싹수가 없는 아다의 대꾸 한마디는 라이사 숙모의 화를 누그러뜨렸다. 물론 늙은 여자도 가만히 있지 않았다. 라이사 숙모는 늘 입이 험한 편이었는데, 직업적으로 결투를 벌이는 사람이 만만찮은 상대가 결투장으로 들어서는 걸 보고 기뻐하는 것처럼 독기 어린 말을 실컷 퍼부을 수 있게 해주는 조카에게 고마운 마음마저 들었다. 하지만 불행하게도 그녀에게는 여자들에게 흔한 결점 즉 승리욕이 있었다. 따라서 말다툼은 끊임없이 벌어졌고, 집요한 기억력을 갖춘 그녀는 새로운 불만을 묵은 불만 위에 차곡차곡 쌓았다. 도무지 지치지도 않고 똑같은 주제들을 몇 번이고 꺼내 예술가처럼 말을 살짝살짝 바꿔가며 살을 붙여갔다. 살에 침을 꽂아 넣은 후에도 오랫동안 붕붕거리며 주변을 맴도는 말벌처럼.

아다도 바락바락 대들었지만, 그러면서도 실제로는 무엇에도 모욕받거나 상처 입지 않을 정도로 심원하고 낯선 내면의 세계로 도피했다. 라이사 숙모가 욕설을 퍼부을 때도 아다는 의지의 힘으로, 학대받는 여자아이가 아닌 화가로서, 날카롭고 영리하고 거친 숙모의 얼굴을 관찰할 수 있었다. 그런 다음, 그녀는 곧바로 공책 한 장을 찢어 머릿속에 각인된 생김새를 정확하게 재현해냈다.

가끔, 아다는 숙모가 극도로 화가 났을 때만 입가에 접히는 작은 주름을 보려고 일부러 숙모의 화를 돋우기도 했다. 냉소적이고 잔인한 주름은 아다를 완전히 사로잡았다. 주름은 수풀을 지나가는 뱀 꼬리처럼 불쑥 나타났다가 순식간에 사라졌다. 포착하기 불가능할 정도로! 그것은 아다를 겁먹게 하는 동시에 아주 독특한 희열을 선사했다. 가시적인 세계는 우리가 결코 붙들 수 없는, 우리에게서 끊임없이 달아나는 형태와 색깔들로 온통 채워져 있었다. 하지만 그 탐구와 추적은 지상에서 가장 가치 있는 어떤 것이었다.

"넌 환영에 사로잡힌 사람 같아." 릴라는 이렇게 말하곤 했다.

그러고는 덧붙였다.

"열다섯 살이 넘었는데, 넌 열두 살 때처럼 살잖아. 만날 그림만 그리고, 다른 건 안중에도 없어. 넌 가장 아름다운 시절을 망치고 있어."

릴라와 아다는 작업장의 좁은 창문에 팔꿈치를 괸 채 거리를 내려다보고 있었다. 초봄치고는 너무 무더운 밤이었

다. 층마다 흥분한 아이들이 소리를 질러댔다. 아다는 저 아
래 대로를, 번갯불이 가로지르는 반쯤 어둠에 싸인 세상을,
뇌우로 불꽃이 튀는 것처럼 보이는 하늘을, 가로등 아래를
걷다가 가끔 숨이 막혀 공기를 찾는 것처럼 백연의 불빛에
허옇게 질린 얼빠진 얼굴을 드는 상복 차림의 여인을, 붉은
색 머리카락을 틀어 올려 쪽을 진 꽃 파는 여자를 그려보리
라 생각했다.

릴라가 나른하게 기지개를 켜고는 또다시 물었다.

"넌 이제껏 마음에 드는 남자 없었니?"

뭐라고? 릴라가 지금 뭐라는 거야? 마음에 드는 남자가
없었냐고? …아니, 아니, 아다는 잔뜩 경계하는 오만한 표
정으로 고개를 저었다. 아다는 릴라의 삶과는 다른 삶, 다른
기쁨, 아무도 이해할 수 없고 누구와도 공유할 수 없는 감정
에 경도되어 있었다. 하지만… 열다섯 살 소녀에게 주변에
서 떠도는 '남자'나 '마음에 든다' 같은 말들은 내면의 목소
리가 들려주는 달콤한 속삭임 같아서 먹먹하고 거의 위협
적이기까지 한 메아리를 불러일으킨다.

마담 미미도 그 방에 있었다. 백발이 성성했지만 뻣뻣하
게 굳은 가는 다리로 꼿꼿하게 섰고, 류머티즘으로 손마디
가 툭툭 불거졌어도 눈매는 여전히 날카로웠다. 그녀가 말
했다.

"아다는 여전히 해리 시녀를 마음에 두고 있어."

"아니에요, 마담 미미!" 아다가 소리쳤다.

릴라는 깔깔거렸고, 라이사 숙모는 비웃었다. 벤이 경멸
스럽다는 듯 투덜댔다.

"그러고도 남지."

마담 미미가 놀려대는 듯한 깊은 목소리로, 사랑 얘기를
할 때면 나오는 늙은 무당의 목소리로 반복해 말했다.

"넌 아직 그 아이를 생각하고 있어, 아다. 넌 그 아이를 영
원히 못 잊을 거야…."

"너, 그거 알아? 우리가 이웃인 거." 릴라가 아다의 귀에
대고 속삭였다.

"이웃?"

"그 아이, 아주 가까운 데 살아. 에투알 광장 건너편, 벨뢰
이 가 40번지에. 전화번호부에서 그 이름을 우연히 봤어."

아다는 무의식적으로 창밖으로 몸을 내밀어 에투알 광장
으로 올라가는 대로를 올려다보았다. 포플러가 끝없이 뻗
어 있는 대로와 언덕이 그들을 아래 구역과 위쪽 구역으로
갈라놓았던 고향에서보다 만리타국인 파리에서 그가 더 가
까이 있다고 생각하니 이상한 기분이 들었다.

아다의 주변에서 식구들이 웃어댔다. 아다도 자신 속에
서 예전의 광기를 느끼면서 창피한 생각이 들었다. 그리고
생각했다.

'내 잘못이 아니야. 내가 한번 얼핏 본 어떤 얼굴들을, 어

떤 집들을, 이런저런 장면들을 잊지 못하기 때문이야. 저들
이 무관심하거나 이랬다저랬다 하는 건 기억력이 없기 때
문이야. 하지만 난 잊을 수 없어. 어떤 특별한 저주가 한번
깊은 인상을 심어준 생김새를, 한번 입 밖에 나온 말을, 기
쁨이나 고통의 순간을 정확히 기억하게 만들어. 언젠가 그
아이가 사는 집을 보러 가야지.'

　하지만 몇 달이 지나도록 아다는 마음을 정하지 못했다.
그런다고 무슨 소용이 있겠어? 유치하기 짝이 없는 짓이
야…. 무엇보다도 서서히 무해한 것으로, 절반의 현실, 절반
의 정신적 산물로 변해가는 꿈에 자양분을 주어서는 안 되
었다. 그녀는 성장하면서 그 꿈에서 점점 멀어졌다. 어린 시
절에 읽은, 열렬히 사랑했던 책을 차츰 잊듯이. 여전히 그
책을 사랑하지만, 당시에는 그 책에 쓰인 것들을 굳게 믿었
다. 하지만 이제는 그것이 시(詩)나 지어낸 얘기, 망상에 불
과하다는 것을, 아무것도 아니라는 걸 알고 있다. 그럼에도
영원히 닫혀버린 문 아래를 넋 놓고 거닐다 말고 갑자기 꿈
을 다시 꾸게 할 수도 있는, 그 꿈에 현실의 밀도, 광채, 맛을
부여할 수도 있는 구체적인 어떤 것, 얼굴의 형태나 목소리
혹은 눈길을 담아오지 않도록 조심해야만 했다. 그렇게 이
년가량의 세월이 흘러갔다.

13

어느 날, 벨쾨이 가에 옷을 배달하고 돌아오는 길이었다. 아다는 지척에 있는 40번지를 향해 망설이는 걸음으로 천천히 걸어갔다. 어떤 의도도 없이, 그냥 즐거움 삼아. 그녀에게는 즐거운 일이 없었으니까. '못 가볼 이유가 어디 있어?' 어린 시절 내내 사랑했던(아다는 도무지 달랠 수 없는 그 감정이 터무니없다는 걸, 그래서 그것을 사랑 비슷한 감정으로 여겼다는 사실을 인정하게 되었다) 이가 사는 곳 근처를 마침 지나게 됐으니, 더 가까이 가보고, 그 집을 바라보고, 멀리서라도 그를 보게 될 위험을 무릅쓰지 않을 이유가 어디 있겠는가? 그녀는 방망이질하는 가슴을 안고 천천히 나아갔다. 아주 크지는 않지만, 유리로 된 높은 문 겸 창

문 세 개가 있고 그 아래를 돌 발코니로 장식한 개인 저택이
었다. 아다는 비슷한 창문들이 정원을 향해 나 있고, 흰색과
검은색 타일이 깔린 파빌리온에서 분홍색 파니에 드레스
차림의 부인들의 춤을 추는 모습이 담긴 프랑스 학교의 그
림 한 점을 아련하게 떠올렸다.

아다는 집을 에워싸고 있는 6월의 아름다운 나뭇잎 사이
로 마치 그 그림을 재현이라도 하듯 발코니로 나서는 젊은
남녀들을 보았다. 오케스트라가 연주하는 아련한 음악과
축제의 쾌활하고 부드러운 웅성거림도 들려왔다. 낮에 무
도회를 여는 계절이었다. 그랬다, 사람들이 춤을 추며 즐기
고 있었다. 열린 창으로 춤추는 남녀들이 보였고, 발코니에
팔꿈치를 괴고 있는 이들도 있었다. 아다가 알지 못하는, 심
지어 꿈꿔본 적도 없는 쾌활하고 세련된 세계였다. 아다에
게 그 세계는 너무나 멀고 낯설었다. 저 젊은 여자들은 얼마
나 행복할까! 거의 일곱 시가 다 된 늦은 시각이었다. 맑고
뜨거운 석양 속에서 녹아가는 햇빛은 금색으로 물들어 더
없이 그윽했다. 저 젊은 남자 중 누가 해리일까? 해리를 알
아보는 것은 불가능했다. 아다는 가장 잘생기고 풍채가 좋
은 남자를 찾아 속으로 그를 해리라고 불렀다.

발코니에 팔을 괴고 있던 젊은 여자 하나가 손목에 감고
있던 색종이 리본이 풀려 바깥으로 늘어졌다. 그녀가 입은
드레스의 초록색과 은색이 아다를 사로잡았다. 더운 날이

었다. 오래 걸어서 아다는 목이 말랐고, 입에서는 먼지 맛이 났다. 빗물에 젖은 어린잎들 아래에서 솟아나는 샘물 같은 초록색이 그녀의 갈증을 풀어주었다. 아다는 젊은 여자들의 아름다움과 행복에 감탄하긴 했지만, 그들을 부러워하지는 않았다. 그림 속의 인물들을 부러워하지 않는 것처럼. 오히려 축제의 조각들, 음악과 웃음, 6월의 햇빛을 받아 반짝이는 밝은 머리카락의 광채를 즐기게 해줘서 고맙다는 마음이 들었다.

'이걸 그리고 싶어. 완전히 내 취향은 아니지만⋯. 더 어둡고 처량한 장면들을 더 좋아하긴 하지만, 그냥 한번⋯ 꽃 색깔 드레스, 여름 석양, 나무들 위의 가벼운 광채를⋯ 정말 아름다워!' 아다는 속으로 생각했다.

아다는 가방에서 공책을 꺼내 늘 갖고 다니는 몽당연필로 난간에 기대선 색종이 리본 아가씨의 자세를 빠르게 스케치했다. 한 젊은 남자가 그 아가씨 뒤에 서서 그녀를 바라보고 있었다. 어쩌면, 해리? ⋯저 남자가 해리가 아닐까? 아다 옆에는 주인의 허튼 장난질을 감시하는 하인처럼 혀를 차거나 시큰둥한 표정을 지으며 춤추는 남녀들을 지켜보는 한 무리의 운전기사가 있었다. 아다가 그들을 향해 돌아서서 콩닥거리는 심장을 억누르며 잽싸게 물었다.

"죄송하지만, 이 집이 시너 씨 댁 맞나요?"

아다가 제대로 찾아온 것이었다. 그 집은 해리 부모의 개인 저택이었다.

"혹시, 그들의 아들 이름이 해리 아닌가요?" 아다가 물었다.

"저 젊은이요?" 기사 중 하나가 발코니의 젊은 남자를 가리키며 말했다. "맞아요, 저 젊은이가 그들의 아들이에요."

아다는 화가의 깊고 날카로운 눈으로 그를 뜯어보았다. 갈색 머리카락과 표정이 다양하며 섬세하고 냉소적인 얼굴, 가느다란 코, 긴 목. 또다시 아다는 그가 벤과 쌍둥이처럼 닮았다는 사실에 큰 충격을 받았다.

'병약하고 총명하고 슬퍼 보이는 유대인의 전형. 그가 금발에 분홍빛 뺨을 가진 아가씨들 마음에 들까? 맙소사! 중요한 건 그게 아니라, 누가 그의 마음에 들 수 있느냐 하는 거지…'

갑자기 아다는 속으로 상상한 장면들이 실제 삶의 장면들만큼이나 또렷하고 현실적으로 변하는 일종의 꿈, 그녀가 이름 붙인 대로 부르자면 일종의 환상에 사로잡혀 눈을 감았다.

아다는 어린 시절의 자신, 해리의 집에 들어서던 자신을 떠올렸다. 그녀는 옛 기억을 되살렸지만, 이제 그것을 변형하고 있었다. 그녀가 상상하는 것은 또 다른 아다, 더 크고 더 용감한 아다였다. 그녀는 그를 향해 다가가 그의 손을 잡았을 것이고, 이유는 알 수 없지만, 그가 그녀를 따라왔을 거라고 확신했다…. 그렇다면 그의 주변에서 재잘거리는 저 아가씨들은…? 쳇! 알 게 뭐야, 누가 그들을 신경 쓰겠어? 그는 틀림없이 그녀를 따라왔을 터였다.

'난 오로지 너만을 사랑할 거야.' 아다는 자신이 가난과 불행을 겪게 될 운명임을 깨달았을 때처럼 가슴이 무너지는 느낌을 받으며 생각했다. '난 라이사 숙모의 작업실에서 평생을 보낼 수도 있을 거야. 너한테 말 한마디 건네지 못한 채 늙어버리거나, 네가 아닌 다른 남자와 결혼할 수도 있을 거야. 그래도 널 절대 잊지 않을 거야. 널 사랑하는 일을 절대 멈추지 않을 거야. 그건 나 자신의 생명보다 더 확실해!'

아다는 먼지 쌓이고 굽이 뒤틀린 신발과 바늘에 찔린 자국이 무성한 손을 번갈아 보았다. 내부에서 퍼지는 쓰디쓴 아이러니의 물결이 그녀를 괴롭게 했다.

'단테와 베아트리체', 그녀는 생각했다. 만약 사람들이 안다면 이렇게 놀려댈 테지! 하지만 사람들은 모두 내면에 이처럼 정신 나간 꿈들을 품고 있잖아…. 아니면 오로지 유대인들만 그런 걸까? 우리는 탐욕스러운 종족이고, 너무나 오랫동안 굶주려서 현실만으로는 살아갈 수가 없어. 우리에게는 불가능한 것이 필요해. 그렇다면 해리는 무엇을 소망하고 있을까? 분명 지금의 나처럼 자신을 넘어서는 뭔가를… 무엇으로도 만족할 수 없을 정도로 거대하고 충만한 행복을 꿈꾸겠지?' 아다는 갑자기 깨달았다. '아! 너무 늦었네. 라이사 숙모가 고함을 꽥꽥 질러댈 거야.' 하지만 발이

떨어지지 않았다. 저들이 또다시 춤을 추고 있네. 너무나 가
볍게, 아무 근심 걱정 없이…. 하인들이 쟁반을 들고 와….
아마 아이스크림이겠지…. 이렇게 더운 저녁에 아이스크
림을 먹으면 얼마나 시원할까…. 하지만 이제 가야 해…. 안
녕, 해리.

14

아다는 들키지 않기를 바라면서 문을 살포시 밀었다. 하지만 문턱에서 이미 라이사 숙모의 찢어지는 고함이 들려왔다.

"너니? 어딜 감히 기어 들어와? 지금이 몇 시인 줄은 아는 거야? 여섯 시에 나간 년이 여덟 시에 들어와? 공주처럼 산책이나 다니라고 내가 널 먹여 살리는 줄 아니? 네가 차에라도 치여 죽은 줄 알았다! 네가 걱정되어서 그런 게 아니라…. 말해봐, 어딜 갔었니? 누구랑 싸돌아다닌 거야?"

"좀 거닐다 왔어요. 혼자서요."

"혼자? 난 너희가 뭘 하고 다니는지 다 알아!"

"릴라가 뭘 하고 다니는지는 아시고요?"

라이사 숙모가 날카롭게 으르렁거렸다.

"따귀 한 대 맞고 싶니?"

마르고 거친 손은 곧잘 아다나 릴라의 뺨을 향해 날아왔다. 아다와 릴라는 따귀를 맞고 기분 나빠하기는 했지만 나쁜 날씨를 견디듯 묵묵히 견뎠다. 그런데 오늘은 아니었다. 아다가 조금 전에 본 광경과 그 고함, 위협, 난폭함 사이의 대비가 너무 크고 거칠었다.

"난 이제 여덟 살 꼬마가 아니에요. 힘도 숙모보다 세요. 저도 가만있지 않을 거예요!"

라이사 숙모가 흠칫 뒤로 물러서며 말했다.

"옷 배달하고 받은 돈이나 내놔. 돈은 받았지?"

"그럼요, 당연히 받았죠. 여기 있어요, 숙모 돈….."

아다는 공포에 질린 표정을 지으며 말을 멈췄다. 들고 갔던 가방이 없어졌다는 사실을 알아차린 것이다. 그럼 배달한 옷값으로 고객이 준 800프랑은? …그 돈을 어떡한 거지? 서두르다가 가방을 길에 떨어뜨렸거나, 아니면 해리의 집 근처 벤치에 깜빡 놓고 온 것일까…. 아다는 골똘히 생각했다.

'연필과 공책을 꺼냈고, 그러고는… 운전기사가 해리라고 알려준 남자를 보려고 모두 내려놨어… 벤치 위에 놓고 온 게 분명해….'

돈을 잃어버린 것도 큰일이지만, 공책과 소중한 그림들

까지…. 아다는 울음을 터트렸다.

"어떡해, 다 놓고 왔어…. 이제 나한텐 아무것도 없어…."

아다는 따귀의 고통조차 느끼지 못했다. 더는 가만있지 않겠다는 결심도 잊어버렸다. 그녀는 예전처럼 아무 말 않고, 이를 악물며 쏟아지는 따귀를 그냥 맞았다.

"네가 있던 곳으로 돌아가." 라이사 숙모가 아다의 어깨를 잡고 흔들어대며 소리쳤다. "싸돌아다니던 거리든, 뒹굴던 호텔 방이든, 어서 가보라고! 돈 못 찾으면 돌아오지 마!"

두 사람은 좁은 현관에 서 있었고, 아다는 문을 등지고 있었다. 아다는 문을 열고 달아났다. 전에도 가출을 자주 꿈꿨지만, 낯선 도시에서 겪을 외로움, 비참함, 굶주림에 맞설 용기가 나지 않았다. 하지만 수많은 구박 끝에 찾아온 그 구박은 그녀가 견뎌낼 수 있는 한계를 넘어섰다. 거리든 죽음이든 그게 무엇이든 더 나을 것 같았다! 아다는 눈물 때문에 앞이 보이지 않는 상태로, 한 손으로 길가의 쇠 난간을 잡으며 내달렸다. 누가 공짜로 하룻밤을 보내게 해주지는 않을까, 아니면 달려오는 첫차 바퀴 아래 몸을 던지는 게 더 간단하지 않을까, 생각하며 아다는 카페나 허름한 호텔을 향해 겁에 질린 눈길을 던졌다. 그녀는 지금쯤이면 시너 집안의 파티가 끝났으리라고 생각했다. 거기로 달려가서 도움을 청해볼까? …이미 한번 청한 일이 있지 않은가. 아니, 안 돼! 도대체 그 사람들과 나 사이에 무슨 공통점이 있단 말이야?

갑자기, 아다는 뒤쪽에서 다급하게 다가오는 발소리를 들었다. 손 하나가 그녀의 어깨를 잡았다. 그녀는 숨 막히는 경주를 멈추지 않은 채 공포에 떨며 돌아보았다. 벤이었다. 그 순간 아다는 벤 역시 라이사 숙모만큼이나 미웠다. 그녀는 반항하듯 쏘아보며 그에게 소리쳤다.

"날 내버려둬! 가버려! 날 가만히 좀 두라고! 난 절대 안 돌아갈 거야!"

"아다! 그만해! 내 말 좀 들어봐!"

그들은 멈춰 섰고, 그는 이제 그녀의 두 팔을 꽉 잡고 있었다. 카페 안에서 사람들이 쳐다봤기 때문에 그녀는 감히 몸부림칠 수 없었다. 하지만 거리는 텅 비어 있었다.

"아다! 가만히 좀 있어봐! 유치장에서 밤을 보내고 싶어?"

아다는 문득 자신이 열일곱 살이라는 사실을, 자신에게 닥칠 수 있는 위험을 떠올렸다. 체포, 교정시설. 그녀는 입을 다문 채 가만히 있었다.

"아다! 날 그런 눈으로 보지 마! 난 한 번도 너에게 나쁜 일을 한 적이 없어."

그가 그녀의 팔을 붙들고 억지로 걷게 했다.

"어서 여길 뜨자. 이러다간 동네 사람 다 불러 모으겠어.

날 따라와."

"어디로 가게?"

벤이 어깨를 으쓱했다.

"내가 어떻게 알아? 무서워? 울지 말고." 벤이 황급히 말했다. 그가 어찌나 힘껏 손목을 잡았는지 아다가 가볍게 신음했다. "우리한테 어떤 더 나쁜 일이 일어날 수 있겠어?"

아다가 웅얼거렸다.

"나 안 울어."

"아다! 우린 이미 한 번 이렇게 단둘이서 길을 잃고 헤맨 적이 있잖아. 기억 안 나?"

"그래, 하지만 적어도 어디로 가야 할지는 알았지. 그때는 집이 있었어."

"어떤 허름한 호텔도, 어떤 지붕 밑 다락방이나 센 강의 다리도 우리가 지금까지 집이랍시고 지냈던 모든 것보다 우리를 더 잘 보호해줄 거야. 심지어 네 아버지가 살아 있을 때도 집은 수시로 위협받는, 정말이지 보잘것없는 도피처였어, 아다."

"벤, 날 두고 가버려!"

"넌 어린 시절만큼이나 내가 싫은 거니, 아다?"

아다는 대답하지 않은 채 돌아섰다. 둘 다 덜덜 떨고 있었다. 그들은 발길 닿는 대로 무작정 걸었다.

"그 놀이를 떠올려봐."

"무슨 놀이?"

"네가 지어낸 놀이…. 아니, 내가 지어냈던가? 어른들이 모두 잠든 한밤중에 단둘이서 떠나는 놀이."

"바보. 그때 난 여덟 살이었어."

"그게 무슨 상관인데? 사람이 변하니?"

"아마도."

"난 여태 단 한 번도 멈추지 않고 꿈꿔왔어…. 우리 둘뿐이었어. 버림받고 가난했지. 하지만 우리 주변에는 아무도 없었어. 네가 미워하는 사람들도, 사랑하는 사람들도…." 그가 더 낮은 목소리로 말을 마쳤다.

아다가 멈춰 서서 벤치에 털썩 주저앉았다.

"벤, 난 어떻게 될까?"

"아다, 대체 어디 갔었어? 누구랑 있었어?"

"그게 무슨 말이야? 너 미쳤어? 너도 이젠 라이사 숙모의 말을 믿는 거야?"

"어디 갔다 왔는데? 네가 그런 모습을 하고 있는 건 처음 봤어. 머리카락은 온통 풀어헤치고, 얼굴은 창백해져서 덜덜 떨면서. 마치 다른 세상에서 온 것 같았어." 벤이 부드럽게 말했다.

"난 다른 세상에서 오는 길이었어. 하지만 너한테도 말할 수 없어, 벤…."

"왜?"

"비웃을 테니까. 그럴 만도 하고."

"다른 남자와 있었는지 아닌지만 말해줘."

"다른 남자? 내가?"

아다의 천진난만한 외침에 벤은 웃지 않을 수 없었다. 그가 몸을 숙이고는 길고 거친 두 손으로 그녀의 얼굴을 잡았다. 그는 어린 시절에 자주 했던 관능적이고 잔인한 동작으로 그녀가 비명을 지를 때까지 뺨을 꼬집었다. 그러고는 아주 낮은 목소리로 말했다.

"열세 살 때부터 난 매일 밤 널 꿈꿨어…."

아다는 입술을 굳게 다물며 그를 밀쳤다.

"너 미쳤니? 뭘 바라는 거야? 난 널 사랑하지 않아."

"아다, 내 말 잘 들어. 이 길로 집에 돌아가. 엄마가 악을 쓰든 때리든 그냥 가만있어. 아무 말도 하지 마. 내가 어떻게든 돈을 좀 모아볼게. 몇 주 혹은 몇 달 후, 어느 멋진 날, 아무한테도 말하지 말고 이렇게 떠나는 거야. 어디든 가서 우리 결혼하자, 아다."

"뭐라고?"

벤이 들뜬 목소리로 말을 이었다.

"결혼하자고! 호텔에서 며칠 묵을 돈만 있으면 돼. 그래서 너한테 시간을 달라고 하는 거야. 6주 후면 난 스물한 살이 될 거고."

"난 미성년이야."

벤은 예전에 이바노프를 홀리던 빠르고 열에 들뜬 말투
로 대답했다.

"내가 알아서 할게. 방법은 늘 있으니까. 네 아버지는 법
적으로는 사망하지 않았어. 그러니까 그에게 서면으로 허
락을 받은 척할 수도 있어. 쉬운 일이야. 내가 알아서 할게.
누가 그걸 문제 삼을 것 같아? 누가 우리에게 관심을 가지
겠어? 아! 해리 시녀가 결혼할 때는 분명히 모든 게 신의 율
법과 인간의 법에 따라 합당하게, 깔끔하게 이뤄지겠지. 하
지만 우리는, 누가 우릴 챙겨주겠니?"

"넌 정말 그렇게 험한 길을 가고 싶은 거니, 벤…?"

"험한 길? 그게 무슨 말이야?"

"깨끗하고 밝은 길과 수상쩍고 부끄러운 거래로 걸음걸
음을 사야 하는, 난관과 비밀로 가득한 길. 넌 그 두 갈래 길
에서 잠시도 망설이지 않을 거야."

"내가 그 이유를 말해줄게." 그가 빙긋이 웃으며 대답했
다. "내 처지에서는 다른 길을 결코 찾을 수 없어서야. 다시
말하는데, 누가 우릴 챙겨주겠어? 우리가 잘못되면 누가 울
어주겠어? 우리에겐 아무도 없어."

"우리를 챙겨주는 사람이 아무도 없으면 우리가 굶어 죽
어도 아무도 신경 안 쓰겠네." 아다가 빈정거렸다.

"내가? 굶어 죽는다고? 왜?" 벤이 익살을 떨며 소리쳤다.
"절대 그런 일은 없어, 아다, 절대! 다른 사람들은 그럴지도

모르지! 굶어 죽는다고? 훔치지도 죽이지도 않고 살 수 있
는 비밀스러운 방법이 얼마나 많은지 네가 안다면…. 그러
니까 안심해! 밀거래하고, 등치고, 팔고, 사고, 뛰어다니고,
속이면 얼마든지 먹고살 수 있어!"

"오! 또 허풍 치네." 아다가 어깨를 으쓱하며 말했다. "넌
늘 그랬어, 벤! 넌 네가 다른 사람들보다 더 강하고 영리하
다고 생각하지? 사람들이 널 교수형에 처해도 넌 교수대에
서서 소리칠 거야. '날 보시오! 난 당신들보다 훨씬 위대하
오!'"

"이런 멍청이." 벤이 그들이 어렸을 때처럼 거드름을 피
우며 신랄하게 말했다. "넌 도무지 아무것도 이해하질 못했
구나. 그래, 난 네 말대로 허풍 치고 지어내. 하지만 사람은
누구나 자신이 가질 수 없는 모든 걸 상상하는 걸로 시작해.
그런데 그걸 절실히 원하면 결국에는 상상한 것 이상을 가
지게 돼."

"정말로, 정말로 그렇게 생각해?" 아다가 웅얼거렸다.

아다는 얼굴을 두 손에 묻고 고개를 흔들었다.

"가끔은 네가 날 놀려대는 것 같아. 또 가끔은 네가 정신
이 나간 것 같기도 하고."

"우리 둘 다 약간 정신 나간 데가 있긴 하지! 우리는 논리
학자가 아냐. 데카르트 같은 합리주의자도 아니고. 우린 프
랑스인이 아니잖아! 열일곱 살이나 먹은 네가 여덟 살 꼬마

처럼 모르는 남자를 꿈꾸는 것 역시 정신 나간 짓 아니야?"

"입 닥쳐!"

"내 말이 맞지, 응, 내가 맞혔지?" 벤이 꽉 쥐고 있던 아다의 손을 잔인하게 꼬집으며 아주 낮은 목소리로 말했다. "봐! 그래도 난 웃지 않잖아? 그러니까 너도 날 놀리지 마. 아다, 내가 맹세하건대, 6주만 주면 결혼반지를 사고 호텔에서 첫 밤을 보낼 돈을 마련할게. 그 후로도 우린 살아갈 거야. 지금 당장 다른 건 약속할 수 없지만, 우린 살아갈 거야."

"난 너의 도움 따윈 필요 없어." 아다가 반항의 눈물을 흘리며 소리쳤다. "나도 내 생활비를 벌 수 있어. 나 혼자서도 살 수 있어. 난 널 사랑하지 않아. 언젠가 난 널 떠날 거야."

그가 웅얼거렸다.

"오! 앞날 따윈… 난 신경 안 써…. 난 우리가 점심을 먹고, 난 보따리를 나르러, 넌 프랭탕 백화점에서 옷 견본을 사들이러 집을 나서는 날, 우리가 결혼하고 돌아오는 날 너머의 일은 내다보지도 않아!"

벤이 웃음을 터뜨렸다. 그가 너무 크게, 너무 신경질적으로 웃어서 그의 얼굴에 눈물이 흘렀다.

"우리 엄마가 어떤 얼굴을 할까? 그 표정이 상상이 돼? 엄마는 틀림없이 우리 둘 다 쫓아낼 거야. 그럼 그길로 떠나버리는 거야! 너 혼자 힘으로 살 수 있다고 말하지 마, 아다.

넌 아직 너무 어리고 여려. 약속할게, 네가 원하는 대로 실
컷 그림을 그리게 해줄게."

그는 아다가 일어서게 부축했다.

"가자. 몰래, 비밀스럽게 복수 계획을 세우면서 학대와
구박, 놀림을 참아내는 것보다 더 짜릿한 게 뭐가 있겠어?
엄마는 화가 나서 숨도 제대로 못 쉴 거야! 가자, 아다…. 난
평생 거절당하고 조롱당했지만 그럴 때마다 생각했어. '언
젠가 넌 내 것이 될 거야. 언젠가 내가 강자가 될 테니.'"

"그래서 그렇게 됐니?"

"지금 됐잖아." 그가 웃으며 말했다.

굵은 빗방울이 쏟아지기 시작했다. 아다는 벤을 따라갔다.

몇 주 후, 벤은 결혼에 필요한 돈과 모든 서류를 손에 넣
었다. 모든 게 그가 말한 대로 이루어졌다. 그들은 볼일을
보러 각자 외출해 시청에서 만났고, 부부가 되어 라이사 숙
모의 집으로 돌아왔다. 라이사 숙모는 그들을 내쫓았다. 그
날 저녁, 그들은 호텔 객실 하나를 빌렸고, 남편과 아내로
살기 시작했다.

15

벨푀이 가, 시너 집안의 낮 무도회는 저녁 여덟 시가 되어서야 끝이 났다.

해리의 엄마와 숙모들은 그 무도회를 그들이 젊었던 시절 고향에서 유행하던 말을 빌려 '광란의 오후'라고 불렀다. 그들이 프랑스에 거주한 세월 동안 사라지지 않은 채, 어떻게 보면 '슬라브식'으로 딱지가 붙은 외국 억양으로(그들은 이제 러시아식으로 'r' 발음을 굴리지 않고 목구멍에서 발음했는데, 그것이 예절 바르고 극도로 절제된 세련된 문장에 묘한 파리 변두리의 맛을 부여했다) '17일 광란의 오후에 매력적인 따님을 데리고 오셔서 저희를 기쁘게 해주시겠어요?'라고 말하면, 사람들은 그 초대에 아주 오래되고 이국

적인 매력이 있다고 생각했다. 심지어 아무런 악의 없이 그
것을 '슬라브적인 매력'이라고 부르기도 했다.

여덟 시가 되자, 뷔페가 차려진 넓은 녹색 살롱을 가득 채
웠던 웅성거림이 한결 부드러워졌다. 십오 분 전만 해도 수
많은 목소리, 발소리, 음악 소리만 들리던 그곳에서 웃음소
리, 삼삼오오 모여 나누는 대화가 또렷하게 들려왔다. 정원
나무에서 새(환한 빛에 속아 잠자리에 들지 않고 꾸물거린
새)의 지저귐이 들려왔고, 그제야 집안의 안주인인 시너 부
인은 좀 쉬고 싶다고 생각했다. 그녀는 맨드라미가 핀 회랑
의 턱에 서서 집을 나서는 손님의 손을 일일이 잡으며 마지
막 물 한 방울까지 탈탈 털어 꽃에 뿌려주는 정원사처럼 너
그렇게, 우리가 흔히 던지는 작별의 말을 기계적으로 중얼
거렸다.

"손님이 많아 제대로 얘기도 못 나눴네요, 부인… 언제
따로 날을 잡아야겠어요…. 어머님께 안부 인사 꼭 전해줘
요, 아가씨…." '벌써 아홉 시가 다 되었을 거야.' 그녀는 속
으로 생각했다. 하지만 늑장을 부리는 사람들, 딴청을 피우
느라 늘 늦는 사람들, 질투에 사로잡혀 희망의 끈을 놓지 않
고 헛되이 여자를 기다리는 남자들, 사랑에 빠져 테라스에
서 지체하는 연인들도 염두에 둬야 했다. 그녀는 손님 대접
에 극진했고, 러시아식으로 집에 손님이 넘쳐나야 마음이
편했다. 하지만 그날 저녁, 그녀는 어서 해리와 단둘이 있고

싶었다. 도대체 무슨 심산인지 알아야겠으니!

한 시간 전에 로랑스 들라르셰와 함께 식당으로 들어왔을 때, 해리는 몇 걸음 앞서가는 그 젊은 여자를 뚫어지게 쳐다보았다. 그녀가 너무나 잘 아는, 뜨겁고 깊은 관심이 담긴 눈길로…. 아! 그 순간부터 시녀 부인은 온몸이 부들부들 떨렸다! 그녀는 해리의 표정을 펼쳐놓은 책처럼 읽었다. 적어도 그렇게 믿었다. 모든 엄마가 그렇듯, 그녀는 진실 너머에, 동시에 진실 이편에 있었다. 다시 말해, 눈에 뻔히 보이는 것은 건성으로 지나쳤지만, 해리 자신이 아직 깨닫지 못하는 것은 귀신같이 알아차렸다. 그녀에게 아들의 영혼은 가끔은 낱말 하나로도 이해할 수 있는 양피지 같았다. 그걸로도 텍스트 전체를 번쩍이는 빛으로 훤히 밝히기에 충분했다. 아들의 얼굴에서 자신이 사랑에 빠진 걸 아직 모르는 사람에게만 나타나는, 그 겸허하면서도 까다로운 표정을 가장 먼저 알아보지 못하고서 어떻게 엄마라고 떳떳하게 말하겠는가? 마음속으로 아들의 표정을 다시 떠올리면서 그녀는 손을 가슴께로 가져갔다. 손가락을 장식한 다이아몬드들이 석양을 받아 푸르스름한 빛을 반사했다.

"반지를 너무 많이 껴… 늘 반지를 너무 많이 낀다니까." 시누이들은 이렇게 말하곤 했다. 하지만 보석들은 금고의 어둠 속에 처박아두려고 만든 게 아니다. 시누이들이 옷을 입는 방식은 너무나 건조하고 남성적이었다…. 해리의 외

삼촌들은 그녀에게 보석을 사라고 부추겼다. 그녀에게는 그럴 의무가 있었다. 그녀가 태어난 집안의 명성을 생각해서라도. 보석은 남자형제들의 내면에 있는 비밀스러운 동양적 성향, 손에서 번쩍이게 하고 가슴에 보란 듯 걸어둘 수 있는 부를 향한 성향을 만족시켰다. 그녀도 이런 성향을 공유했다. 그날 저녁에도 자신의 기름지고 하얀 손에서 반짝임과 광채를 보는 일이 알게 모르게 그녀를 위로해주었다…. 그녀에게는 위로가 필요했다…. 그날 저녁, 그녀는 얼마나 슬펐던가…. 그녀는 해리와 그 젊은 여자 사이에 미래를 약속하는 심각한 말들이 오갔다는 것을 느꼈다. 아! 맙소사, 그녀의 아들은 아직 너무 어렸다! 그녀는 속으로, 러시아어를 중얼거리며 한숨을 내쉬었다. "오! 맙소사, 맙소사!" 극도로 동요된 순간에는 프랑스어가 잘 떠오르지 않았다. 그럴 때마다 세 살부터 파리 여자한테 프랑스어를 배운 그녀가 황당한 말실수를 저지르곤 했다.

"이렇게 '행복하게'* 떠나시니 아쉬워요." 때로는 허둥대며 웅얼거렸다.

"도대체… 도대체 '나의'** 아들은 어디 숨은 거지?"

---

* 프랑스어로 '일찍'은 'bonne heure'이고 '행복한'은 'bonheur'로, 발음이 유사하다.
** 남성명사인 '아들' 앞에는 남성형 소유격인 'mon'이 붙는데, 시녀 부인은 여성형 소유격인 'ma'를 써서 말했다.

그녀의 약점을 익히 알고 있던 시누이들은 독살스럽게도 널리 알려진 유대인 이야기를 여러 차례 들먹였다. 한 부유한 은행가의 아내가 출산하며 '프랑스어'로 '맙소사, 너무 고통스러워!'라고 신음하는데, 정작 은행가는 아내가 자신을 이디시어로 부를 때만 사태가 심각하다고 여기고, 아이가 곧 태어날 거라며 달려온다는 이야기였다. 시누이들은 틈만 보이면 물어뜯는 못된 심성을 갖고 있었다. 다행스럽게도 그들은 이디시어를 몰랐다! 그들은 아래 구역에서는 살아본 적이 없었다! 불안에 빠진 상태에서 너무나 어려운 프랑스어 문법과 구문 규칙을 지키는 게 쉽지 않다는 것은 부인할 수 없는 사실이었다.

선선한 밤공기를 머금은 상쾌한 발코니에서 몇몇 쌍이 아직 꾸물대고 있었다. 해리는 어디 있지? 맙소사, 그 아이가 결혼을 생각하다니, 가당키나 한 일인가? 그의 나이 이제 고작 스물하나였다.

'오! 내 아들, 내 외아들, 내 사랑.' 그녀는 속으로 신음했다. '결혼이 행복한 일이긴 해. 하지만 우리가 뭘 알아? 앞날을 어떻게 내다볼 수 있겠어? 주님의 뜻은 무엇일까? 내일은 무엇이 우리를 기다리고 있을까?' 이스라엘 백성들의 온갖 고뇌가 무의식적인 기억이 되어 그녀의 내면을 관통했다. 그녀는 한곳에 서서 주위로 몰려드는 여자들에게 기계적으로 거의 비슷한 작별 인사를 되풀이했다. 하지만 아름답고 기름기가 흐르는 어두운 두 눈은 얼이 빠진 채 절망에 사로잡힌 표정을 짓고 있었다. 그녀는 바람의 냄새를 킁킁거리며 재앙이 어느 쪽에서 닥칠지 스스로 물어보는 것처럼 안절부절못한 채 고개를 사방으로 돌려댔다. 그 결혼이 성사된다면(주님, 제발 성사되지 않게 하소서! 그녀가 내심 러시아식으로 덧붙였다. 동시에 남몰래 식탁의 귀한 목재를 만지며 액막이를 했다. 마술 주문도 하나보다는 둘이 나은 법이다. 그녀는 다양한 민족의 미신을 빌려올 정도로 열린 마음을 갖고 있었다), 그렇게 된다면, 그게 해리에게 행복을 가져다줄 거라고 누가 장담할 수 있겠는가? 그녀는 사랑하는 아들이 조금의 위험도 겪지 않기를 바랐다! 그녀는 어떤 엄마들이 아무런 근거 없이 확신하듯 아들의 미래에 행복이 약속되어 있다고 믿지 않았다. 정반대였다. 항상 누군가 해리에게 해를 끼치고, 상처입히고, 모욕할 것만 같았다. 어떤 결혼이든 위험투성이였다. 결혼하기는 쉽지만, 위험으로부터 보호하기는 어렵다. 러시아에서 축제 전날 성당 포치 아래 켜두는 촛불처럼. 눈이 내리나 바람이 부나 사람들은 늘 촛불을 켜는 데에는 성공했다. 하지만 그 촛불을 얼음처럼 차가운 돌풍을 뚫고 어두컴컴한 거리를 지나 집까지 들고 오는 데 성공하는 사람들은 드물었다. 그 순간 회한에 젖어 모든 질투의 순간들, 부부 생활의 모든 변덕을 떠올리긴 했지만, 그녀의 결혼 생활은 행복했다. 그녀와 남편은 어떻든

같은 언어를 사용했고 서로를 이해했다. 그런데 그 젊은 여자는, 물론 예쁘고 좋은 집안 출신이긴 하지만 외국인이 아닌가. 프랑스인들의 영혼을 어찌 알겠는가? 그 여자는 너무나 밝은 머리카락과 너무나 붉은 뺨을 갖고 있다…. 한순간, 시너 부인은 머리카락이 짙은 갈색인 아들과 밝은 금발인 그 젊은 여자의 결합에서 태어날 수 있는 아이들을 상상하며 화를 누그러뜨렸다. 하지만 가톨릭교도인 그녀의 부모가 결혼을 허락할까? 그들이 거절이라도 한다면…. 그녀는 해리가 느낄 굴욕감을 떠올리며 미리 고통스러워했고, 심장에서 피가 흐르는 것 같았다(오! 주여, 저희를 구하시고 지켜주소서!). '왜 사랑에 빠진 유대인들에게는 사랑하는 것과 벌벌 떠는 게 동의어일까?' 그녀는 생각했다. 더는 가만있을 수가 없었다. 당장 해리부터 만나보고 싶었다. 그래서 보란 듯이 한 부인의 팔을 잡고는 큰 소리로 말했다.

"아뇨, 아뇨, 이렇게 서둘러 가시는 법이 어디 있어요. 그냥은 보내드리지 않을 거예요…. 저랑 가셔서 뭐 좀 드세요…. 아이스크림이라도, 아, 더워라! 아뇨, 아뇨, 거절하지 마세요, 이리 오세요!"

두 부인은 뷔페를 한 바퀴 돌았다. 해리는 그곳에 없었다. 시너 부인은 여자를 발코니로 끌고 갔다("집안에만 있으니 갑갑하시죠, 그렇지 않으세요?"). 거기, 석양 속에서, 그녀는 해리와 로랑스 들라르셰가 단둘이 있는 걸 보았다. 잠시 침묵이 흘렀다.

상냥한 표정을 지으려 몇 번 경련을 일으킨 다음에야 시녀 부인은 손님을 맞이하는 고물 장수 할멈 같은 부드럽지만 굳은 미소를 짓는 데 성공했다. 쪼그라들면서 주름이 잡힌 그녀의 입이 헛되게도 큐피드의 활을 그리려고 애썼고, 검고 반짝이며 산만한 두 눈이 기적에 가까운 속도로 젊은 여자의 몸과 얼굴을 훑었다. '꼭 내가 결혼지참금을 얼마나 들고 올지 가늠해보는 것 같네.' 로랑스는 속으로 생각했다.

로랑스의 생각은 틀리지 않았다. 하지만 시녀 부인이 계산하는 것은 수나 프랑*이 아닌 행복의 확률이었다. 시녀 부인의 심장은 질투, 불안, 혐오, 애정으로 갈가리 찢겼다.

잠시 후, 누가 로랑스를 데리러 왔다. 이제 거의 모든 사람이 떠나고 없었다. 서늘하고 넓은 살롱들이 줄지어 서 있고, 열어놓은 십자형 유리창을 통해 저물어가며 서서히 녹색을 띠는 햇빛이 스며들었다. 몇 안 남은 손님들이 자신을 초대해준 여주인에게 작별 인사를 하려고 은은한 은색을 띤 흰색 새틴 나무 가구들 사이로 그녀를 찾아다녔다. 해리가 시녀 부인의 팔을 잡으며 말했다.

"그만 가보세요, 엄마."

시녀 부인은 아들의 말을 듣지 않았다.

---

* 둘 다 프랑스의 화폐 단위이다.

"해리, 해리." 병에 걸린 아이를 돌볼 때 그녀의 얼굴에 나타나는 절망적이고 열정적인 표정으로 (가벼운 편두통이든 심각한 폐렴이든 늘 같았다) 아들을 쳐다보며 나지막이 반복했다. "해리, 얘야, 딱 한 마디만!"

"나중에요, 엄마, 이따가 해요. 우리만 있는 게 아니잖아요."

"너, 청혼한 거니?" 불안에 떠는 순간에 늘 그렇듯, 그녀는 파리에서는 모두가 프랑스어를 알아듣는다는 사실을, 남들이 못 알아듣게 하려면 다른 언어를 써야 한다는 사실을 까맣게 잊고 프랑스어로 이렇게 물었다.

"네." 해리가 대답했다.

시녀 부인은 분홍색 가제 손수건을 구겨 쥐고 입술과 콧구멍 주변을 신경질적으로 눌러댔다. 그녀는 아주 훌륭한 교육을 받고 자랐기에 자신의 고통과 낙담을 저주나 고함으로 표현해서는 안 된다는 걸 알고 있었다. 어쨌거나 시녀 가문은 3대째 부자이고 그녀의 집안은 2대째 부자이니 그녀는 시누이들보다 낮은 계층 출신이었다. 그녀는 시누이들이 했을 법한 방식으로, 예를 들어 입술을 부들부들 떤다거나 고개를 꼿꼿이 세우는 방식으로 자신의 고통을 드러내는 법을 아직 익히지 못했다. 큰 시누이는 사랑하는 남동생의 죽음으로 받은 충격을 단 하나의 움직임으로 견뎌내집안의 칭송을 받았다. 그녀는 마치 기도하듯 고개를 숙이고 있다가 하늘을 올려다보며 하늘의 섭리에 따르겠다는 의지와 진솔한 슬픔, 잘 받은 가정교육을 말 한마디 없이 표현했다. 하지만 시녀 부인은 아직 그런 경지에 오르지 못했다. 그녀는 반지로 뒤덮인 손을 천천히 비틀고, 신음하고, 한숨을 쉬면서 자신을 짓누르는 감정들, 심각하고 심원하고 단순한 감정들을 눈길을 끄는 방식으로 표출했다. 그녀는 아들을 무척이나 아꼈다. 혹시라도 아들이 잘못될까 봐 두려워했다. 해리는 연민의 눈길로, 애정과 안달이 뒤섞인 눈길로 그녀를 보고만 있었다.

시녀 부인이 웅얼거렸다.

"불행이 닥칠 것 같더니만…. 밤새 탁한 물 꿈을 꿨거든."

"제가 로랑스 들라르셰와 결혼하면 불행해질 것 같으세요, 엄마?"

해리는 눈꺼풀을 내리깔고 입술을 꾹 다문 채 냉정을 유지하는 법을 알고 있었다. 하지만 시녀 부인은 그의 가냘프고 예민한 몸이 부들부들 떨리는 걸 느꼈다. 아니, 그럴 거라 짐작했다. 어릴 적에 해리는 야단을 맞아도(물론 극도로 부드럽게!) 한 번도 징징거린 적이 없었다. 대신, 잠시 후에 아주 오랫동안 몸을 부들부들 떨었다.

"넌 아직 너무 어려." 그녀가 말했다.

"그럼, 로랑스가 거절했으니 다행이라 여기시겠네요."

"그 아이가 청혼을 거절했다고? 왜?"

해리는 대답하지 않았다. 그는 어머니를 피하고 싶어했다. 하지만 그녀가 그의 앞을 막아섰다.

"그 아이가 왜 거절했는데?"

"그녀의 부모가 우리의 결합을 허락하지 않을 거래요." 해리가 간단하게 설명했다.

시너 부인이 하늘을 향해 양팔을 들었다. 그랬다, 큰 충격을 받은 상태에서도 그녀는 거울을 통해 두 손을 뒤틀어 허공에 쳐드는 자신의 모습을 보았다. 그녀는 화가 나서 제정신이 아니었다. 내 아들, 나의 해리가 퇴짜를 맞는 굴욕을 당하다니! 내 아들이 실연하다니! 그녀에게 전해지는 아들의 고통 하나하나는, 아들이 힘들어하는 것을 보는 고통, 아들을 잃으면 어떡하나 하는 두려움은 건강한 신체가 어쩌다 입는 상처가 아니라, 수도 없이 다시 벌어진, 끊임없이 곪고 피가 흐른 아주 오래된 상처에 가해진 타격이었다.

"우리가 그들보다 더 부자야!" 그녀가 자랑하듯 외쳤다.

"엄마, 제발." 해리가 애원하는 말투로 말했다.

그녀가 저자세로 물었다.

"그 아이를 사랑하니? 정말 그 아이를 사랑하니?"

그 순간, 그녀는 몇 분 전만 해도 너무나 두려워하던 일, 즉 해리와 로랑스의 결혼을 성사시키기 위해서라면 세상 끝이라도 찾아가 지상의 권력자들에게 애걸했을 것이다(누구한테 애걸하지? 그녀도 그 권력자 중 하나가 아닌가? 그녀는 혼란스러웠다). 무릎을 꿇고 돌 위를 기어서라도 갔을 것이다.

"로랑스는 결국 청혼을 받아들일 거예요." 신경을 곤두세운 채 온몸을 부들부들 떨고 있는 엄마보다는 오히려 자신을 달래듯 해리가 부드럽게 말했다. '청혼을 계속 밀어붙일 거야. 불청객 취급을 받더라도 예의를 갖추어 찾아가서 압박하고 애걸할 거야.' 그는 속으로 다짐했다.

불굴의 희망이, 패배에서 태어난, 패배로 생겨나고 길러진 희망이 그의 내면에서 부풀었다.

시너 부인이 계속 말을 하고 있었지만, 그는 아무 대답도 하지 않았다. 그는 부드럽게 엄마의 등쌀에서 벗어나 고모들과 작별 인사를 나누고 있는 손님에게 다가갔다. 잠시 후, 마지막 자동차가 출발했다. 해리는 자기 방으로 올라갔다. 갑자기 쏟아진 소나기의 첫 빗방울이 파리의 거리를 적셨다.

16

역사와 전통을 자랑하는 프랑스 은행 '들라르셰'와 국제 은행 '시너'가 좋은 관계를 유지하고는 있지만, 그렇다고 로랑스와 젊은 시너의 결혼이 가능하다고 여기다니, 그게 가당키나 한 일인가, 천만에! 어딘지 모를 곳에서 튀어나온 이방인에게 융숭한 대접을 했더니 우리 땅에서 마치 정복자처럼 굴다니, 무례하기 짝이 없질 않은가, 로랑스의 아버지는 이렇게 생각했다. 그는 붉게 물든 딸의 눈을 보고도 못 본 척했다. 그는 충격적인 소식에 잔뜩 화가 있었다. 사랑? 허튼소리…! 겨우 열여덟 살밖에 안 된 것이! 여름날 아침마다 짧은 원피스에 양말을 신고 시골집 식당으로 들어서는 로랑스의 모습이 눈에 선했다(그녀는 꽃무늬가 새겨진 작은 덧옷을 입고 있었다)…. 그런데 벌써 사랑과 결혼을 입에 담다니. 물론 그는 딸을 결혼시킬 것이다. 하지만 지금은 아니야…. 그는 분노와 경악이 서린 눈으로 딸을 몰래 흘낏거렸다. 그는 늘 무뚝뚝하고 남성적이며 무심한 듯, 참을성 없는 목소리와 급한 몸짓으로 딸을 향한 사랑을 표현했다. 네 자녀 중 하나가 어렵사리 말을 꺼내면, 늙은 들라르셰는 바쁘다는 듯 무뚝뚝한 말투로 말했다. "좋아! 그래서? 그다음에는?" 그는 재빠른 손짓으로 그들의 모든 반박, 논거를 미리 차단했다. 그러고는 더 큰 목소리로 말을 이었다. "내가 보기에는…" 혹은 "어떻게 해야 할지 말해주마." 큰아이 셋은 삶에 두들겨 맞기 시작하는 나이가 되었다. 두 딸은 결혼했고, 아들은 스물다섯 살이었다. 그들은 어렸을 때보다 말귀를 잘 알아듣고 고분고분하게 변했다. 그런데 이제 겨우 열여덟 살밖에 안 된 저 꼬맹이는 어떡하지? 닫힌 창유리에 대고 붕붕거리는 벌처럼, 멍청할 정도로 고집스럽게 장애물에 머리를 처박는 나이가 아닌가…? 로랑스가 사랑에 빠졌다는 게 가당키나 한가…? 막내딸과 젊은 시녀의 사랑을 떠올리기만 해도 들라르셰는 머리카락이 희끗희끗한 육중한 머리로 피가 쏠리는 것을 느꼈다. 그는 잔뜩 굳은 표정으로 나이프와 포크를 거칠게 놀렸다. 로랑스는 그에게 아무 말도 하지 않을 터였다. 막내딸은 그를 어려워했고 어딘지 비밀스러운 데가 있었다. 그래서 더욱 사랑스러웠다.

아직 어린 게 사랑 타령을 하는 건… 어쨌거나 좋지 않고 부
질없었다. 딸을 가진 여느 프랑스 아버지처럼 그 역시 조심
성 있게 행동했다. 신랑감을 자신이 정하고, 양가가 만나 절
차와 지참금을 일일이 논의했다면 그나마 덜 충격적이었을
것이다. 그것이 혼인에 있어서 육체적인 것과 관련된 모든
걸 미화하고 감춰줬을 테니까. 그런데 사랑이라니! 머리에
피도 안 마른 것이 사랑이라니, 맙소사! 그래도 그는 흔들
리고 있었다. 그는 자식들에게 노여움과 동요가 뒤섞인 복
잡한 감정을 자주 느꼈다. 자식들이 병에 걸려 아프거나 그
들에게 벌을 줘야 할 때마다, 그는 연민, 분노, 그리고 막연
한 혐오가 뒤섞인 묘한 감정에 사로잡혔다. 그의 정신은 날
카롭고 명료했으며 스스로도 그러한 자질을 아주 높이 평
가했다. 하지만 그 자질도 그가 자신보다 열등하다고 믿지
않을 수 없는 비이성적인 존재들, 즉 여자와 아이들과의 관
계에서는 아무런 소용이 없었다. 그들과 관련된 영역에서
는 도무지 확실한 게 없어서 그는 잔뜩 경계하며, 어쩌면 두
려움에 떨며 앞으로 나아갔다. 앞으로 나아갔다고? 천만에!
그는 지금처럼 문제를 외면하고, 눈을 내리깔고, 입을 다무
는 쪽을 택했다. 그가 그러는 게 더 현명하다고 평가할 때,
그 가부장적이고 입심 좋은 남자가 자기만의 비밀스러운
생각을 품고 있다는 걸 아는 사람은 없었다…. 삶은 결국 우
리가 타인을 도울 수 없다는 사실을 가르쳐준다. 우리가 아

무리 선의를 품고 있어도, 타인을 아무리 사랑해도⋯. 고통
이든, 질병이든, 죽음이든, 우리는 다른 사람들에게 무엇도
해줄 수가 없다. 그는 아내가 로랑스를 출산하며 48시간 동
안 고통으로 신음했을 때 그것을 처음으로, 강력하게 느꼈
다. 그날 이후로 그는 권위와 아량이 적절하게 배합된 특별
한 철학을 가지고 가정 생활과 관련된 모든 문제에 임했다.
아버지로서 자식들의 삶을 다지고, 필요하다면 억지로라도
그들을 위해 최선이라고 여겨지는 길로 이끌려 했다. 하지
만 그들의 고통을 대신 겪어줄 수는 없었다. 그들 자신의 문
제는 스스로 해결하도록 내버려두어야 했다. '아이가 반짝
이는 꽃을 따려고 물로 뛰어들려 하면 강가에서 단단히 잡
아줘야지. 원하는 걸 손에 넣지 못해 절망에 빠지면 그 절망
을 존중해줘야 하고. 행동에 관한 한 권위적으로, 심지어 폭
군처럼 굴되, 아이들의 영혼까지 파고들려는 욕구는 피해
야 해.' 그는 생각했다.

안 돼! 그 결혼은 정말이지 당치 않았다. 로랑스의 아버지
가 가톨릭 신자여서가 아니라⋯. 그 어린 시녀는 유대인일
뿐 아니라 이방인이 아닌가! 그의 집안에 이방인을 들일 수
는 없었다. 물론 그게 너무 오만하고 거친 판단이기는 했다.
사실, 그는 다양한 범주의 외국인을 차별하고 있었다. 앵글
로색슨이나 라틴계라면 못 이기는 척 넘어가겠지만⋯. 그
의 누이 중 하나는 스페인 사람과 결혼했다. 그 결합에 대

해서는 별로 말할 게 없었다. 가엾은 누이가 아이를 낳다가 죽었으니. 그래도 남편이 프랑스인이었다면 아내를 죽음의 위험에 노출하는 일 없이 안전하게 아이를 낳게 하지 않았을까? 그는 스페인 매제와 좋은 관계를 유지했으니 외국인 혐오자는 아니었다. 천만에, 하지만… 동방에서 온 모든 것은 그에게 극복할 수 없는 불신을 심었다. 슬라브계, 아랍계, 유대계, 그중 어느 종족이 더 싫은지는 알 수 없었지만, 어쨌거나 그 사람들에게는 명확한 게, 확실한 게 전혀 없었다…. 예를 들어, 시녀 집안이 쌓은 부만 해도 그랬다. 물론 엄청나기는 했다. 지나칠 정도로 엄청났고, 그 경계는 분명하지 않았으며 끊임없이 움직였다…. 우크라이나와 폴란드에 그들의 제당 공장이 있었다. 들리는 말로는, 우크라이나 공장들은 러시아 혁명 전에 매각되었고, 폴란드 공장들은 지금도 완전 가동되고 있다고 했다. 이렇다니까! 불분명해, 이 모든 게, 유동적이고 모호해…. 낯선 땅의 부, 낯선 땅의 이야기들…. 아, 좋지 않아, 영 개운치가 않아…. 해리의 삼촌들 소유로 되어 있고, 해리가 동업자로 등록되기 전에 수습사원으로 일했던 은행만 해도 국제적으로 유명하긴 했지만, 그 국제적 연줄, 평판, 알 수 없는 힘의 전설들이 그는 거슬렸다. 들라르셰처럼 단단하고 안정된 가족 은행이 그 외국인들의 은행과 연을 맺는다고? 말도 안 되는 소리. 들라르셰 은행은 집안이 대대로 관리해온 아주 오래된 지방 은행에 기원을 두었다. 그런데 시녀 집안이 이끄는 그… 은행 비슷한 것의 과거를 캐보면 아마도 허름한 환전소, 소매상의 노점, 혹은 단기로 소액대출을 해주는 고리대금업체가 나올 터였다. 아! 그는 그 혼인이 정말 내키지 않았다…! 어쩌면 그 반감의 밑바닥에는 신체적인 인상이 자리하고 있는지도 몰랐다. 해리의 삼촌들은 키가 작고 얼굴이 기름졌으며, 인상이 날카롭고 눈이 불안해 보였다. 들라르셰는 혈색이 좋고 눈썹이 짙었으며 목소리가 낭랑한 거한이었다. 그는 시녀 집안에 초대받아 자주 저녁 식사를 함께했다. 그는 늘 속이 안 좋다고 투덜대고, 걸핏하면 다이어트를 하고, 식사가 끝날 무렵에는 '라인 지방의 포도주'를, 그것도 '찔끔' 내놓는 그 불행한 자들을 정말이지 경멸했다. 라인 포도주? 프랑스에 살면서? 부르고뉴와 샹파뉴 포도주의 나라에서! 무례도 그런 무례가 없었다. 게다가 고양이처럼 미끄러지듯 움직이는 그들의 몸짓은 소름이 끼쳤다. 생긴 것도 어떻게 그렇게 서로 닮았는지! 쌍둥이나 다름없었다. 얘기를 나누는 상대가 솔로몬 시너인지 이삭 시너인지 도통 알 수가 없었다. 그들은 불쑥 다가와 그들 종족 특유의 냉소적이면서도 불안에 찬 미소를 지어 보였다. 시너 집안에 관한 모든 게 그의 마음에 들지 않았다. 나쁜 취향의 사치. 무분별한 낭비! 게다가 그 여자들…. 아! 맙소사, 보석을 온몸에 처바른, 그 엄마라는 뚱뚱한 여자! 세련된 척 재치를 부리는 가식적인 고모들은 그 꼬락서니를 하고 니체를 읽는답시고…. 그 종족이 그렇다니까…! 슬라브인, 독일인, 유대인은 다 그게 그거였다. 똑같은 안개, 똑같이 혼란스럽고 모호하고 이해할 수 없는 분위기…. 끝으로, 해리 시너도 마음에 들지 않았다. 가장 심각한 건 바로 그것이었다. 비쩍 마르고 신경질적이고 키가 작은 것부터가 영 못마땅했다. 게다가 머리카락은 또…. 모르긴 해도, 그 청년은 매일 아침 저절로 둥글게 말리는 머리카락을 가차 없이 눌러 펴야 할 거라고, 희끗희끗하지만 아직 뻣뻣한 머리카락을 가진 늙은 들라르셰는 생각했다. 청년의 눈은 마치 기름 속에서 타는 것처럼 열정적인 빛을 발했다. 게다가 침울하고 창백한 안색이라니… 그 나이에 벌써 젊음도 신선함도 찾아볼 수 없었다.

'어린 녀석이 꼭 노인 같군. 그런 녀석이 어떻게 로랑스의 마음에 들 수 있지? 여자들은 도무지 속을 알 수 없다니까.'

그사이, 들라르셰의 집에서는 수많은 요리로 구성된 훌륭한 저녁 식사가 끝나가고 있었다. 로랑스의 두 언니와 오빠는 기분이 안 좋아 보이는 아버지의 주름을 펴줄 요량으로 떠들썩하게 이런저런 얘기를 늘어놓았다. 로랑스는 아무 말도 하지 않았다. 후식을 먹는 동안, 아버지가 딸을 돌아보며 불쑥 말했다.

"피곤하면 올라가서 쉬렴. 감기에 걸려 골골거리면서 억지로 식탁에 앉아 있는 것만큼 바보 같은 짓은 없다. 눈까지 통통 부어서는…. 자, 어서 올라가!"

그게 그가 막내딸을 위해 할 수 있는 전부였다. 혼자 있게 해주는 게, 눈물 몇 방울로 베개를 적시도록 내버려두는 게. 로랑스는 자리에서 일어나서 아버지에게 뽀뽀 인사를 하려고 다가갔다.

"내일이면 다 지나갈 거야, 그렇지?" 막내딸이 익히 아는, 남성적인 힘의 표상이나 다름없는, 안달하는 동시에 놀리는 듯한 표정을 지으며 나지막한 목소리로 그가 물었다.

로랑스가 몸을 숙이고는 아버지에게 뺨을 내밀었다. 그러고는 그를 보며 말했다.

"저도 모르겠어요."

그때서야 들라르셰는 더럭 겁이 났다.

17

이 년이 지난 어느 날, 해리는 로랑스가 사는 거리 모퉁이에서 그녀를 기다리고 있었다. 로랑스는 혼자 외출했다. 죄는 아니지만 그녀를 죄책감으로 가득 채우는 그 밀회를 눈치챈 사람은 아무도 없었다. 엄밀히 말해 적법하지 않은 기쁨을 맛보지 못하게 막는 일종의 내적인 저항심이 죄의 길로 내닫는 그녀의 발길을 내내 붙들었다. 그녀는 어릴 적에 거역하는 쾌감을 맛본 적이 없었다. 그녀는 모든 게 맑고 밝고 명확한, 흐릿한 안개도 혼란스러운 쾌감도 없는 세계 속에서만 숨 쉬고 살아갈 수 있었다. 그래도 그녀는 밀회를 받아들였다. 그녀는 해리를 사랑하고 있었다.

로랑스는 오랫동안 그 사랑을 두려워했다. 아무런 경계

심 없이 그토록 무질서하고 뜨거운 감정이 자신의 마음을 사로잡도록 내버려두는 건 그녀의 본성과는 거리가 멀었다. 사실, 그녀가 속으로 웃으며 '캐퓰렛과 몬터규'*식이라고 불렀던 열정이 가진 과도한 측면, 소설적이고 연극적인 측면이 그녀에게는 우스꽝스럽다고는 할 수 없어도 적어도 이상해 보이기는 했다. 그녀의 아버지와 마찬가지로 그녀도 처음에는 낯선 것, 이국적인 것이 마음에 들지 않았다. 아니, 그녀는 그 사랑을 아다처럼 메마른 땅이 빗물을 빨아들이듯 덥썩 맞아들이지는 않았다. 통찰과 분별을 가지고 신중하게 대했다. 소나기가 내려 빗물에 흠뻑 젖어도 잎 하나 떨어지지 않고 꽃잎 하나 벌어지지 않는 프랑스 정원의 아름다운 장미들처럼. 빗물은 굵은 진주처럼 그 위를 굴러다니다가 서서히, 부드럽게 속으로 파고들었다. 안 그래도 해리는 로랑스가 살짝 벌어진, 매정하고 신선한 장미를 닮았다고 생각하곤 했다. 끈질기게 저항하는 그 마음속까지 스며드는 건 결코 쉬운 일이 아니었다. 하지만 이제 그는 로랑스의 마음에 자리를 잡고, 지배했다. 그것은 오랜 충심, 뜨거운 사랑의 보상이었다. 그는 그녀를 열렬히 사랑했다. 이제 그는 텅 빈 거리를 그녀와 나란히 걷고 있었다(아침 아홉 시밖에 안 되어서 사람들 눈에 띌 위험은 없었고, 로랑스

---

* 〈로미오와 줄리엣〉에서 줄리엣의 가문과 로미오의 가문.

는 수업을 들으러 가는 길이었다). 그의 표정에 번민의 흔적
이 너무나 역력해서 로랑스가 속삭였다.

"그런 표정으로 보지 말아요."

"왜요? 아무도 없는데요."

"당신의 눈길은 사람을 부끄럽게 해요."

그 부끄러움이 가식이 아니란 걸 그는 알고 있었다. 그것
이 냉랭함이 아니라, 너무나 힘차고 뜨거운 피의 표식에 가
깝다는 것도. 그래서 그녀가 두려워한다는 것도. 그가 그녀
의 손을 꼭 잡고는 장갑과 맨살 사이로 자신의 손가락을 끼
워 넣었다. 그녀가 움찔하더니, 말했다.

"해리, 아빠한테 또 말했어요."

해리가 창백하게 굳은 표정으로 걸음을 멈췄다. 로랑스
는 두려움에서 상처입은 자존심까지, 고통의 뉘앙스를 그
토록 다양하게 표현하는 얼굴을 본 적이 없었다. 반면에 그
는 기쁠 때는 아무런 말도, 아무런 몸짓도 하지 않았다. 그
녀는 그가 가여웠다. 환하게 빛나는, 가능하다면 어린아이
같은 그의 얼굴을 보고 싶었다. 번민에 사로잡힌 심각한 얼
굴은 늘 겉늙어 보였다. 그녀가 이렇게 말했을 때조차 그는
믿어지지 않는다는, 불안해하는 표정을 지었다.

"아빠가 승낙했어요, 해리."

하지만 잠시 후, 마침내 무슨 말인지 이해한 것처럼, 낱말
들이 그의 마음을 파고들어 진정되지 않는 불안을 잠재운

것처럼, 창백했던 그의 뺨이 갑자기 발갛게 달아올랐다.

그가 나지막이 말했다.

"위대한 승리로군."

다른 사람들보다 더 고통스러워했지만, 그는 자신의 승리를 즐길 줄도 알았다. 맑은 정신으로 맛보는 도취는 그것만으로도 이상한 행복감으로 불행했던 지난 세월을 모조리 지워버리기에 충분했을 것이다. 그녀로 인해, 인정받지 못한 채 조롱만 당한 그 사랑으로 인해 정말 불행했으니까. 이제 마침내 그녀가 그를 받아들였고, 그를 사랑했다. 그녀를 위해서라면 희열을 느끼며 죽을 수도 있을 것 같았다.

"그런 일이 어떻게 가능하죠? 아버지가 어떻게 승낙했어요? 뭐라고 말했죠?"

로랑스는 대답하지 않았다. 그녀는 아버지가 했던 말을 반복할 수 없었다. 부모와의 투쟁은 이 년 전부터 쉼 없이 이어졌다. 결국 아버지가 먼저 지쳤다. 그토록 바라온 순간이건만, 로랑스는 후회스러운 마음마저 들었고, 기쁨의 순간은 연민과 회한으로 얼룩졌다. 그녀는 지난 이 년 동안 아버지가 얼마나 늙었는지 전혀 눈치 채지 못하다가, 그 전날, 아버지가 화를 삭이지 못해 몸을 떨며 "좋아! 어쩔 수 없지. 하지만 나중에 날 탓하진 마. 날 원망하진 말라고"라고 말했을 때에야, 마치 그때까지는 말 그대로 사랑에 눈이 멀었던 것처럼, 그제야 처음으로 아버지의 주름이 더 깊어지고,

턱이 더 늘어지고, 가늘어진 목에 목울대가 더 불거진 것을 보았다. 그런데 해리는 지금 얼마나 좋아하는지! 승리라고 했나? 그녀는 아버지의 패배를 뼈저리게 느꼈다.

로랑스는 아버지가 했던 말을 해리에게 전할 수 있었을 까? 험악하고, 부당하고, 불필요한 말뿐인데…. 하지만 해리는 그 말들을 짐작하는 것 같았다. 그의 얼굴에서 행복의 표정이 사라졌다. 그가 씁쓸하게 말했다.

"아버지가 무슨 말을 했을지 짐작이 가는군요."

해리는 계속 입을 굳게 다물고 있었고, 로랑스는 자동차의 어둠 속에서 애정과 연민, 그리고 묘한 원망을 담아 그에게 첫 키스를 했다.

18

어느 날 누가 릴라에게 외국인을 소개했다. "쿠르드 아니면 힌두 사람일 거야." 릴라처럼 뮤직홀에서 옷을 벗는 역할을 하는 동료가 그녀에게 말했다. "그런데 어째 돈이 없어 보이네."

릴라에게 푹 빠진 그 외국인이 꽃과 사탕을 보내기 시작했다. 그의 행색이 워낙 초라해 보여서 릴라는 가엾은 마음이 들었다. 자신의 몸을 허락하는 일에 그리 큰 중요성을 부여하지 않았던 그녀가 어느 날 그에게 애정을 담아 잔소리를 했다.

"너무나 간단한 일에 그리 법석을 떨다니, 당신 미쳤군요. 나랑 자고 싶어요? 그럼, 그냥 '당신이랑 자고 싶어요'라고 말해요. 그렇게 계속 꽃과 사탕을 보내는 게 무슨 소용이에요? 삶은 누구한테나 힘들어요. 당신, 그러다 거덜 나겠어요."

사내는 이 단순한 말에 놀라운 방식으로 반응했다. 그가 목멘 소리로 물었다.

"당신은 내가 누군지 모르는군요?"

실제로 릴라는 그가 누군지 몰랐다. 그는 자신의 이름과 신분(중동에 있는 작은 나라의 군주!)을 밝히고, 자기 땅에서 나는 석유를 영국에 공급하고 있어서 영국 정부가 왕실의 세비를 파운드 스털링*으로 꼬박꼬박 보내온다고 말했다. 그는 릴라처럼 사심 없는 여자를 만나본 적이 없다고 고백했다. 그러고는 그녀의 손에 입을 맞추며 자신을 매료시킨 것은 그녀의 슬라브적 기질과 선의라고 밝혔다. 다른 한편으로는, 그녀가 예뻤기 때문에, 그녀가 원하기만 한다면…. 릴라는 벌써 왕의 아내, 왕자들의 어머니가 된 자신을 상상하며 황홀경에 빠졌다. 하지만 불행하게도 그는 유부남이었다. 그런데 그가 그녀에게 솔깃한 제안을 했다. 최근에 중앙난방을 설치한, 자기 나라 수도에 있는 궁궐과 파리의 아파트, 그리고 고급 드레스를 채운 옷장. 게다가 그가 다음 날 파리를 떠나기 때문에 그녀는 즉시 그를 따라나서야 했다.

---

* 영국의 통화.

엄마 말고 누군가에게 자신의 행운을 털어놓고 싶었던 릴라는 사촌 동생 아다를 떠올렸고, 서둘러 그녀에게 달려 갔다. 두 사람은 가끔 만났다. 라이사 숙모는 이미 벌어진 일 앞에서는 순순히 물러섰다. 라이사 숙모는 자신에게 맞 서는 사람들에게 자기도 모르게 묘한 경외심을 느꼈다. 이 상하게도 아다는 이제 테른의 슬픈 아파트에서 호의와 따 뜻함을 느꼈다. 어쨌거나 그녀에게는 다른 집이 없었다. 결 혼 초에 아다는 재단사인 동시에 판매원, 타자수로 쉴 새 없 이 일했다. 몇 달 전부터는 벤도 돈을 제법 벌어서 다시 그 림을 그릴 수 있게 되었다. 이제 스무 살이 된 아다는 무뚝 뚝한 몸짓에 얼굴이 창백하지만 표정만은 풍부했다. 흥분 하면 야윈 뺨이 달아올라 짙은 붉은색으로 변했지만, 평소 에는 워낙 창백해서 침울하고 약간 아파 보였다. 화장을 싫 어하는 데다가 어쩔 수 없이 할 때도 화장법이 서툴러서 더 그렇게 보였다. 키가 작고 여전히 깡말랐지만, 몸매는 좋 았다. 결혼은 했어도 체격이 거의 변하지 않아서 어릴 때처 럼 호리호리했다. 행동은 예전처럼 잽싸고 열성적이었다. 이제는 머리카락을 뒤로 빗어 넘겼지만, 일할 때는 앞머리 가 흘러내려 어렸을 때처럼 이마를 덮었다. 그녀의 젊은 이 마에는 재창조할 수 있는 모든 것에 시선을 고정하고 주의 를 집중하느라 생긴, 화가 특유의 깊은 주름이 수직으로 새 겨졌다. 아다가 벤과 함께 사는 방은 초라했지만 깨끗하고

아주 밝았다. 릴라가 방에 들어섰을 때, 아다는 로지에 가
의 젊은 유대인 여자, 비계처럼 기름진 피부에 검고 뜨거우
며 교활하게 번뜩이는 눈, 벌써 두 겹으로 접힌 턱 아래 가
짜 진주 목걸이를 걸고 뺨 위로 반들거리는 애교머리를 늘
어뜨린 여자의 초상화를 그리고 있었다. 그녀는 옆방에 사
는 리투아니아 이주민으로, 가끔 아다를 위해 모델을 서주
곤 했다.

릴라는 그 여자가 방을 나설 때까지 기다리지도 않고 헐떡
이는 목소리로 신이 나서 자신에게 일어난 일을 얘기했다.

'어리석긴 해도 사랑스러운 언니.' 아다는 생각했다. 릴라
는 그런 뜻밖의 모험을 위해 태어난 것 같았다. 삶이 그녀를
어루만지든 따귀를 때리든, 릴라는 그저 받아들였다. 릴라
의 어리석음이 신보다 강해지기를 끝없이, 헛되이 바라는
종족의 저주에 빠지지 않도록 릴라를 지켜주었으리라. 그
래서 아다는 릴라와 있으면 마음이 편했다.

"난 널 잊지 않을 거야, 아다. 내가 널 도울 거야. 거기 가
서 돈을 보내줄게."

아다는 빙긋이 웃으면서 말만 들어도 고맙다고 했다. 아
다는 릴라가 국경을 넘자마자 더는 아무것도 기억하지 못
하리라는 것을 알고 있었다. 새처럼 금방 까먹는 건 그녀의
결점이 아니라 타고난 복이었다…. 누나와 남동생이 어쩌
면 저리도 다를까, 아다는 생각했다.

"너희, 어떻게 지내?"

"그럭저럭…. 물론 프랑스식의 행복은 아니지만." 아다
가 대답했다. 주변 사람들은 깊은 불신의 눈초리로 벤과 아
다를 흘낏거렸다. 외국어를 하는 두 젊은이는 따뜻한 식사,
포토푀*, 뭉근하게 끓인 수프란 게 뭔지 모르는 것 같았고,
사람들과 마주치면 두려운 듯 눈을 내리깔고 서둘러 지나
갔다. 그들은… 아! 그들은 이방인이었다…. 이 단어가 모든
걸 말해주었다. 뿌리 없이 떠도는 존재들, 수상쩍은 이주민
들. 사람들은 본능적으로 벤을 싫어했고, 아다를 불쌍히 여
겼다. 하지만 '쯧쯧, 가엾게도 하루종일 혼자 있다니…' 하
고 생각하는 마음씨 좋은 이웃 여자와 현실적인 삶의 가장
자리에서 아무도 몰래 거의 환상에 사로잡힌 삶을 살아가
는 아다 사이에는 어떠한 선의로도 메울 수 없는 몰이해의
심연이 있었다. 안락한 삶, 애정을 담아 준비한 요리, 싸구
려 리본으로 치장한 모자, 등불 아래에서 실내화를 신고 신
문을 읽는 남편 앞에 마주 앉아 보내는 밤, 너무나 아름답고
조화롭고 탐나는 프랑스적인 삶, 그것은 벤과 아다에게는
유목민의 눈에 비치는 정주민의 삶이 그렇듯 너무나 어색
하고 낯설었다.

"아! 넌 늘 몽유병자처럼 살았지." 릴라가 힐난하듯 이렇

---

* pot-au-feu, 프랑스의 서민이 즐겨 먹는 고기 수프.

게 말하고는 갑자기 다가와 껴안았다.

"아다, 아도츠카, 미안해, 용서해줘. 난 정신 나간 멍청이야. 맹세컨대, 난 널 절대 잊지 않을 거야. 하지만 모르잖아, 사람 일은 알 수가 없잖아…. 그러니까 내가 여기 있을 때 너한테 선물을 하나 하고 싶어. 잘 들어, 내 핸드백에 1만 프랑이 들어 있어. 그래, 그 사람이 여행할 때 입을 옷과 가방을 사라고 줬어. 이걸 나눠 갖자. 하지만 그 돈은 오로지 널 위해, 네가 쓰고 싶을 때 써야 해. 벤이 아니라."

"벤을 위해 쓰면 왜 안 되는데?"

"벤은 너나 내 도움 없이도 자기 앞가림을 할 거야. 물에 빠져도, 불구덩이에 갇혀도 너끈히 살아남을 녀석이지. 자신 있게 말할 수 있어, 다른 사람은 몰라도 벤은 능히 그럴 거라고."

"벤이 언니 돈을 찾아낼 텐데?"

"그러니까 감춰야지, 바보야!"

아다는 릴라가 건네는 5천 프랑을 받았다. 릴라가 떠나자 아다는 그날 작업한 그림부터 보았다. 아다는 날카로운 눈초리로 화폭에 그려진 기름지고 관능적인 얼굴, 매부리코, 가짜 진주, 팔꿈치가 닳은 새틴 드레스를 훑었다. 여기저기 잘 표현된 부분이 있었다. 예를 들면, 붉은 제라늄 색으로 칠한 입과 대조되는 오래된 양초의 노란 반사광, 무거운 눈꺼풀 사이로 흐르는 축축한 눈길 같은. 하지만 새틴의 광채는 원하던 푸른색이 아니어서 아쉬웠다. 아다는 오래 망설이다가 손에 들고 있던 팔레트를 던져버렸다. 그 초상화는 그녀를 매료시키는 동시에 어딘지 마음에 들지 않았다. 아다는 어째서 아름다운 정원을 거니는 우아한 아가씨며 반짝이는 모자, 분수, 6월의 꽃들을 그리지 않을까? 아다는 그런 것들을 그릴 수가 없었다. 그녀의 잘못이 아니었다. 그녀는 슬픈 얼굴과 어두운 하늘이 감추고 있는 비밀들을 악착같이, 잔인하게, 지치지 않고 찾아야 했다. 그녀는 잠시 창가로 가서 창유리에 이마를 대고 바깥을 내다보았다. 그러고는 릴라가 준 돈을 들고 집을 나섰다.

아다는 해리의 집 쪽을 향해 걸어갔다. 결혼한 후로 거동이 자유로워진 그녀는 자주 그 창문들 아래에서 서성였다. 그런 자신을 비웃으면서도, 그 부질없는 서성임을 통해 열렬하면서도 정제된 겸허한 희열을 느꼈다. 그녀가 원한 건 해리의 그림자, 해리의 존재 이상의 것이었다. 자신의 삶보다 훨씬 아름답고 부드러운, 무엇보다도 인간적인 삶의 광채를 찾고자 했다. 자신의 삶에 비정상적인 뭔가가 있다고 느꼈기 때문이었다. 마침내 그녀는 로랑스와 함께 있는 해리와 다시 한번 마주쳤다. 그녀는 그들을 미행했고, 그들의 대화를 엿듣고, 그들의 모습을 바라보며 그들에게 사랑이 어떤 의미일지 상상했다. 그녀는 그들이 약혼한 사이일 거라고 짐작했다. 젊은 프랑스 여자가 결혼을 약속하지 않은 상태에서, 남자와 단둘이 외출하지는 않을 테니까. 가끔은 그들이 금방 해리의 자동차에 타버려서 잠시밖에 볼 수 없었다. 하지만 가끔 고서점이 있는 길모퉁이까지 걸어가기도 했다. 그들이 서점에 들어가면, 아다는 바깥에서 유리창을 통해 그들을 살폈다. 해리가 아름다운 책들을 집어 어루만질 때면, 아다는 그의 민첩한 갈색 손이 황갈색이나 붉은색 표지 위를 부드럽게 미끄러지는 걸 바라보며 진정한 황홀감을 느꼈다. 몇 주 전 어느 날, 아다는 그들이 희귀본을 놓고 흥정을 벌이고는 결국 사지 않고 그냥 가는 걸 본 적이 있었다. 그들이 서점을 나설 때, 로랑스가 이렇게 말하는 것을 들었다.

"미치지 않고서야 저 가격에…."

'여자가 참 합리적이네….' 아다는 생각했다. 해리에게 얼마나 잘된 일인지! 그 프랑스 여자는 자신의 드레스, 거실의 가구, 아이들 가정교사, 아름다운 식탁보를 참 잘 고를 것이다. 아다는 손으로 시트를 구겨서 천의 품질을 확인하며 혼수를 고르는 그녀를 상상했다. 그런데 이제 아다의 수중에는 해리가 탐내던 책을 살 수 있는 돈이 있었다. 해리가 탐하는 그 책을 아다는 여러 번 바라보았다. 그 책은 서점에서 눈에 가장 잘 띄는 자리에 놓여 있었다. 그 가격은… 릴라가 준 돈 전체와 맞먹었다. 아다는 고서점으로 들어가 그 책을 보여달라고 했다. 그녀는 호기심 어린 눈길로 그 책을 살폈다. 해리가 갖고 싶어했지만, 아마도 이미 잊었을 책….
그래도 아다는 그 책을 그에게 선물하기로 마음먹었다. 지
금껏 릴라와 마담 미미 말고는 누구에게도 선물을 해본 적
이 없었다. 그것도 기껏해야 싸구려 장신구나 작은 꽃다발
이었다. 그래도 얼마나 기분이 좋았는지…. 벤한테는? 벤은
좋은 옷도, 맛있는 음식도, 희귀한 책도 달가워하지 않았다.
벤에게는 고행자 같은 면이 있었다. 그에게 선물을 주는 건
늑대의 목에 개 목걸이를 걸어주는 것만큼이나 어울리지
않는 일이었다. 하지만 해리는…. 아다는 빙긋이 웃었다. 두
눈이 반짝였다. 그녀는 자신이 무슨 짓을 하고 있는지 잘 알
고 있었다. 그녀의 행동에는 광기와 계산이 절묘하게 섞여
있었다. 해리는 그 프랑스 여자를 사랑하고 아낀다. 그는 아
마도 오로지 그녀만을 생각할 것이고, 그녀에게 사로잡혀
있을 것이다. 이제 아다는 그들 사이로 슬그머니 미끄러져
들어갔다. 그는 그 선물을 받고 의아하게 여길 것이다(당연
히 그녀는 말 한마디 남기지 않고 그냥 그에게 전해달라고 하
인에게 맡길 생각이었다). 서점에 문의해볼 테지만, 그는 진
실을 짐작조차 할 수 없을 것이다. 하지만 아다가 헛되게도
그를 아주 오랫동안 생각했던 것처럼, 그도 아다를 모르는
상태에서 그녀를 생각하지 않을 수 없을 것이다. 아다는 그
에게서 꿈 하나, 한숨 하나, 욕망 하나를 훔칠 것이다. 다른
것은 바랄 수 없었으니까.

아다는 해리의 집으로 향했다. 문을 열어주러 나온 하인에게 책을 내밀었다. 심장이 너무 격렬하게 뛰어서 말 한마디 내뱉을 수 없었다. 목소리가 떨릴까 봐 두려웠다. 그녀는 그냥 포장지 뒷면에 연필로 써놓은 수신인 이름을 손으로 가리키기만 했다.

"전하실 말씀 있으세요?" 하인이 물었다.

아다는 말을 하려고, 또렷한 목소리로 말을 하려고 애썼다.

"아뇨, 없어요."

눈을 내리깔고 몸을 떨면서 간신히 속삭이는 게 아다가 할 수 있는 전부였다.

하인이 놀란 눈으로 그녀를 보고는 문을 닫았다. 아다는 윗도리 주머니에 두 손을 깊숙이 찔러넣었다. 그러고는 갑자기 공황 상태에 빠져 층계를 뛰어 내려갔다. 해리의 집과 제법 멀리 떨어진 거리에 도달해서야 뜀박질을 멈췄다.

그리고 자기 자신을 비웃고, 심하게 꾸짖었다. '미쳤어, 미쳤어, 스무 살이나 먹은 어엿한 어른이 열두 살 철부지처럼 굴다니. 하지만 난 어른이 아니야. 세상에는 나이가 없는 사람들도 있어. 나도 그래. 난 열두 살 때도 이미 늙은 여자였어. 내 머리카락이 백발로 변해도 내 마음은 늘 오늘과 같을 거야. 그런데 부끄러울 게 뭐가 있어?'

해리가 사랑하는 그 프랑스 여자가 내 모습을 봤다면 깔깔대며 웃어댔겠지! 갑자기 아다의 영혼에서 거친 기도가 솟아났다.

"나의 주님, 왜 그를 저에게 주지 않으셨나요? 그는 저를 위해 창조되었고, 저는 그의 짝이 될 운명을 타고났어요…. 그를 저에게 주세요! 언젠가 그에게 버림받는다 해도, 고통과 창피를 당한다 해도, 모든 것을 받아들일게요. 제발 그를 저에게 주세요! 당신의 뜻이 언젠가 우리를 짝지어주는 데 있지 않다면, 제가 그토록 오랫동안, 그토록 헛되이 그를 사랑했을 리가 없어요! 그를 저에게 주세요, 주님…."

거리는 어두웠고 한산했다. 아다의 뺨을 타고 흐르는 눈물을 본 사람은 아무도 없었다.

19

　해리와 로랑스가 결혼한 지 삼 년이 지난 어느 날, 해리는 어머니를 만나러 가다가 길모퉁이 고서점 앞에 멈춰 섰다. 고서들 사이에 전시된 작은 그림 두 점에 눈길이 갔던 것이다. 둘 다 풍경화였다. 하나에는 녹은 눈으로 덮인 경사로가 그려져 있었는데, 길 양쪽에 낮은 집 몇 채가 서 있고, 루비색 빛 한 줄기(창유리 너머에 켜진 희미한 등불)가 재와 황토, 철의 색이 뒤섞인 것 같은, 묘하게 슬퍼 보이는 석양을 비추고 있었다. 다른 그림은 봄날에 반쯤 방치된 정원을 재현한 것이었다. 부드러운 녹음과 꽃, 그리고 푸른 하늘이 프랑스에서는 볼 수 없는 무성함과 뜨거움, 그리고 풍부함을 지니고 있었다. 그 풍경이 해리에게 어렴풋한 기억을 떠올리게 했다. 불분명하지만 강한 인상을 받은 해리는 어디선가, 꿈이나 어린 시절에, 눈보라가 휘날리는 그 컴컴한 3월의 하늘을, 짧지만 뜨거운 여름의 꽃들로 질식하는 무질서한 정원을 분명히 본 적이 있다고 생각했다.

해리는 너무 밝은 빛에 눈이 부신 듯 한 손을 들어 그늘을 만들었다. 이유는 알 수 없지만, 그 기억(꿈이 아니라 기억이 맞는다면)에는 행복과 슬픔이 동시에 서려 있었다. 이처럼 어떤 얼굴, 어떤 낯선 집들은 우리의 기억에 우수 어린 부드러운 메아리를 일으킨다. 마치 전생의 증인들을 되찾기라도 하는 것처럼. 아니, 그것은 꿈이 아니라, 오래전에 폐기된 멀고 아득한 현실이었다…. 이제 그는 눈 폭풍이 고향 도시를 덮치는 동안, 이중창 안에서 봄을 예고하는 첫 히아신스들이 활짝 피어나기 시작하던 3월의 봄날을 선명하게 떠올렸다. 그의 기억 속에 생일 케이크와 연결된 향기가 생생하게 느껴지는 것 같았다. 3월에 태어난 해리는 어린 시절 그 무렵만 되면 병치레를 했다. 적어도 주변 사람들은 그렇게 믿었다. 그가 기침이라도 하면, 사람들은 백일해가 분명하다고 생각했다. 그가 잠을 설치면 아마 열이 났을 거라고 여기고, 그를 방에서만 지내게 했다. 온갖 장난감과 함께 따뜻한 방에 갇힌 그는 장난감에는 손도 대지 않고 우수 어린 눈길로 비스듬하게 떨어지는 눈송이를 바라보았다. 그게 얼마나 신기했는지…. 자신의 이름 '해리'가 분홍색 설탕으

로 새겨진, 어마어마하게 큰 초콜릿 케이크의 풍부하면서
도 약간 역겨운 냄새가 떠올랐다. 잘 알지도 못하는, 지금은
누군지 잊어버린 사람들이 줄지어 그 하늘의 부드러운 회
색빛 속으로 불쑥 나타났다. 하인들, 애완동물들, 선생님들,
맹금류 같은 코와 매서운 눈을 가진 할아버지, 집의 사치스
러움을 맞지 않는 옷처럼 불편해했던 작고 소박한 할머니,
해리를 안은 채 금박 의자 끝에 살짝 엉덩이만 걸치고 앉아
손자의 머리카락을 쓸어주며 낯선 언어로 된 낱말들을 부
드럽게 속삭이던 할머니의 모습이 아직도 눈에 선했다. 할
머니만은 여전히 이디시어를 사용했고, 식구들은 그녀가
입을 열면 이맛살을 찌푸렸다.

　해리는 두 번째 그림으로 눈길을 돌렸다. 따뜻한 여름날,
아이스크림 장수의 방울 소리, 발아래에서 으깨지고 손안
에서 구겨지는 꽃들, 너무나 많은 풀과 꽃, 정신을 어지럽
히고 잠재우는 짙은 향기, 하늘을 가득 채우는 너무나 많은
빛, 야생의 광채, 새들의 울음소리, 그것은 그가 되찾은 그
의 고향, 그의 과거였다.

　그는 자신도 모르게 서점으로 들어섰다. 하지만 설명할
수 없는 부끄러움에 사로잡혀 선뜻 그 그림들을 보여달라
고 말하지 못했다. 손길 가는 대로 이 책 저 책 집어 펼쳐보
고 어루만지다가 마침내 물었다.

　"이젠 그림도 파시나요?"

"아뇨, 해리 씨, 잘 모르는 젊은 화가가 여기에 전시를 좀 해달라고 부탁을 해서요." 고등학교 시절부터 그를 알고 있는 서점 주인이 대답했다(서점 주인은 해리가 열다섯 살 때부터 그가 조금씩 더 귀한 책들로 서가를 채우도록 도왔다). "여자 화가랍니다." 서점 주인이 잠시 입을 다물고 있다가 덧붙였다.

"아, 그렇군요!" 해리가 대답했다.

하지만 그 화가가 남자든 여자든, 그는 별로 관심이 없었다.

"저 그림들을 좀 보고 싶네요."

서점 주인이 곧 그림 두 점을 가져와 해리의 손에 건넸다. 해리는 그것들을 책 더미에 기대놓고 어두운 하늘과 바람에 휘날리는 듯한 나지막한 오두막을 넋을 잃고 바라보았다. 그는 이어서 금빛으로 물든 뜨거운 정원에 눈길을 주면서 강렬하고 그윽한 쾌감을 느꼈다. 북쪽 지방의 봄은 그렇게, 얼음처럼 차가운 안개가 깔리고 미친 듯이 폭풍이 몰아치다가도 순식간에 취할 듯이 경이로운 여름으로 넘어갔다. 어떻게 그것들을 잊을 수 있겠는가?

"나쁘지 않네요." 그가 크게 관심이 없는 척하며 큰 소리로 말했다.

"그렇죠, 나쁘지 않죠? 스무 살 정도 된 아가씨의 작품이라 더 그래요. 해리 씨도 잘 아실 것 같은데, 아닌가요?"

"제가요? 천만에요."

"화가의 이름을 보셨어요?"

미처 그 생각은 해보지도 않았던 해리가 그림 모퉁이에 쓰여 있는 화가의 이름을 읽었다. '아다 시너'.

"이런, 재미있네요." 그가 자신의 성을 알아보고는 말했다. "스무 살 남짓 된 여자라고 하셨죠? 어떻게 생겼죠?"

서점 주인이 빙긋이 웃으며 물었다.

"정말 누군지 모르세요?"

"예. 왜요?"

"왜냐하면… 몇 년 전에, 아마 결혼하시기 전해였던 것 같은데, 누가 이름도 밝히지 않고 당신에게 책을 보낸 일을 기억하세요? 그 책을 산 사람이 바로 그 아가씨예요."

"그럴 리가!" 해리가 무척 놀란 표정을 지으며 소리쳤다.

"저는 금방 알아봤어요. 갈색 머리에 제법 예쁘고, 외국인 같았어요."

"저 그림들이 오래전부터 여기 있었나요?"

"여러 달 됐어요. 해리 씨는 스무 번도 넘게 저 그림들 앞을 지나쳤지만, 눈길조차 주지 않았죠. 제 생각에는 그 아가씨가 그림들을 전시해달라고 그토록 사정한 건 오로지 해리 씨가 언젠가 봐주기를 바라서인 것 같아요. 제가 승낙한 것도 약간은 그 때문이기도 하고, 게다가 워낙 간절하게 부탁해서…. 어찌나 설득에 설득을 거듭하던지, 뭔가를 그토록 간절하게 부탁하는 사람은 처음 봤어요. 거절하는 게 불가능했죠."

　해리는 인상을 찌푸렸다. 그는 사정을 얼추 짐작했다. 눈
보라가 치던 포그롬의 날, 거지꼴로 자기 집에 불쑥 나타났
던 여자아이를 떠올리지는 못했지만, 아마도 파리에 홀로
나와 있는, 그래서 최후의 희망처럼 부유한 시너의 성에 매
달리는 유대인 동포 화가일 거라고 생각했다. 모든 유대인
이 그렇듯, 해리는 유대인 특유의 결점과 마주할 때면 기독
교도보다 더 예민하고 격하게 눈살부터 찌푸렸다. 갈망하
는 것을 얻으려는 그 끈질긴 에너지, 거의 본능적인 욕구,
주변의 눈치를 볼 줄 모르는, 체면을 철저하게 무시하는 뻔
뻔함, 그의 정신 속에서 이 모든 건 '유대인의 불손'이라는
오직 하나의 이름표 아래 정리되었다.

　해리는 아다 시너를 만나보고 싶은 마음이 전혀 들지 않
았다.

　그가 서점 주인에게 말했다.

　"저 그림 두 점을 기꺼이 사겠지만, 모든 거래 절차는 알
아서 해주시고, 구매자가 누군지는 밝히지 말아주세요. 아
마 집안의 먼 친척인 듯한데, 전 그 아가씨가 누군지 알고
싶지 않거든요. 하지만 그림은 마음에 들어요. 그러니 가격
을 물어봐주세요."

20

해리는 아다 시너가 누군지 알고 싶지 않았지만, 그를 만나러 온 손님들에게 그림들을 보여주고 그림에 대해 이야기하기를 멈출 수 없었다. 모두들 그림 두 점을 좋아했다. 그들은 거기서 야성적인, 낯설지만 실재하는 시(詩)를 발견했다. 로랑스가 손님들을 초대해 점심을 먹을 때면 늘 '무명화가의 그림'이 어디에 있느냐고 묻는 사람들이 있었다. 해리는 그 그림들을 자기 집에, 퇴창이 난 우아한 방에 보관했다. 창으로 들어온 빛이 그림을 은은하게 비추었다.

이렇게 해서, 아다가 가난하고 외롭게 살아가는 동안, 그녀에게는 존재 자체가 머나먼 행성만큼이나 흐릿한 사람들 사이에서 아다의 이름이 서서히 알려지기 시작했다. 어느 날, 해리와 로랑스의 집에서 점심을 먹은 친구들이 어쨌거나 그 젊은 화가에게는 그들에게 보여줄 만한, 해리의 방에 걸려 있는 그림들만큼이나 흥미로운 다른 작품들이 있지 않겠느냐고 말했다. 그러고는 그녀가 아직 살아 있고 여전히 파리에 산다면, 그녀의 작업실을 방문해보자고 제안했다. 그 젊은 화가에게 알리지도 않고 갑자기 찾아가 부와 영광이 눈앞에 아른거리게 만들면 재미있을 거라면서. 그녀가 기대 이하라면 곧 잊어버리면 그만이고. 물론, 그렇게 말하지는 않았지만. 세련되고 너그러운 그들은 선한 의도로 가득했다. 하지만 그들은 호기심이 많았고 호시탐탐 새로운 경험을 찾고 있었다. 끝으로, 그들은 무엇보다 예술을 사랑했다. 모임의 일원인 뺨이 붉고 머리가 흰 미국 여자는 이렇게 말하기까지 했다. "난 음악 없이는 살 수 없어. 난 병든 내 아이를 내버려두고 모차르트의 〈소야곡〉을 들으러 잘츠부르크로 달려갈 수도 있어." 하지만 그건 기분에 취해 한 말이었다. 그녀는 병든 아이의 침대맡에서 자신이 무엇을 했을지 절대 알지 못했다. 자식은 없고 개들만 키웠으니까.

이유는 알 수 없었지만, 해리는 어떻게든 그들을 말리려고 애썼다. 그런데 그들은 새로운 공연 구경을 약속받은 아이들처럼 한껏 들떠 있었고, 결국 해리를 설득하는 데 성공했다.

"이봐요, 해리, 당신은 그 여자의 그림에 푹 빠져 있잖아요!"

"천만에요. 난 그 그림에서 재능과 서툶을 똑같은 정도로 발견해요. 하지만 그 그림에는 야성적이고 어두운 구석도 있어요…."

"바로 그래서 당신이 좋아하는 거죠…."

해리는 아무 대답도 하지 않았다. 그가 그 그림들을 바라보며 느끼는, 예전에 알고 지냈던, 혹은 사랑했던 사람들이 살았고 죽음을 맞았던 빈집에 들어설 때처럼 그를 사로잡는 미신적인 전율을 어떻게 설명할 수 있겠는가? 게다가 말을 한들 무슨 소용이 있겠는가? 만류를 포기하고 이렇게 정중하게 대답하는 편이 나았다.

"그토록 원한다면, 기꺼이 가죠."

남자들은 로랑스의 집에서 오랫동안 식사를 하고 숙성되어 맛이 좋은 포도주를 마신 탓에 벌겋게 달아오른 얼굴로, 여자들은 다시 분을 발라 신선해진 얼굴로 벨뢰이 가의 서점 주인에게 받아낸 주소를 들고 아다의 집을 향해 출발했다.

그들은 초라한 층계를 올라갔다. 초인종 소리에 아다가 문을 열러 나왔다. 그녀는 지나치게 어려 보였다. '아이나 마찬가지잖아.' 그들은 생각했다. 그녀가 입은 짧은 치마 때문에 더더욱 아이 같은 인상을 받았다. 그 옷은 몇 해 묵은 옷이었고, 당시에는 치마를 짧게 만들어 무릎을 드러내곤 했다. 낯선 이들을 보자마자, 아다는 생뚱맞은 치마부터 떠올리고 얼굴을 붉혔다. 두 눈에 눈물이 맺혔다. 아다는 불행

해 보였다. 겁에 질려 사람들을 경계하는 듯했다. 그녀가 몇
걸음 뒤로 물러섰다. 해리는 그녀가 긴 속눈썹 아래로 사람
들을 향해 던지는 눈길, 익숙한 방 안의 벽들을 돌아보며 도
움을 청하는 듯한 재빠르면서도 반짝이는 눈길을 보았다.

'불쌍한 여자.' 해리는 생각했다.

해리는 그녀를 안심시키고 싶었다. 그래서 부드럽게 말
했다.

"이렇게 작업실로 불쑥 찾아와서 죄송합니다만, 저는 물
론이고 저와 함께 오신 분들도 제가 최근에 구매한 당신의
작은 그림 두 점을 보고 크게 감탄했습니다. 그걸 말씀드리
고 싶었어요."

아다는 그들에게 감사를 표했다. 처음에는 떨리던 목소
리가 짧은 인사 말미에는 꽤 차분해졌다. 그러자 젊은 여자
의 동요된 모습에 짠했던 로랑스는 마음이 급속히 냉담해
지는 것을 느꼈다. 심지어 적의마저 치밀었다. 저 외국인들
은 낯가죽이 두껍기도 하지…! 우스꽝스러운 선머슴의 모
습을 하고서는. 저 여자, 벌써 아주 편안해 보이잖아? 여전
히 떨리는 손을 사람들이 보지 못하도록 등 뒤로 감추는 아
다의 모습을 본 이는 해리뿐이었다. 아다가 턱으로 문을 가
리켰다.

"들어오세요."

아다는 변변찮은 가구를 향한 시선을 느끼고 다시 한번

고통스럽게 얼굴을 붉혔다. 사람들이 이젤 주위로 모여들었다. 호기심과 너그러운 의도, 두각을 드러내고 싶은 욕망, 무료함을 달래고 자극을 얻고 싶은 마음이 그들을 흥분시켰고, 동물원 우리에 갇힌 희귀 야생동물 주변으로 몰려드는 구경꾼들처럼 아다 주변에서 탄성을 터트리게 했다.

"그런데 나이가 어떻게 되세요?"

"스물세 살이에요."

"너무나 젊군요…! 그런데 어떻게 이렇게 그릴 수 있죠?"

"작업을 많이 해요." 아다가 대답했다.

하지만 설명이 너무나 간단해서 모든 인간 존재의 가슴에 있는 기적의 욕구를 만족시키지는 못했다. 그래도 그들은 감탄을 거듭했다.

"너무 겸손하군요! 당신의 작품에는 뭐랄까 진정성이 있어요. 천진난만하고 야성적이죠! 매력적인 건 바로 그거예요!"

한 여자가 손 안경으로 아다를 훑어보며 웅얼거렸다.

"이 화가, 도스토옙스키적인 구석이 있는 것 같지 않아요?"

"정말 해리 시너와 친척 사이세요?"

아다와 해리가 서로를 쳐다보며 어색하게 웃었다. 아다가 자신을 둘러싸고 있는 사람들을 헤치고 젊은 남자에게로 다가가 낮은 목소리로 물었다.

"당신이 내 사촌이죠? 해리 시너?"

"네, 이제 생각나는데, 나도 당신을 본 적이 있어요. 하지만 꿈처럼 희미해요."

"오래전에, 그곳에서 당신 할아버지 밑에서 일했던 이스라엘 시너, 기억 안 나세요?"

"기억 안 나요."

"어느 날 아침, 당신 집으로 도피했던 남자아이와 여자아이도? 포그롬이 벌어진 날 아침이었어요." 그녀가 날카로운 눈길로 주변을 둘러보며, 비밀 의식의 입문자가 군중 속에서 단 한 사람만 알아들어야 하는 주문을 외듯, 목소리를 더 낮추며 말했다.

"아, 이제 기억나네요." 해리가 말했다.

평소 차갑고 권태에 절어 있던 그의 얼굴이 갑자기 너무나 뜨겁고 세심하게 변해서, 꼬마 해리의 얼굴과 너무나 닮아서, 아다는 자신의 소심함을 모두 잊었다.

"정말 기억나요?"

"그래요. 옷이 다 찢긴 남자아이와 흐트러진 검은 머리칼을 투구처럼 쓴, 빛나는 눈을 가진 여자아이…. 내가 어떻게 당신을 알아보지 못할 수가 있었죠? 손에 잡힐 듯한, 너무나 날카로워서 지금도 내 뼛속까지 파고드는, 꿈에서 다시 보게 되는 어린 시절의 기억인데. 그래요, 난 지금도 자주 꿈에서 두 사람을 봐요." 해리가 놀란 눈으로 아다를 보며 중얼거렸다.

커다란 프랑스식 침대에서 잠든 아내 옆에 누워 자신의 꿈을 꾸는 해리를 상상하자, 너무나 생생한 그 장면에 아다의 가슴은 놀라운 행복감으로 부풀었다.

해리가 웃었다.

"하지만 그 꿈은 늘 악몽으로 끝나요. 당신이 들어와서는 내 손을 잡고 어딘지 모를 곳으로 데려가는…."

그랬다, 해리는 웃었다. 하지만 그 입가에 불안에 찬 가벼운 경련이 일었다.

"내 말에 화가 난 건 아니죠?"

"천만에요. 난 꿈속에서도 당신에게 해를 끼칠 수 없을 거예요."

"그 남자아이는 어떻게 됐나요?"

"나와 결혼했어요."

"그 아이도 잘생기지는 않았지만… 한번 보면 절대 잊을 수 없는 얼굴을 갖고 있었죠."

"그곳의 기후, 공기가 기억나나요?" 아다가 갑자기 물었다. "강가의 저녁나절은요? 양쪽에 보리수가 빼곡하게 늘어서 있어서 봄이면 둥근 꽃 천장 아래를, 꽃 양탄자 위를 거닐었던, 당신이 살던 동네의 길들은요? 여름이 되면 뿌옇게 날리던 먼지는?"

"양탄자 장수의 외침이 들리고…." 해리가 웅얼거렸다.

"집집이 돌아다니던 타타르* 사람 말이죠?"

"그래요. 그리고 겨울이 되면 창문들 아래에서 재주를 넘던, 머리카락이 붉은 꼬마 곡예사들도?"

"예전에 오페라 가수였는데, 자신이 여전히 노래를 부른다고 믿었던 미치광이 노인도? 번쩍이는 옷을 걸치고, 머리에는 마른 나뭇잎 관을 쓴 채, 큰 몸짓을 하면서 노래를 부른다고 상상했지만, 정작 입에서는 아무 소리도 안 나왔죠."

"맞아요. 그의 몸 위로 눈이 내려 쌓였고, 그의 턱수염이 바람에 헝클어졌죠. 아이들이 말을 안 들으면, 하녀들은 '좀 조용히 해, 안 그러면 미치광이 가수에게 널 데려가라고 할 거야'라고 협박했죠."

"그런데 몇 년 전에 나한테 선물은 왜 보냈어요? 뭐 하러 그렇게 터무니없는 짓을 했어요?" 해리가 불쑥 물었다. 그의 목소리에서 묘한 불안이 배어났다.

"나도 모르겠어요. 그냥 그래야 했어요."

"왜 그런 미친 짓을!" 그가 웅얼거렸다.

아다는 이번에는 흔들리지 않았다. 그녀는 생각에 잠긴 슬픈 표정으로 그를 바라보았다.

"당신이 나에게 무엇이었는지 당신은 몰라요."

"하지만 그건… 그곳에서… 오래전에….”

---

* 중앙아시아의 유목민들. 주로 튀르키예와 몽골계 사람.

"그래요, 하지만 그곳에서… 어쩌면 그곳에서 일어난 일이 당신이 생각하는 것보다, 나머지 모든 것보다, 이곳에서의 당신 삶보다, 당신의 결혼보다 더 중요할지도 몰라요. 우리가 그곳에서 태어났고, 우리의 뿌리가 그곳에 있으니까…."

"러시아를 말하는 건가요?"

"아뇨, 더 멀고… 더 심원한…."

"지상의 어떤 장소나 기후가 아니라, 사랑하고 욕망하는 특별한 방식…." 해리가 중얼거렸다.

"당신이 세상에서 가장 간절하게 원한 게 뭐였죠?"

"내가 결혼한 여자. 당신은?"

"당신을 아는 것."

"당신이 내가… 로랑스를 내 사람으로 만들기를 바란 만큼 간절하게, 그 일을 진정으로 원했다면, 참 안됐군요." 그가 낮은 목소리로 말했다.

"안됐다뇨? 왜죠? 당신은 그 사람을 얻었잖아요."

"그래요." 그가 회한이 묻어나는 목소리로 말했다. "거울에 비친 대상을 소유하는 것처럼. 하나의 반영, 하나의 그림자… 손에 쥘 수도 없고…."

그가 말을 돌렸다.

"내 말을 귀 기울여 듣지 말아요. 불가능한 걸 구하는 거니까. 진실은 내가 행복하다는 거예요."

사람들이 그들에게 다가왔다. 해리가 잽싸게 말했다.

"당신을 돕고 싶고, 다시 만나고 싶어요…. 내가 당신을 위해 뭘 해줄 수 있겠소?"

"아무것도, 오! 아무것도 없어요." 아다가 거칠게 대답했다. "작은 그림 두 점이 당신 집에 있는 걸로 만족해요."

"그 남자아이… 당신 남편을 위해 내가 해줄 수 있는 것도 없겠소?"

아다가 고개를 저었다.

"아뇨, 아무것도."

사람들이 가까이 다가왔다. 아다는 말 한마디 없이 해리 곁을 떠났다.

21

로랑스는 해리와 함께 집에 돌아오자마자 20개월 된 아들부터 보러 갔고, 아들을 품에 안고 거실에서 기다리는 해리 곁으로 왔다. 저녁 식사를 앞두고 아들을 재우는 시간이었다. 정해진 의식이 하나씩 치러졌다. 해리는 양탄자 위에서 노는 아들을 지그시 바라보다가 노래도 불러주고, 목말도 태워주고, 함께 권투 놀이도 했다. 그러다가 아들이 잔뜩 흥분해서 뺨이 발갛게 달아오르고, 깔끔하게 빗어넘긴 까만 머리카락이 신이 창조한 대로 곱슬곱슬하고 헝클어진 모습으로 변하자 마침내 스위스 출신 유모에게 넘겼다.

해리는 서재로 갔다. 로랑스가 재떨이와 읽다가 엎어놓은 책, 헤레스산 백포도주 잔이 놓인 작은 탁자를 그의 안락

의자 가까이 밀어놓고 등을 켰다. 움직임 하나하나가 참 우아하지, 해리는 또 한 번 생각했다. 꽃, 불, 전등갓을 그녀만큼 잘 정돈할 줄 아는 사람은 없었다. 신혼 시절 해리는 오고, 가고, 이런저런 간단한 동작을 하는 로랑스를 바라보기만 해도 절대 심심하지 않으리라고 생각했다. 비밀연애를 하는 동안, 그가 시도 때도 없이 즐거이 상상한 것 역시 그것이었다. 그녀와 마주 앉아 식사하고, 전등불에 훤히 밝혀진 그녀의 얼굴을 말없이 바라보고, 그녀와 나란히 산책하고…. 모든 게 그가 바라던 대로 됐을까? 모든 게 우리가 바라던 대로 되는 적이 있는가? 물론 그는 로랑스에게 배은망덕하게 굴지 않았다. 무엇보다 그는 그녀를 행복하게 해주고 싶었다. 그리고 그녀는 행복했다… 가끔은 지나칠 정도로 헐값에, 예쁜 옷에, 신선한 꽃 한 다발에, 뜻밖의 선물에 너무 쉽게 만족했다. 참 이상한 일이었다…. 그는 그런 그녀에게 고마우면서도 가끔은 의심이 들고 불안했다. 어떻게 저렇게 쉽게 만족할 수가 있지? 좀처럼 믿을 수가 없었다. 신혼 시절 그는 로랑스가 짜증이 날 정도로(물론 그보다 훨씬 현명한 그녀는 애써 짜증을 삼켰다), 고통스럽고 서툴게, 집요하게 반복해서 물어댔다. "정말 행복해? 모든 게 당신이 꿈꾸던 그대로야?" 어쩌면 그녀는 진정되지 않는 행복의 갈증을 아예 몰랐던 게 아닐까? 내 소중한 로랑스…. 그가 무의식적으로 찾고 있던 (그는 자신이 그것을 찾고 있는

지조차 몰랐다) 봉투칼을 그녀가 건넸을 때, 그가 그녀의 손을 잡으며 말했다.

"당신은 내가 원하는 걸 나보다 먼저 아는군."

그녀가 웃으며 말했다.

"난 당신을 늘 주시하고 있으니까. 뱃사람이 구름의 모양을 보고 폭풍이 불어올지 잦아들지 예측하듯 난 당신의 표정을 읽어."

저런 선의와 배려, 저토록 부드럽고 한결같은 심성이 그녀를 최고의 아내로 만든다고 해리는 생각했다. 그래서 그는 애정이 담긴 평온한 말투로 이렇게 말할 수밖에 없었다.

"나의 천사 로랑스…."

해리는 그녀를 그야말로 열정적으로 사랑했었다! 하지만 그녀는 끊임없이 달아났다. 수줍은 듯, 약 올리듯…. 오! 아주 부드럽게 약을 올렸지만, 그래도…. '동양에 대한 당신의 사랑, 미개인의 사랑.' 그녀는 이렇게 말하곤 했다. 프랑스 정원에 핀 장미는 가끔 자신을 꺾고 싶은 마음에 지나치게 서두르는 손을 가차 없이 찔렀다. 하지만 해리에게 사랑은 열정, 광기, 전적인 헌신이었다. 그는 그렇게 사랑하는 법밖에 몰랐다. 아니면… 사랑하기를 멈추거나. 그들은 아무 말 없이 나란히 앉아 있었다.

"그 여자 그림이 그렇게 마음에 들어?" 로랑스가 벽난로 불을 향해 몸을 굽히면서, 자신의 비취 목걸이를 만지작거리면서 말했다. "우리가 작업실에 들어갔을 때 이젤에 걸려 있던 그 그림, 당신도 봤어? 낮게 드리운 하늘 아래, 머리 타래를 뺨 위로 늘어뜨린 채 썰매 위에 비스듬히 놓인 관을 따라 눈 속을 걸어가는 이상한 남자들."

"유대인의 장례 행렬." 해리가 말했다.

"처량하고 음산해, 안 그래? 게다가 새롭지도 않아. 회색과 갈색 색조, 살짝 은빛이 도는 그 흰색의 주조는 이미 수도 없이 봤으니."

"하지만 바로 그거라는 걸, 정확히 그거라는 걸 당신은 알 수 없겠지." 해리가 갑자기 흥분해서 그녀를 향해 몸을 숙이며 말했다. "그 그림을 미술 애호가의 눈으로 봐선 안 돼, 이해하겠어? 기법은 보잘것없어도 그림을 그리는 방식이 나에게 얼마나 친밀하게 다가오는지, 그림은 까맣게 잊고 나 자신을 되찾는 느낌이 들 정도야. 아마도 그녀가 그림을 그리는 목적이 바로 그걸 거야. 돌고 도는 이상한 길들을 따라가다 보면 나 자신을 되찾게 되거든…."

그가 잠시 입을 다물고 있다가 손으로 로랑스의 머리카락을 쓸어주며 말을 이었다.

"난 그런 걸 한 번도 본 적이 없어. 난 사람이 죽으면 훨씬 더 호화롭게 장례를 치르는 특권층에 속했어. 어른들이 나에게 고통을 주지 않으려고 어찌나 애를 썼는지, 내 어린 시절을 통틀어 죽은 사람이나 동물을 본 적이 없었던 것 같아.

장례 행렬이 거리를 지나가면, 내 가정교사는 갖은 수단을 동원해 내 주의를 다른 데로 돌리라는 명령을 받았어. 그들이 어떻게든 나에게는 면하게 해주려고 했던 그 슬픔을 나는 눈만 감으면 바로 내 안에서 찾을 수 있었어."

그는 생각했다.

'그 슬픔을 그 그림에서 다시 발견해⋯.'

그가 떨리는 나지막한 목소리로 말했다.

"그래, 로랑스, 난 그 그림을 보지 않았어도 모든 게, 모든 세부가, 특히 그 불멸의 본질이 정확하다는 것을 알았을 거야. 바람 한 점 불지 않아 땅을 향해 똑바로 떨어지는 드물게 내리는 눈은 아마 가을의 첫눈이겠지. 진창에, 물웅덩이에 떨어지자마자 녹아버리는⋯. 그리고 그 관, 그게 썰매 위에 어떻게 놓여 있는지 봤어? 삐뚤게, 비스듬히 놓여 있지⋯. 사람들이 정성 들여 모시지 않은 거야. 쓸모없는 물건처럼, 돌멩이처럼 그냥 던져놓은 거지⋯. 관을 따라 깊이 파인 바퀴 자국 속을 걷는 사람들, 그 사람들 표정 봤어? 눈물로 되살릴 수 없는 죽은 자에 대해서는 냉담하고, 영생에 대해서는 아무 희망도 안 품지. 동시에 탐욕과 열정은 밑도 끝도 없어⋯. 그림 전면에 있는, 얼굴을 집어삼킬 듯 커다란 검은 눈과 비쩍 마른 다리를 가진 아이, 난 그 아이와 비슷하게 생긴 유대인 아이들을 수도 없이 봤어! ⋯깨끗하게 씻고 깔끔하게 입긴 했지만, 나 역시 그 아이와 비슷한 유대인 아이였어."

로랑스가 그를 쳐다보며 빙긋이 웃었다.

"무슨 말이야, 내 가엾은 해리…. 일고여덟 살 때 당신 사진을 봤는데, 당신은 아다 시너의 그림에 묘사된 인물들과 닮은 구석이라곤 없었어. 예쁜 곱슬머리를 가진 착한 어린애였지. 당신은 건강했고, 사는 게 무척 행복해 보였어. 멋진 페르시아고양이를 품에 안고서 말야."

그들은 잠시 입을 다물었다.

"여자로서, 아다 시너가 여자로서 당신 마음에 들어?" 해리가 로랑스의 머리카락을 기계적으로 어루만지며 물었다.

로랑스가 아다에 대한 본능적인 반감과 공정하고 싶은 욕망 사이에서 잠시 망설이다 정확한 말을 찾아냈다.

"그녀를 여자로서 말하기는 어려워…."

"그렇지, 정확해, 바로 그거야." 해리가 갑자기 외쳤다. "나도 그녀가 다른 여자들과 어떤 점에서 다른지 생각해봤어. 그녀에게는 여성적인 면이라곤 없어…. 마치 어린아이 같아…. 로랑스, 만약 당신이 내일 무인도에 버려진 채 깨어난다면, 당신은 물론 처음에는 당황하겠지만, 곧 깃털과 조개껍데기를 주워 아름답게 치장할 거야. 내가 당신과 함께 있다면 나를 위해서, 내가 죽고 없다면 나를 기억하면서."

"맞는 말이야. 그래서 다행이고." 로랑스가 대답했다. "그 여자들, 그 이방인들에게는 감성도 감각도 심장도 없거든."

"그렇게 생각해, 여보?"

"야망, 그래, 야망은 있겠지." 짜증이 배어난 독특한 말투로 로랑스가 말을 이었다. "겸손 같은 것을 갖추고 있긴 한데, 그 밑바닥에 뻔뻔함이 똬리를 틀고 있어서 내 눈에는 더 가증스러워 보여."

해리가 그녀를 가볍게 밀치고는 담배를 찾아 천천히 불을 붙였다.

"나는 그 겸손이 꾸며낸 거라고 생각하지 않아." 그가 마침내 말했다. "난 거기서 무엇보다 자신과 다른 사람들에 대한 크나큰 불신을 봐."

"왜 불신하지? 우리는 그녀를 받아들이고 대등한 인간으로 대하고 있잖아. 그런데 그런 우리를 불신한다고? 그건 공정하지 않아."

"그녀가 살아온 특수한 환경을 잊어서는 안 돼…. 가난과 외로움, 그와 동시에, 다른 사람들을 깔보지는 않더라도, 적어도 자신이 그들과는 다르다는 의식… 재능은 그것을 가질 정도로 충분히 불행한 인간에게 늘 그런 의식을 부여하지. 난 그녀를 돕고 싶어, 로랑스. 그러려면 그녀를 세상에 알려야 하겠지. 그녀를 위해 날을 잡아 몇몇 친구를 초대했으면 해."

"여기로?" 로랑스가 해리를 쳐다보며 물었다.

"당연히 여기지."

로랑스는 곧바로 대답하지 않았다. 그녀는 자리에서 일어나 난롯가에 가서 섰다. 그러고는 손을 뻗어 불을 쬐며 말했다.

"싫어."

"싫다니, 왜?"

"난 그 여자를 후원하고 싶지 않아. 난 그녀를 책임질 수 없어. 그녀를 알지도 못하는걸."

"당신은 흡사 은식기를 훔쳐 달아날 수도 있는 유랑민을 부잣집에 몰래 들이는 일처럼 이야기하는군." 해리가 화를 내며 소리쳤다.

로랑스가 차가운 눈길로 해리를 쳐다보며 말했다.

"왜 그렇게 흥분하는 거야, 해리?"

"당신이 그녀의 불신을 비난하니까! 경계심 가득하고 공정하지 못한 건 바로 당신이니까! 왜 겪어보지도 않고 그 사람들을 도둑 취급하는 거지?"

"그들을 모르니까. 모르는 사람에게 함부로 문을 열어주는 사람은 없어. 이해하겠어? 당신은 그 여자의 그림을 샀고, 그녀에 대해 말했고, 주변에 그녀를 알렸어. 그걸로 충분해."

"적선이군. 당신 소작인들 집에서 하듯, 문턱에 서서, 반들반들하게 왁스 칠한 문지방을 넘지 않고 건네는 적선." 해리가 말했다.

"그래. 이건 신중함보다는 위신이 걸린 문제란 걸 모르겠어? 당신 역시 나만큼이나 혐오했던 천박한 호기심의 대상에게 지금에 와서 투자하고 싶진 않아! 난 신기한 짐승 말고 내가 친구로 대할 수 있는 사람들만 내 집에 들여."

해리가 벌떡 일어나 잠시 방을 가로질러 걸었다. 그가 로랑스 곁으로 돌아오며 마침내 입을 열었다.

"로랑스, 제발 내 부탁을 거절하지 말아줘. 난 그 아이에게 잘못을 저질렀고…."

"그게 무슨 말이야? 당신은 그 여자를 만난 적조차 없잖아."

"아니, 만난 적이 있어, 예전에… 내 나라, '우리의 나라'에서…. 하지만 로랑스, 모든 걸 설명하라고 요구하진 말아줘. 당신은 그걸 이해할 수도 없고, 이해할 필요도 없어. 날 믿어줘. 그녀를 우리 집에 초대하도록, 그녀를 맞아들이도록 허락해줘…. 이건 아주 중요한 일이야, 로랑스."

"아니, 그건 일시적인 변덕일 뿐이야."

"그래서 못 하겠다는 거야?" 그가 소리쳤다.

"그 여자, 마음에 안 들어. 그 여자의 모든 면이 마음에 안 들어. 미안해, 해리, 하지만 당신 입으로 수도 없이 말했잖아. 뻔뻔함과 비굴함이 뒤섞여 나타나는 건 유대인 특유의 성향이라고…." 그녀가 움찔하더니 말을 멈췄다. "농담한 거야, 해리."

해리는 대답하지 않았다. 그의 얼굴이 갑자기 창백하고 초췌해졌다. 그의 입술이 부들부들 떨렸다.

"해리, 난 신경질적인 남자는 싫어." 의식하지는 못했겠지만, 로랑스는 목소리에 약간의 독기를 담아 말했다. "늘 더 큰 자제력을 보여주었잖아…."

"당신은 늘 더 큰 인내심을 보여줬지…."

"때때로 당신한테는 히스테릭한 면이… 그게 날 무척이나 불쾌하게 해. 자주 그렇게 느꼈어."

해리는 입을 다물고 있었다. 자존심에 상처를 입은 그는 분노로 온몸을 부들부들 떨었다. 그의 표정이 너무나 기이하고 증오로 가득해서 로랑스는 그가 금방이라도 자신의 뺨을 후려칠 것 같았다. 그래서 방어라도 하듯 반사적으로 덧붙였다.

"당신 아들한테도 느꼈어. 당신을 닮아 그렇다는 건 몰랐지만."

아닌 게 아니라, 아들도 한번 울음이 터지면 좀처럼 그치지 않거나 기쁨과 분노를 지나치게 표출하는 등, 몹시 불안정한 성격을 보여 부모를 곧잘 질겁하게 했다. 로랑스는 여성의 정확한 본능으로 해리에게 가장 큰 아픔을 줄 말을 골랐다. 해리는 어떻게든 논쟁의 초점을 다른 데로 돌리고자 했다. 몸의 급소를 겨누고 있다가 그만큼 소중하고 상처 입기 쉬운 다른 부위를 겨누게 될 위험을 감수하고라도 총구를 황급히 돌리듯이. 그래서 소리쳤다.

"당신, 질투하는 거야? 말해봐! 차라리 그게 낫겠어! 그게 훨씬 당신다울 거야!"

"내가 질투한다고? 옷도 제대로 차려입지 않은 그 못생긴 여자를?"

"내 눈에는 못생겨 보이지 않던데." 그가 순진을 가장하며 천천히 말했다.

"그런 여자들이 당신 마음에 든다면, 난 그들과 경쟁하려고 시도조차 하지 않을 거야!"

"그래도 당신은 질투하고 있어!"

"아니야, 백번 천번 아니야!"

그가 버럭 소리를 질렀다.

"그 여자가 어린 시절부터, '우리의' 나라에서 보낸 '우리의' 어린 시절부터 날 사랑하고 있다는 거, 당신 알아? 우리가 결혼하기 얼마 전에 나에게 전달된 책, 누가 보냈는지 도무지 알 수 없었던 그 책, 기억나? 그 선물을 보낸 게 그 여자라는 거, 잠시라도 내 생각을 차지하고 싶어서, 당신에게서 날 빼앗고 싶어서 그랬다는 거, 당신 알아?"

"정말 그랬다면, 미친 여자네. 그런 짓을 감탄하면서 받아들인다면 당신도 그 여자만큼이나 정신이 나간 거고."

"난 감탄해! 받아들인다고! 내가 당신을 미친 듯이 사랑했을 때, 나도, 나 역시 똑같이 행동했을 거야!"

두 사람 모두 창백한 표정으로 온몸을 부들부들 떨며 입을 다물었다.

"당신이 그녀를 우리 집에 들이는 걸 거절하니, 어머니한 테 그녀를 위해 파티를 열어달라고 부탁할 거야. 그 파티에 참석하든 않든, 당신 좋을 대로 해!" 해리가 날선 목소리로 말했다(분노에 휩싸인 그의 얼굴은 더 뾰족해 보였다. 창백한 두 뺨이 마치 안쪽에서 빨아들인 것처럼 홀쭉해져 있었다).

"그녀에겐 남편이 있어. 남편도 초대할 거야?"

"안 될 게 뭐 있어?"

"하지만 그 사람에 대해 아무것도 모르잖아! 어디 출신 인지, 어떤 사람인지도! 일면식도 없는 건달 같은 사람을 후원하고 싶어?"

"그 일면식도 없는 건달 같은 사람을 형제로 여기도록 날 부추기는 게 당신의 태도라는 걸 아직도 이해하지 못하겠 어?"

"당신의 아내인 나는 한낱 외국 여자로 여기면서?" 로랑 스가 점점 격해지는 어조로 말을 이었다. "지금 문제는 그 여자를 집으로 맞아들이는 것과는 전혀 다른 거야. 훨씬 더 깊고, 훨씬 더 심각한 불화라고!"

"아! 그건 이해하는 모양이군!"

로랑스가 고통스러운 표정으로 소리쳤다.

"그러니까 내 딴에는 용을 썼지만, 난 당신이 무슨 생각을 하는지, 무엇을 원하는지 전혀 이해하지 못한 셈이네. 당신이 말하려는 게 그거지, 안 그래? 난 당신이 행복하다고 생각했어."

"아니, 전혀 행복하지 않았어. 단 한 시간도, 단 일 분도, 전혀!"

해리의 목소리가 저도 모르게 날카롭게 변했고, 두 눈에서 시퍼런 불꽃이 뛰었다. 그가 두 손으로 얼굴을 가리고 뛰쳐나갔다.

22

아다는 흥분에 들떠 옷을 차려입었다. 그녀의 옷은 수수하고 검었다. 그해에는 모든 여성복이 잠옷과 비슷하게 생겨서 다행이었다…. 그녀는 아주 비싼 값을 치르고 목깃과 한랭사 소맷부리, 비단 스타킹을 샀다. 그렇게 차려입으니 얼마나 기분이 좋은지! 신발도 꼼꼼하게 점검했다. 뒷굽은 반듯했지만, 신발 가장자리의 크레프 드 쉬네*가 약간 닳아 있었다. 그 신발은 원래 릴라의 것이었다. 아다는 일주일 전부터 옷을 재단하고 재봉하느라 붓을 쥐어보지도 못했다.

---

* crêpe de Chine, 실크로드를 통해 중국의 주름을 잡은 직물 원단이 들어왔는데, 이 직물을 수입에 의존하지 않고 프랑스 사람들이 직접 만든 것을 크레프 드 쉬네라고 불렀다.

그래도 라이사 숙모 집에서 의상 일을 배우며 보낸 세월이 헛되지는 않았다…. 용케도 옷 한 벌을 지어냈으니까. 모자는 얼굴을 돋보이게 하는, 거의 남성적인 짙은 색 펠트 모자였다. 문제는 닳아서 해진 끔찍한 외투였다. 하지만 크게 염려하진 않았다. 실내에서 외투를 걸치고 있지는 않을 거라고 확신했으니까. 적어도 러시아에서는 그랬다. 벤이 곁에서 빈정거리는 표정으로 말없이 쳐다보다가 말했다.

"이제, 그만 가자."

아다는 벤을 외면했다. 해리의 초대장을 받은 후로 깨어 있는 채로 꾸는 꿈처럼 이어진 그 놀이, 그 달콤한 놀이를 벤의 존재가 방해했기 때문이었다. 그녀는 마치 필름을 거꾸로 돌리듯, 자신의 진정한 삶, 겉으로 드러나지 않아도 하나밖에 없는 자신의 진정한 삶이 중단된 바로 그 지점, 자신이 마담 미미의 손을 잡고 해리를 만나러 꽃과 작은 프랑스 국기들로 장식된 행사장으로 들어서던 바로 그 순간으로 되돌아갔다. 그녀는 그렇게 그간의 세월을 지워버렸다. 시녀 집안이 그녀를 위해, 그녀를 파리 사교계에 알리기 위해 파티를 열었고, 아다는 그 파티에 초대받았다. 물론, 심지어 그 순간에도, 그녀는 그것이 꿈인지 생시인지 분간할 수 없었을 것이다. 하지만 마음속으로는 의도적으로 과거와 현재, 꿈과 현실을 뒤섞었다. 운 좋게도, 모든 게 정지한 듯한, 눈이 내리기 직전의 체념한 듯한 슬픈 기다림의 기운이 느

꺼지는 날씨 또한 그때 그곳의 날씨와 비슷했다. 벤과 나란히 걷던 아다는 그가 무슨 속셈인지 궁금해하며 그를 쳐다보았다. 도무지 속을 알 수 없는, 뭐라고 설명할 수 없는 벤! 아다는 시너 가족의 집에 도착하기 전에 다짐을 구하는 동시에 부탁하는 어조로 말했다.

"그들에게 아무것도 요구하지 마, 벤, 알았지?"

벤이 웃으며 대답했다.

"넌 내가 무슨 짓이라도 할까 봐 두려운 모양이구나!"

"넌 그 사람들 미워하잖아!"

"내가 그들을 좋아하는지, 미워하는지는 내가 끊임없이 생각할 문제고, 당장은 그들이 나에게 도움이 될 수 있으면 그걸로 족해."

"내가 싫어하는 게 바로 그거야!"

"그래? 왜지? 넌 그들에게 뭐라고 할 건데? 내가 무슨 나쁜 짓이라도 했어? 난 힘닿는 대로 내 생활비, 우리 생활비를 벌었어. 난 살인자도 도둑도 아냐. 그런데 왜 넌 내가 예전처럼 그들에게 도와달라고, 보호해달라고 부탁하지 못하게 막아?"

"그들에게서 뭘 원하는데?"

"너의 해리는 날 위해 뭔가 해줄 수 있을 거야… 그의 은행가 삼촌들한테 날 추천한다거나…."

"그는 안 해줄 거야."

"그렇게 생각해? 왜지? 내가 그들에게 공돈을 요구하는
것도 아니잖아. 그냥 일할 수 있게 자리 하나 달라고, 그것
도 가장 하찮은 걸로 달라는 거잖아. 내 생각엔, 아다, 그들
은 날 받아줄 거야."

"또 헛소리." 분노와 연민이 담긴 목소리로 아다가 웅얼
거렸다.

"아니, 난 그 사람들을 알아. 유럽화되고 문명화되긴 했
지만, 그들은 자기처럼 힘겹게, 악착같이, 변변찮게 시작한
사람들에 대한 연민을 가슴 깊이 간직하고 있어. 시너 집안
만 해도 경주마용 마사와 유명한 컬렉션을 소유하고 있지
만, 거슬러 올라가면 그들의 조상들 역시 나처럼 굶주리고
얻어맞고 모욕당한 꼬마들이었으니까. 그건 절대 잊히지
않는 유대감, 종족이나 피가 아닌 눈물의 유대감을 만들어
내, 이해하겠어? 내 운을 한번 시험해보겠다는데, 넌 왜 굳
이 그걸 말리는 거야, 아다? …내가 이 세상에서 돈 말고 달
리 바라는 게 뭐가 있겠어? 난 널 이미 잃었는걸."

"그게 무슨 말이야?"

"넌 그 빌어먹을 녀석을 사랑하잖아."

깊은 연민이 아다의 가슴을 채웠다. 그녀가 부드러운 눈
길로 벤을 바라보며 말했다.

"벤, 난 널 한 번도 사랑한 적이 없어. 너도 알잖아. 하지
만 넌 나에게 남편 이상이야. 함께 자란 형제나 다름없어.

제발 부탁인데, 네 삶을 그 부자들의 삶과 엮으려고 들지 마. 난 너와 함께 떠날 거야. 난 해리를 두 번 다시 만나지 않을 거야. 만나봤자 무슨 소용이 있겠어? 그는 유부남이야. 다른 여자의 남자라고. 그건 하나의 꿈, 어린아이의 망상이었어. 우리, 그냥 집으로 돌아가자."

"제길!" 벤이 어깨를 으쓱하며 슬픈 표정으로 말했다. "우리 셋의 운명은 어린 시절부터 엮여 있어. 어쩔 수 없는 일이야."

"넌 행운이 손가락 사이로 빠져나가게 내버려두고 싶지 않은 거구나." 아다가 쓸쓸한 유감이 담긴 투로 말했다.

벤이 이를 악물고 간신히 말을 이었다.

"그럴 수 있겠어? 손닿는 곳에 있는데… 그냥 지나가게 내버려둘 수 있겠어? 난 원래 그래… 내 잘못이 아니야…"

그들은 도착했다. 그들은 멈춰 서서 두근거리는 가슴을 진정시켰다. 둥근 천장 아래로 들어가기 위해, 저택으로 들어가 문을 열어주러 나온 하인을 우물쭈물하지 않고, 정면으로 쳐다보기 위해 얼마나 큰 용기가 필요했는지!

아다는 밍크코트를 두른 채 살롱 문턱을 넘어서는 여자들을 보고는 잠시 공황 상태에 빠졌다. 그녀는 황급히 초라한 외투를 벗고 실내로 들어갔다.

늙은 시녀 부인이 아다에게 악수를 청하며 아주 큰 소리로 외쳤다.

"우리가 친척이라면서요!"

아! 사교계 인사들이 모인 자리에서 그 친척 관계가 선포 되는 것을 라이사 숙모가 마침내 들었다면 얼마나 뿌듯해 했을까!

아다가 웅얼거렸다.

"예, 그런가 봐요, 부인, 먼 친척이긴 하지만…."

"이 큰 도시에 버려진 채 홀로 살면서 우리에게 도움을 청할 생각을 한 번도 안 했다니! 왜죠?"

"저도 모르겠어요. 아닌 게 아니라, 아예 생각을 안 해봤 습니다, 부인."

"이제라도 이렇게 왔으니 됐어요. 이분들은 당신 그림을 보고 반해서 당신과 인사를 나누고 싶다며 오신 분들이에 요."

호기심 어린 수많은 얼굴! 호의로 넘치는 수많은 미소! 수많은 친구! 마침내 해리가 다가왔다. 그는 아다가 지치고 당황해서 거의 눈물을 쏟을 지경이라는 걸 알아차렸다. 그 는 그녀를 데리고 어느 여름날 저녁에 어둠 속에서 얼핏 훔 쳐본 식당을 가로질렀다. 부질없는 짓이지만, 아다는 그 식 당 내부를 상상해보려 했었다. 해리가 그녀를 데리고 비어 있는 작은 살롱으로 들어갔다.

"여기 앉아 편안하게 샴페인이나 마시면서 사람들 구경 해요. 그들에게 말할 필요도, 웃어줄 필요도 없이, 마치 공연 구경을 온 것처럼. 알겠죠?"

"난 이미 공연 구경하듯 저 사람들을 바라본 적이 있는걸요."

"언제요?"

아다가 해리에게 오래전 그 여름날의 일을 이야기했다.

해리는 평상시와 다른 부드러운 말투로 지적했다.

"한 번도 행복한 적이 없었군요, 가엾은 사람."

아다는 예리한 아이러니 때문에 당혹스럽기까지 한 시선으로 그를 쳐다보며 말했다.

"당신도요."

"어째서?"

"난 그래도 자유롭잖아요. 마음 내키면 종일 작업을 할 수도 있고, 아무것도 안 하고 누워 있을 수도 있어요. 그래도 누구 하나 걱정하거나 혹시 어디 아프냐고 묻지 않아요. 난 오후 내내 센 강을 따라 걸으며 물의 색깔을 바라볼 수도 있어요. 내가 죽었는지 살았는지, 밤에 집으로 돌아올지 아닐지 신경 쓸 사람이 파리를 통틀어 아무도 없다는 걸 난 알아요."

"그게 행복이라고 생각하는 거요?" 그가 신기하다는 표정으로 물었다.

"어쨌거나 그것이 내가 누렸던, 그리고 다른 사람에게도 권할 수 있는 유일한 행복이에요." 아다가 수줍게 웃으면서 대답했다.

"당신 남편은요?"

"그는 끊임없이 돌아다녀요. 늘 여행 중이죠. 몇 달 동안 그가 무엇을 하는지, 어디에 있는지 모를 때도 있어요. 그래도 그는 나의 유일한 친구죠."

"이제 당신에겐 또 다른 친구가 생겼어요." 그가 그녀의 손을 잡으며 나지막이 속삭였다.

해리는 깊은 감명을 받았다. 로랑스와 있을 때는 그녀가 내뱉는 말 한마디 한마디에 귀를 기울였고, 그녀가 말로 드러내지 않는 것을 상상하며 불안해했지만, 지금 여기서는 말이 필요 없었다. 아다가 취하는 목소리의 억양, 눈빛이 그에게 영혼의 본질 그 자체를 드러내주었다.

열려 있는 문을 통해 벤의 모습이 보였다. 그는 기차역 플랫폼에서 하듯 무례하게 화려한 군중 사이를 헤집고 돌아다녔다. 숱 많은 곱슬머리, 번뜩이는 눈, 창백한 뺨, 날카로운 이목구비, 이국적인 그의 용모는 대번에 눈에 띄었다.

해리를 알아본 벤이 다가왔다. 아다는 자리를 피해 살롱으로 돌아갔다. 사람들이 그녀에게 말을 걸었고, 그녀는 수줍어하며 대답했다. 하지만 그녀의 눈길은 해리와 벤을 떠나지 않았다. 잠시 후에 안색이 누렇고 매부리코에 칠흑처럼 검은 큰 눈을 가진 노인이 두 사람에게 다가가는 것이 보였다. 아다는 그 노인이 해리의 삼촌 중 하나일 거라고 짐작

했다. 벤은 그렇게, 다시 한번, 열의와 열정, 그리고 뻔뻔함
으로 원하는 것을 얻어냈다.

'하지만 나도 마찬가지잖아.' 아다는 속으로 생각했다. 그
녀는 또다시 주변의 사람들을 경악과 호기심 어린 눈길로
보았다. 여자들은 아름답고 화려했으며, 남자들은 우아했
고 목소리들은 생기 넘치고 가벼웠다. 하지만 그래도 그 파
티와 예전에 훔쳐본 낮 무도회 사이에는 현실과 꿈 사이의
거리가 존재했다.

아다가 정신을 차리자 해리가 곁에 돌아와 있었다.

그가 물었다.

"마음에 들어요?"

"예, 하지만… 아쉽게도 저 아래에서 훔쳐봤을 때가 나았
어요!"

23

벤은 브뤼셀에서 돌아오는 길이었다. 어느 종교 축일 전
날이었다. 기차는 프랑스 북부로 순례에 나선 사제와 아이
들로 북적였다. 벤은 몇 시간의 여정을 기차 복도에서, 자기
것도 아닌 가방 위에 걸터앉아 보냈다. 그는 기차가 흔들릴
때마다 벽에 머리를 찧으며 정신없이 잤다. 피로를 느끼지
는 못했다. 피로는 두려움, 굶주림, 절망과 마찬가지로 그에
게 영향을 미치지 못했다. 아니, 오히려 그를 과하게 흥분시
켜 병약한 몸 상태마저 잊게 했다. 몇몇 극단적인 감정은 그
를 말 그대로 자신 밖으로 밀어내고, 그에게 초인적인 민첩
성과 참을성을 부여하는 것 같았다.

　기차가 파리로 접근하고 있었다. 잠에서 깨어난 그는 경

멸과 호기심이 묻어나는 시선으로 근처 객실을 차지한 사람들을 둘러보았다. 그들의 몸은 얼마나 굼뜬지! 얼마나 무거운지! 그들은 여자와 아이, 그리고 짐을 질질 끌고 다녔다! 벤처럼 직업상 도시에서 도시로, 나라에서 나라로 끊임없이 돌아다니는 사람들조차도(출장 판매원, 장돌뱅이, 순회공연 배우) 얼이 빠지고, 무겁고, 당황한 듯 보였다. 반면에 벤은 어딜 가든 똑같았다. 여기나 저기나 그게 그거였다. 그는 어디든 무심히 발을 들였고, 아쉬움 없이 훌쩍 떠났다. 어린 시절부터 자신이 어디에도, 누구에게도 속하지 않는다는 것을 깨닫고 느껴온 그였다. 자! '그들'이 목적지에 도착했군.(혼자 생각할 때 벤은 세상 사람들을 늘 '그들'이라고 불렀다. 적에게만 그런 건 아니었다. 친구에게도 마찬가지였다. 하나같이 이해할 수 없는 족속이었으니까.) 그랬다, '그들'은 그를 모든 속박에서 해방된, 예외적일 만큼 자유로운 존재로 만들어주었다. 그가 아무것에도 집착하지 않는 것은 잘된 일이었다. 만약 벤의 내부에서 소유의 열정이 깨어난다면, 그것은 쉽게 진정되지도, 잊히지도 않을 터였다.

벤은 순식간에 내릴 준비를 하고 서 있었지만, 다른 사람들은 아직도 표를 찾고, 아이들을 모으고, 친구들을 부르고, 개에게 목줄을 채우고 있었다. 그는 가방 없이 여행했다. 신문지에 둘둘 말아 주머니 깊숙이 쑤셔넣은 낡은 파자마와 비누 조각 말고는 필요한 게 아무것도 없었다. 이렇게, 그는

늘 일등을 했고, 늘 경쟁자들에게서 사업을 빼앗을 준비가
되어 있었다. 그들은 늘 뒤늦게 와서 투덜거렸다! 불공정하
다면서! 그를 따라하기만 하면 됐는데도! 그가 프랑스인들
처럼 아내의 품에 안겨 게으름을 피우느라, 침대에 누워 카
페오레를 마시느라, 고양이를 쓰다듬어주느라, 라디오 채
널을 돌리느라, 정오부터 두 시간까지 느릿느릿, 예절을 갖춰
가며 푹 끓인 수프를 먹느라 시간을 낭비한 적이 있었던가?
그가 그런 풍습을 경멸해서가 아니었다! 정반대였다. 하지
만 그 풍습은 그에게 낯설고 이해할 수 없는 것이었다. 그
는 늘 서둘러야 했고, 욕망을 실현하려 동분서주해야 했고,
모든 경쟁자를 물리쳐야 했다. 경쟁에서 지면, 조용히 꺼지
는 수밖에 없었으니까. 그는 잘 알고 있었다. 벤 따위를 누
가 신경 쓰겠는가? 그가 먼지 구덩이에 쓰러져도 누가 나서
서 일으켜주겠는가? 누가 그의 상처에 붕대를 감아주겠는
가? 아다 말고는 아무도…. 그것도 사랑이 아니라(아무도 벤
을 사랑하지 않았다) 연대감 때문에, 그를 불쌍히 여겨서….
하지만 곧 모든 게 바뀌지 않을까? 이제 그는 성공 가도를
달리고 있었다. '부자 시녀'들이 그에게 관심을 보이고 있으
니까. 오, 물론 신중하게, 손에 때를 묻히지 않고, 종 다루듯
하긴 하지만…. 벤은 그들의 배려 따위는 상관하지 않았다.
그가 어쨌거나 집안사람인 솔로몬 시녀의 집을 찾아갔을
때, 노인은 그에게 앉으라고 권하지도 않았다. 하지만 그건

조금도 중요하지 않았다. 가끔 갉아 먹을 뼈다귀를 던져주는 것 말고 다른 것은 바라지도 않았으니까. 그는 열정적으로 일했다. 두 노인이 자신을 주시하고 있다는 걸 알고 있었다. 벤은 그들을 만나기도 전에 이미 그것을 예감했다. 세월에 돌처럼 굳고 사치에 침식되기는 했지만, 그들은 아직 자신의 뿌리를 되새길 정도의 기억력은 갖고 있었다. 벤의 열성과 탐욕은 그들 내부에 있는 아주 오래된 어떤 성향, 그들이 더는 의식하지 못할 테고 어쩌면 창피해할지도 모르지만, 메말라버린 그들의 늙은 몸뚱이보다 훨씬 생생하게 살아 있는 성향을 간질였다. 오! 더 먼 곳까지 도달하고, 그 집 안에 들어가고, 그들의 사업이 어떻게 돌아가는지, 어떤 비밀들이 숨어 있는지 알아내야 했다…! 그들의 후계자가 될 자격은 그 빌어먹을 해리라는 놈보다는 오히려 나에게 있지 않은가?

벤은 자신을 다독였다. 마치 씩씩거리며 내달리려는 짐승을 줄로 묶어 붙들듯이.

"천천히, 천천히…."

즉각적인 성공을 향한 갈증, 열렬함은 그의 힘인 동시에 약점이었다. 그는 벌써 해리를 물리치고 늙은 시너 형제와 어깨를 나란히 하는 성자 중의 성자, 은행 주인이 된 자신을 보고 있었다! 얼마나 많은 사업이 가능한지…! 크게 해먹을 건수는 또 얼마나 많은지…! 세상은 이제 예전의 세상이 아니다. 이렇게 천변만화하는 세상에서 한 푼 두 푼 저축이나 하란 말인가? 남들을 배려하고 체면이나 차리면서…? 대담하게 한탕 벌여서 하룻밤 사이에 수백만 프랑을 쓸어모으고, 그걸로 다시 판을 벌이고… 이렇게 해야 했다! 벤이라면 그렇게 했을 터였다…! 이건 사기가 아니다, 천만에! 그건 사업이었다. 유럽이든 아시아든, 혼란에 빠진 나라에 돈을 걸면… 돈을 빌려주고, 그 대가로 석탄과 석유 채굴권, 철도 운영권을 따내면… 그러면 떼돈을 벌 수 있다…! 기차 삼등칸에서 이 벽에서 저 벽으로 흔들려가며, 담배 연기와 소음, 추적추적 내리는 겨울밤 빗속에서, 외딴 교외의 역사(驛舍)에서, 벤은 예술가가 조각들을 꿰맞춰 하나의 세계를 창조하듯 어마어마한 사업들을 구상했고, 재정을 조달할 술책들을 상상했다. 자신이 무엇을 할 수 있는지, 자신에게 어떤 가치가 있는지 그만은 알고 있었다. 그는 이미 수도 없이 굴러먹고, 다양한 사람들을 겪어보았다. 그가 겪은 일들은 노인의 경험과 맞먹었다. 아마도 유대인의 피도 모종의 역할을 하지 않았을까? 유대인이라면 누구나 그렇듯, 자기 내부에 뭇사람들보다 훨씬 긴 과거를 품고 있는 것 같은, 모호하면서도 약간은 무시무시한 감정을 느끼지 않았을까? 벤은 다른 이들이 배우고 싶어하는 것을 '기억해냈다'. 적어도 그는 그렇게 믿었다.

마침내 파리! 그는 기차에서 펄쩍 뛰어내렸다. 역은 사람들로 북적였다. 그는 누구보다 먼저 역을 빠져나왔다. 북적이는 사람들 사이에서 요리조리 길을 찾고, 장벽의 가장 약한 지점을 찾아내어 허물고, 최단 거리를 본능적으로 계산할 줄 알았기 때문이다. 그는 허름한 모자에 낡은 외투를 걸치고 있었다. 무성하고 검은 곱슬머리가 이마 위로 늘어졌다. 그의 얼굴은 그야말로 밉상이었다. 그도 오래전부터 알고 있었다. 못생겨서가 아니라, 어찌나 말랐는지 눈, 코, 입이 자리 부족으로 서로 다투는 것처럼 보였으니까. 섬세한 붉은색 눈썹은 코 위에서 일자로 이어졌고, 벌름거리는 뾰족한 콧구멍은 윗입술에 닿다시피 했다. 턱과 입은 믿을 수 없을 정도로 좁은 공간을 차지했고, 날카로운 치아는 어찌나 촘촘하게 박혀 있는지 겹쳐 보일 정도였다. 그 얼굴이 편안하게 있는 경우는 절대 없었다. 흐르는 물의 표면처럼 가벼운 떨림으로 끊임없이 일렁였다. 말을 할 때는 단어 하나당 열 개의 몸짓을 했고, 몸짓 하나하나는 극단까지 치달은 감정의 발현이었다. 분노, 기쁨, 호기심, 불안은 다른 사람들처럼 넓은 파문이 아니라, 짧고 격렬한 작은 파도로 나타났다. 그래서 그의 얼굴은 상충하는 수많은 흐름 사이의 갈등이 영원히 반복되는 장소처럼 보였다. 길을 건너 지하철 통로로 들어선 그는 잠시 서서 기다려야 했다. 자동개폐문이 하필이면 그 앞에서 막 닫힌 것이다. 그에게는 움직이지 못하는 그 순간이 형벌 같았다. 얼굴이 벌겋게 달아올랐다

가 점점 창백해지고, 손톱을 물어뜯고, 모자를 벗어 만지작
거리다가 다시 쓰고는, 문이 열리자마자 지하철 이등칸을
향해 목숨이라도 걸린 것처럼 쏜살같이 달려갔다.

벤은 입을 다물고 있었지만, 입술은 계속 움직였다. 민첩
한 손가락으로 무릎과 열차의 검은 유리창을 연신 두드려
댔다. 그가 플랫폼으로 펄쩍 뛰어내렸다. 목적지에 도착한
그는 시계부터 보았다. 자정을 넘긴 시각이었다. 그는 건물
로 들어가 거처의 문을 열고 '아다!'라고 소리쳤다. 아무도
대답하지 않았다. 대신, 작업실 긴 의자 위에 누워 있던 사
람이 끙끙대며 몸을 일으켜 앉았다. 벤은 온통 컬페이퍼로
말아놓은 마담 미미의 흰머리를 알아보았다.

"아다는 어디 갔어요?"

마담 미미는 창피한 듯 잠옷 위에 걸치고 있던 꽃가지 무
늬 비단 가운으로 야윈 다리를 가렸다. 그녀는 제국을 준다
고 해도 자신의 흐트러진 모습을 보여주지 않을 사람이었
다. 컬페이퍼도 예술적으로 정돈되어 작은 오렌지색 고무
줄로 묶여 있었다.

"깜짝 놀랐잖아, 벤." 그녀가 한숨 쉬듯 말했다. 나이가
들어 눈이 어두워지긴 했어도 아직도 순간순간 날카롭게
번뜩이는 그녀의 눈빛이 마치 말하길 망설이는 것처럼, 말
하기에 앞서 상대방의 눈치부터 살피려는 것처럼 명민하면
서도 불확실한 표정으로 벤의 얼굴에 꽂혔다.

"이제 여기서 주무세요?"

"그래. 그래도 괜찮지? 아다 혼자 지내다시피 해서⋯."

"아다는 어디 갔어요?"

마담 미미가 일어나서 전등을 켰다.

"저녁은 먹었어? 요기할 만한 게 없을 텐데⋯."

"아다는 어디 갔냐니까요?"

"연주회에 갔어."

벤은 '누구랑요?'라고 묻지 않았다. 그는 의자 위에 모자를 팽개치고 앉았다.

마담 미미가 다시 물었다.

"저녁은 먹었어?"

"샌드위치와 맥주로 때웠어요."

"아! 넌 어째 늘 그 모양이니⋯. 귀신한테 쫓기라도 하는지! 수프라도 데워주마."

"예, 아뇨, 됐어요, 배 안 고파요⋯. 그래도 굳이 데워주신다면⋯." 벤이 웅얼거렸다.

마담 미미가 방을 나섰다. 벤은 그때서야 장미 향기가 방을 가득 채우고 있다는 사실을 알아차렸다. 그가 주위를 돌아보았다. 그랬다, 꽃다발이 있었다. 그는 그처럼 아름다운 꽃들을 한 번도 본 적이 없었다. 그는 꽃다발 속에 있을지도 모르는 카드를 찾아보았다. 아무것도 없었다. 사납고 고통스러운 냉소가 그의 얼굴을 스쳤다. 자신을 향한, 자신에게 상처를 주는 그 자조를 그처럼 능숙하게 해내는 사람은 없었다. 그 자조는 신기하게도 그의 불손함, 그의 오만함과 잘 어울렸다. 그는 눈 깜짝할 사이에 자신 속에서 자신을 온통 꿰뚫고 지나가는 수많은 독화살을 불러일으켰다. 그는 꽃다발에 다가가 조심스럽게 꽃들을 만져보았다. 꽃들은 그를 매혹했다. 그 취할 듯한 향기라니…! 그는 허리를 숙여 꽃에 여전히 뜨거운 뺨을 대고는, 아직 활짝 피지 않은 단단하고 작은 장미를 피부로 느끼면서 희열의 한숨을 내쉬었다. 쟁반을 들고 막 돌아온 마담 미미가 외쳤다.

"그 꽃들을 가만히 좀 놔두렴, 벤!"

벤이 흠칫 물러나서는 얻어맞은 아이처럼 교활하고 고집 센 표정으로 그녀를 쳐다보며 투덜거렸다.

"배 안 고프다니까요…."

"그럼, 가서 잠이나 자."

벤은 대답 없이 다시 앉았다.

마담 미미는 벤이 건드리지도 않은 수프를 집어 천천히 마시면서 그릇 가장자리 너머로 벤을 향해 독침처럼 빠르고 날카로운 시선을 보냈다.

"꽃이 예쁘지, 안 그래? 예전에 난 새빨간 장미를 무엇보다 좋아했어. 예전에 왕자님이…. 이런, 내가 무슨 소릴 하는 거야? 그 모든 건 다 잊힌 옛이야기인데…. 아! 블라우스를 장식할 꽃을 따러 가던 장미원은 이제 어디로 사라졌을

까? 칸에서 저것처럼 아름다운 장미들로 내 말들을 장식하
게 했는데⋯. 맞아, 꽃마차에서 내 우산과 말들의 눈가리개
에 장미들을 꿰매고⋯. 넌 어떡할 거니? 밤새 꼼짝 안 하고
거기 앉아 있으려고?”

“저기 가서 주무세요!”

“젊은 남자 앞에서! 말도 안 돼! 카드나 집어줘.”

벤이 에카르테*라도 하듯 기계적으로 카드를 섞었다. 그
들은 아무 말 없이 잠시 카드놀이를 했다. 마담 미미가 마침
내 물었다.

“너, 질투하니?”

벤은 대답하지 않았다.

“넌 네가 그런 섬세한 감정에는 신경도 안 쓰는 줄 알았
어⋯.”

“아다가 대체 어쩌려는 거죠? 혹시 아세요? 나랑 헤어지
겠대요?”

벤은 마담 미미를 보지 않은 채 천천히 말했다. 그는 차분
해 보였다. 하지만 그의 뺨 위로 땀방울이 흘러내렸다. 그가
땀을 손등으로 닦았다.

“아, 숨이 막힐 지경이네.” 벤이 카드를 내던지며 불쑥 말
했다.

---

* 카드놀이의 일종.

아닌 게 아니라, 작은 방 안이 찌는 듯이 더웠다. 종일 창문 한 번 열지 않은 모양이었다. 난로가 펄펄 끓고 있었다. 그것은 냉방에서만 생활하는 아다가 지난밤부터 그곳에서 한 시간도 보내지 않았음을 뜻했다.

"아다가 나랑 헤어질 생각이래요, 마담 미미?"

"네 얘긴 입도 벙긋하지 않았어."

"그러니까 목표에 도달했다는 말이군." 벤이 씁쓸한 표정으로 나지막이 말했다.

마담 미미가 블라우스 가슴께에 두 손을 겹쳐 올려놓았다. 그러고는 늙은 무당이 신들린 상태에 빠져드는 것처럼, 활기차고 날카로운 평소 음색과는 너무나 달라서 듣는 사람이 놀라지 않을 수 없는(비둘기의 울음소리가 가끔 너무나 걸걸하고 심각해서 놀라는 것처럼) 깊은 목소리로 말했다.

"아! 너희 둘은 정말이지 판박이처럼 닮았어…! 너희는 잠긴 문을 술수나 힘으로 열어보려고 하지. 주님께서 아무리 들어가지 말라고 해도 한번 시도해보지 않고는 그냥 지나가지 못하는 종자들이야. 끈질기게 기다리지! 운이 돌아올 때까지 기다리거나, 누가 문을 열어줄 때까지 죽을힘을 다해 두드리지…. 넌 늘 그랬어, 벤. 아다도 너랑 비슷해. 그래서 넌 아다를 얻었던 거고, 또 그래서 아다는…."

벤은 눈을 감았다. 마담 미미의 말이 멀리서 들려오는 윙윙거림처럼 그의 귀에 닿았다. 처음 느껴보는 감각이었다.

그가 침울한 목소리로 반복해 말했다.

"아다가 날 떠날까요?"

"내 말 잘 들어." 마담 미미가 벤을 향해 몸을 기울이고 새 다리처럼 메마르고 가벼운 손으로 그의 손을 잡으며 말했다. "아다가 널 사랑하지 않는다는 건 너도 전부터 알고 있었잖아. 아다는 네 짝이 될 아이가 아냐. 아다는 범상치 않은 구석이 있어서⋯."

"나도 그래요." 자존심이 상한 말투로 벤이 말했다. "나한테 딱 몇 년만 주면, 나는 수많은 것의 주인, 날 신발에 묻은 진흙쯤으로 여기는 사람들의 주인이 되어 있을 거예요."

"아다는 널 사랑하지 않아."

"아다는 마음이 돌처럼 차가워요."

"아니, 그렇지 않아, 벤."

"내 곁에⋯ 머물러주기만 한다면⋯ 다른 건 요구하지 않을 거예요⋯ 그냥 내버려둘 거예요⋯ 해리랑 지내도록⋯. 이곳 사람들 풍속에도 좋은 점은 있어요." 벤의 말투에서 고통스러운 아이러니가 묻어났다. "견딜 수 없는 건⋯ 아다를 잃는 거예요. 아다는 늘 나와 함께였어요. 아줌마도 아시잖아요⋯. 우린 어릴 적부터 같은 방에서 잤어요. 잠에서 깨어나면 침대 위에 펼쳐진 아다의 검은 머리카락부터 봤죠⋯. 우린 아래 구역의 길들을 함께 뛰어다녔어요⋯. 난 한 번도 불행하다고, 버림받았다고 느껴본 적이 없어요. 내 곁

에 아다가 있다는 걸 알고 있었으니까. 아다는 날 떠날 수
없어요."

　"쉿, 그들이 왔나 봐." 마담 미미가 말했다.

24

아다가 해리와 함께 들어왔다. 큰 소리로 웃고 떠들면서. 벤을 분노하고 경악하게 만든 건 바로 그 웃음소리였다. 그는 아다가 그렇게 웃는 걸 거의 들어보지 못했다. 그녀는 몽상에 빠져 늘 말이 없고 무뚝뚝했다. '이제야 지상으로 되돌아왔군' 아다를 보며 벤은 생각했다. 아다는 여전히 수수하게, 거의 궁색하게 입고 있었지만, 더 행복하고, 더 여성스럽고, 더 젊어 보였다. 밝고 부드러운 빛을 받은 듯 환하기만 하던 그녀의 얼굴이 벤을 보자마자 흐려졌다.

두 남자가 말없이 서로를 노려봤다.

"이제 내가 돌아왔으니 당신은 가요." 벤이 말했다.

해리가 아다의 어깨를 쥐었다.

"갑시다, 아다. 이번에야말로 확실히 끝을 내는 게 낫겠
어요."

그때까지 냉정을 유지하던 벤이 '아다'를 부르는 해리의
말투를 듣자마자 갑자기 폭발했다. 해리가 프랑스식으로
'다'를 강조해 발음했는데, 그 발음이 벤에게는 너무나 가
식적으로, 거의 모욕적으로 느껴졌다. 그의 분노가 욕설, 저
주, 고함으로 표출되었다. 그의 입에서 튀어나오는 말에는
이디시어와 러시아어가 섞여 있었다. 그래서 해리는 그 말
을 거의 알아듣지 못했다. 그 저주, 요란한 몸짓, 증오에 찬
외침에 혐오스럽고 기이한 뭔가가 있다는 걸 느꼈을 뿐이
었다. 바로 그 순간, 해리는 로랑스가 그를 히스테릭하다고
했을 때 그녀의 얼굴에 나타났던 공포의 표정을 떠올렸다.
광적인 흥분과 괴성, 복수의 신에게 고하는 열광적인 요청,
그것은 다른 세계에서 솟아나는 것이었다. 벤은 고래고래
소리치고 있었다.

"네놈이 내 눈앞에서 죽기를! 네놈의 시신이 갈기갈기
찢기기를! 네놈에게 휴식도, 잠도, 행복한 죽음도 없기를!
네놈의 후손이 저주받기를! 네놈의 아들들에게 저주가 내
리기를!"

"입 닥쳐요!" 해리가 거칠게 소리쳤다. "여긴 우크라이
나의 게토가 아니오!"

"하지만 너도 거기 출신이야. 나처럼, 아다처럼! 내가 널

얼마나 증오하는지 알기나 해? 너는 우리를 깔보고, 멸시하고, 우리 같은 유대 천민과는 아무런 공통점이 없기를 바라지! 조금만 기다려봐! 기다려보라고! 사람들은 또다시 널 아다와 같은 족속으로 볼 거야! 거기 출신이지만 거기서 벗어났다고 믿었던 너는 아다와 엮이고 말 거야! 난 늘 네가 싫었어, 때려죽이고 싶을 정도로! 아다가 널 사랑하게 된 바로 그 이유들 때문에! 넌 부자였으니까! 넌 깨끗한 옷을 입었으니까! 넌 행복했으니까! 하지만 조금만 기다려봐! 어릴 때부터 부자였고 애지중지 자란 너와 가난하고 비천하게 자란 유대인인 나, 둘 중에 누가 더 행복한지, 누가 더 돈이 많은지 사람들이 보게 될 테니! 아다, 너도 언젠가는 알게 될 거야, 네가 뭘 놓쳤는지! 수백만 프랑! 네가 참을성 있게 기다렸다면, 난 너에게 수백만 프랑을 줄 수도 있었을 거야!"

"그 입 좀 다물어, 이 더러운 협잡꾼아." 해리가 소리쳤다. "지금 돈 얘길 하는 게, 우리 문제에 돈을 끼워 넣는 게 가증스러운 일이란 걸 어떻게 이해하지 못할 수가 있지?"

"아! 유럽인들의 위선이란 정말 역겨워! 네가 성공, 승리, 사랑, 증오라고 부르는 거, 난 그걸 돈이라고 불러! 다른 말이지만 같은 걸 가리키지! 우리 부모는 우리 둘 다에게 이런 식으로 말했어! 이게 우리의 언어라고! 넌 왜 아다가 널 사랑했는지 잘 알고 있어! 우리가 불행하게도, 처음으로 네 집에 발을 들여놓은 날, 난 피와 먼지로 범벅이었지만 넌 목 깃과 소맷부리가 깨끗한 옷을 입고 있었으니까! 그 차이를 만든 게 바로 돈이었어! 네가 다른 피를 가진 다른 족속이어서 그랬던 게 아니었어…. 그래서 난 속으로 이렇게 생각했어. '벤, 이 친구야, 넌 진창에서 나왔지만, 쟤는 왕자야!' 왕자 좋아하네! 넌 왕자가 아니야! 너 자신을 봐! 넌 나와 같은 매부리코, 나와 같은 곱슬머리를 갖고 있어. 너도 나처럼 여리고 병약하고 굶주려 있고 불행해…. 아마도 우리와는 다른 것에 굶주려 있을 테지만, 아무튼 늘 굶주려서 만족하는 법이 없지…! 내가 네 자리에, 네가 내 자리에 있을 수도 있었을 거야! 아다! 넌 왜 나보다 해리를 더 좋아하지? 잘 봐! 우리를 더 자세히 보라고! 그와 나, 나와 그는 같은 천으로 지어졌어! 우린 피가 같은 형제라고!"

해리가 두 손으로 얼굴을 가리며 소리쳤다.

"아냐! 아냐! 사실이 아니야!"

"저것 봐! 저게 유럽인의 몸짓이야? 날 제대로 쳐다보지도 못하잖아! 거울에 비친 자기 모습이 무서운 거야! 아다, 나랑 있어줘! 우린 실추당한 명예 같은 문명인들의 헛소리는 입에 담지 않을 거야. 우리가 어린 시절부터 품고 있는 욕망, 열정이 어떤 건지 난 알아. 넌 그 갈증을 푼 거야. 네가 한 번이라도 그걸 풀 수 있었다면 너에겐 잘된 일이지!"

"벤, 난 널 사랑한 적이 없어. 넌 우리가 서로 닮았다고 생각하지만, 사방에서 너 자신의 이미지를 보는 건 바로 너야. 난 돈 같은 건 필요 없어, 벤, 행복조차도. 난 다르게 살고 싶어, 이해하겠니? 난 일과 욕망이 전부가 아닌 삶을 살아보고 싶어. 고요한 평온, 살가운 애정, 차분한 즐거움을 누려보고 싶다고! 넌 소리치고 저주하고 악의와 괴로움으로 가득하고, 너 자신을 상처 입히는 만큼이나 남들에게 상처를 주지, 가엾은 벤. 날 좀 내버려둬. 너 자신을 들볶지도 말고. 오! 벤, 내 말 좀 들어…!"

해리는 끼어들지 않고 팔짱을 낀 채 입을 다물고 있었다. 어쨌거나 두 사람은 그들만 아는 언어로 말하고 있었다. 아다는 벤 곁에 앉아 너무나 길고 가냘픈 벤의 목에 팔을 두르고 있었다. 해리의 귀에는 아다가 벤의 귀에 대고 속삭이는 말이 들리지 않았다. 두 사람의 뺨이 닿았고, 머리카락이 뒤섞였다. 해리는 불편한 마음으로 자신의 얼굴을 만져보았다. 자신이 벤과 닮았다는 건 그도 알고 있었다. 하지만(그것이 그의 불행이었다) 몇몇 특징만 닮았을 뿐, 다른 모습은 로랑스와도 달랐고 벤과도 달랐다. 하지만 누구도 그렇게 생각하지 않을 터였다! 결코! 그는 벤이 저지를 이런저런 잘못으로 끊임없이 대가를 치를 것이고, 둘은 계속 그를 밀쳐낼 것이고 그는 영원히 거부당할 터였다. 하지만 그의 한(恨), 그의 은밀한 체념은 벤의 것일 수도 있었다! 해리는 낯선 이의 몸이 자신의 몸에 찰싹 붙어 있는 것 같았고, 자신의 살을 찢지 않고는 그것을 떼어낼 수 없을 것 같다고 느꼈다. 그가 불안에 떨며 소리쳤다.

"제발 부탁인데, 그를 그냥 놔두고 가자, 아다!"

아다가 일어서려고 하자, 벤이 그녀의 어깨를 거칠게 잡았다. 해리는 벤이 아다를 때릴 거라고 생각했다. 그래서 앞으로 펄쩍 뛰어나갔지만, 벤은 두 손으로 아다의 얼굴을 잡고 관 뚜껑을 닫기 전에 죽은 사람의 얼굴을 마지막으로 보는 것처럼 노려보기만 했다. 그러고는 그녀를 밀치고 방을 뛰쳐나갔다.

25

이 년 후, 5월의 어느 날 아침, 은행의 현 주인인 이삭 시너와 솔로몬 시너 형제는 조카 해리를 기다리고 있었다. 그들은 느지막이 일어나 목욕을 하고, 이제 늙어 상처받기 쉬운 몸을 윤이 나게 닦았다. 손발톱은 자격증을 갖춘 미조사(美爪師)들에게 맡겼다. 더는 어루만질 수 없는 그 젊고 아리따운 여자들을 유리창 너머 꽃들을 바라볼 때처럼 부아와 회한이 섞인 쾌감을 느끼며 멀찌감치에서 바라보기만 했다. 그들은 온갖 정성을 들여 꼼꼼하게 내의를 차려입었고, 마침내 가운으로 메마른 몸뚱이를 감쌌다. 색상이 화려하고 재단이 완벽한 가운은 동방과 런던의 예술이 만난 세련미의 극치였다. 그들이 지닌 야망의 의식적인 목표는 예나

지금이나 단정함과 호사스러움의 결합을 직접 보여주는 것
이었다. 몇몇 이국적인 나무에서 풍기는, 절대 지워지지 않
는 향기와 같은 낯선 분위기가 배어나긴 했지만, 그들이 지
닌 모든 것은 지금껏 흠잡을 데 없을 정도로 완벽했다. 판박
이처럼 닮은 그들은 둘 다 일흔여섯 살이었다. 비쩍 마른 몸
은 가벼웠고, 곱슬머리는 하얗게 셌으며, 흑갈색이던 안색
은 누렇게 변했고, 눈 주위는 퀭했다.

  젊은 시절 그들은 죽어라 일만 했다. 그들의 아버지, 우크
라이나 유대인의 우상이자 모델인 그 유명한 시너 노인이
아직 엄청난 부를 쌓지 못했을 때 그들은 태어났다. 그들은
일찌감치 힘든 노동을 하도록 키워진 맏이들이었다. 어린
동생들은 관대함과 너그러움 속에 성장했겠지만, 맏이였던
그들은 시너 가족이 타락하기 전에, 지나친 안전과 사치로
말랑말랑해지기 전에 젊은 시절을 보냈다. 그들은 삶에서
권리가 아니라 의무만 알아야 하는 황태자들이었다. 그들
은 얼마 안 되는 밑천을 가지고 러시아를 떠났다. 그들의 아
버지가 번 돈은 끊임없이 투기되고, 위험에 놓였으며, 엄청
난 행운과 극도의 위험이 공존하는 도박판에서 굴려졌으므
로. 그들은 만일 실패하더라도 기댈 사람이 없다는 사실을
그들의 아버지만큼이나 잘 알고 있었다. 물론, 우크라이나
로 돌아가면 의식주는 해결될 테지만, 늙은 시너가 죽지 않
고 버티고 있어서 집안의 사업에 실질적으로 끼어들 가능

성은 조금도 없었다.

　하지만 그들은 유럽에서 성공을 거두었다. 그들은 작은 은행을 설립했다. 그 은행은 처음에는 아버지가 머나먼 곳에서 경영하는 어마어마하게 큰 기업들의 출장소에 불과했지만, 점점 커져서…. 아! 그들은 우쭐거릴 자격이 있었다! 그 작은 은행을 왕들이 돈을 구걸하러 오는 굴지의 은행으로 키워냈으니까. 은행은 그들의 끈기 있는 노력 덕분에 성장했고 번영했다. 이제 은행은 사람의 몸처럼 저절로 돌아갔다. 늙은 형제가 매일 출근해 두 시에서 네 시까지 행장실을 지키는 건 이제 벽에 걸린 아버지와 조상의 전신 초상화가 그렇듯 은행이 벌이는 사업에 아무런 의미도, 실질적인 중요성도 없었다. 그래도 그들의 가까운 협력자들은 그들을 경배했다. 아주 오래 묵어 먼지와 거미줄로 뒤덮인 포도주처럼 그들의 존재는 경외심을 불러일으켰다. 세월에 오랫동안 익고 익어 결국 쉬어터지게 변질되었다는 것을, 향을 모두 잃고 버리기 딱 좋은 상태가 되었다는 걸 알아차리려면 병마개를 따고, 봉랍(封蠟)을 제거하고, 술을 잔에 따라서 입으로 가져가야만 한다.

　그들도 짐작하고 있을까? 해리는 혼자 자주 그 질문을 자신에게 던졌다. 발을 들여놓을 때마다 늘 께름칙한 기분이 드는 그 지하 분묘 같은 식당에서, 귀한 그림들을 얼마나 다닥다닥 걸어놓았는지 벽지의 호화로운 진홍색이 군데군데

겨우 보이는 어마어마하게 큰 방에서, 해리는 금색과 진홍색 실로 짠 가운을 걸치고 야만족의 우상처럼 마주 앉아 거무튀튀한 손가락으로 잔을 쥔 채, 똑같은 동작으로, 노화와 경련, 불면에 시달리면서도 튀르키예 커피를 마시는 그들을 발견했다. 실질적인 권력이 손가락 사이로 빠져나가고 있다는 걸 그들도 눈치채고 있을까? 자신들이 아첨꾼과 하인들만 드나드는 은둔처에 틀어박혀 있다는 것도? 바깥 세상과의 접촉을 조금씩 잃어가고 있다는 것도? 마치 세상이 1914년 이전과 똑같고, 문제들도 대동소이한 것처럼 살아가고 있다는 것도? 그들은 계속 그들의 무기력을 지혜로, 권태를 신중으로, 상상력 결핍을 경험으로 착각하고 있는 걸까? 그랬다, 해리는 그들에게 상상력이 부족하다고 확고하게 믿고 있었다. 아마도 해리가 어린 시절부터 그들을 보고 자란 탓에 그들의 태연한 태도 속에 시녀 집안사람이라면 누구나 어느 정도 시달리게 되는 그 탐욕스러운 영혼의 불이 숨어 있다는 걸 알아차리지 못했기 때문이었을 것이다. 여기서 두 세대 사이의 오해는 극단으로 치달았다. 해리가 보기에, 삼촌들에게는 인간적인 면모가 전혀 남아 있지 않았다. 반면에 삼촌들이 보기에, 해리는 그들의 자리를 차지하기 위해서라면 무슨 일이 있어도 물러서지 않을 동양적인 의미의 후계자였다. 적어도 두 노인은 그렇게 생각했다. 저 녀석이 초연한 척, 무관심한 척하는 건 아닐까? 그렇

다면 그것은 그들을 더 잘 속이기 위함일 테지. 그래서 집안
의 사업에 대해 일종의 냉소적인 혐오감을 내비치는 걸까?
그렇게 해서 그들을 안심시키려는 걸까? 하지만 그들에게
는 권력을 손에 단단히 그러쥐고 있을 힘이 충분히 있었다.
그러니 기다리기를! 끈기 있게 기다리기를! 그들 역시 아버
지가 돌아가시기만을 기다렸으니. 기다린 끝에 쉰두 살이
되어서야 비로소 자신이 가진 부의 절대적 주인이 될 수 있
었으니. 그들이 해리를 절대 용서하지 못하는 이유는 바로
그것이었다. 해리는 어릴 적에 이미 할아버지로부터 자기
몫의 유산을 물려받았다. 그런데 다행스럽게도 그들이 해
리의 후견인이 되어 그 모든 걸 다시 손에 쥐었다. 훗날 맡
아서 관리하던 재산을 되돌려줄 때, 그들이 공을 들이고 온
갖 수완을 부려 불려놓은 돈을 가질 권리가 그들에게 있다
는 것을 부인할 미친 인간이 어디 있겠는가? 게다가 은행은
또 어떤가. 은행은 언젠가 해리의 몫이 될 터였다. 하지만
그때까지 그들은 도무지 알 수 없는 비밀로 자신을 감쌌다.
그들은 조심스럽게 첩자와 심복, 자신의 사람들을 풀어 될
수 있으면 해리가 사업에 관여하지 못하게 만들었다. 늙은
종이 우상에 불과할지라도 광기에 빠졌다거나 신성을 모독
했다는 비난을 받지 않는 이상 연약하면서도 위협적인 그
들의 늙은 손을 건드릴 수는 없었다. 그들의 나약함이야말
로 진정한 위협이었다. 화려한 가운을 걸친, 죽은 나비를 떠

올리게 하는 말라비틀어진 늙은이들과 어떻게 싸울 수 있 겠는가?

해리는 그들의 생각과는 달리 그들에게 혐오감을 품고 있지는 않았다. 그는 그들이 아주 독특하다고 생각했고, 그 들을 대할 때면 짜증이 나는 동시에 안쓰러운 마음이 들었 다. 그들은 추위를 많이 타는 늙은이의 몸짓으로 그를 향해 손끝을 내밀었다. 이삭은 그에게 앉으라며 의자를 가리켰 고, 솔로몬은 하인에게 살짝 벌어져 햇빛이 들어오는 커튼 주름을 가리켰다. 하인이 커튼을 여미자, 포도주나 장미 색 처럼 붉고 풍부하고 부드러운 그늘이 방 안에 번졌다. 하인 이 소리 없이 들어오더니, 주인들이 세월에 탁해진 피를 정 화하기 위해 조찬 삼아 먹는 과일이 수북이 담긴 쟁반을 내 려놓았다. 이삭은 올림포스의 신처럼 평온하게 앉아, 몇몇 값비싼 새들이 긴 부리로 먹이를 받아먹듯, 시중꾼이 내미 는 금박 입혀 얼린 포도를 아주 오래된 긴 가위 끝으로 집어 먹었다. 솔로몬은 더 민첩했다. 그에게 삶은 여전히 조바심 과 불신의 몸짓으로 드러나곤 했다. 그는 하인의 움직임을 눈으로 좇고, 눈썹을 찡그리며 포도 두 알에 작고 불그스름 한 얼룩이 묻었다고 질책했다. 그가 밀어낸 접시는 즉시 다 른 접시, 탐스러운 딸기들이 담긴 밝은 녹색 자기 그릇으로 대체되었다. 그릇 하나하나가 값비싸고 희귀한 것이었다.

'가여운 늙은 새들….' 해리는 생각했다.

해리는 과일과 커피를 사양했다. 그래도 삼촌들이 식사를 끝낼 때까지 끈기 있게 기다렸다. 그들이 변덕스러운 식욕을 채우기 전에는 무슨 말을 해도 귀를 기울이지 않으리라는 것을 알고 있었으니까. 솔로몬은 이제 설탕 묻힌 딸기를 아주 천천히 먹고 있었다. 형제는 다르게 생긴 코 덕분에 구별되었다. 솔로몬의 코는 콧대가 아주 가늘고, 두 곳이 부러진 것 같이 휘었으며, 뾰족한 끝이 윗입술에 거의 닿았지만, 이삭의 코는 이국적인 과일처럼 무겁게 늘어졌다. 둘 다 페르시아 세밀화에 묘사된 젊은 남자들처럼 눈이 크고 날카로웠다. 그런 상황을 충분히 겪어본 해리가 최선을 다해 감추기는 했지만, 그들은 해리가 안달이 나 있다는 걸 짐작하는 듯했다. 그래서인지 그들은 마치 종교의식 같은 식사를 가능한 한 오래 끌었다. 마침내, 솔로몬이 녹색 한랭사 냅킨으로 손을 닦았고, 이삭이 손짓하자 비서들이 추리고 개봉해 마치 토스트처럼 금쟁반 위에 작은 더미로 쌓아놓은 편지 몇 통을 하인이 들고 왔다.

그것이 마지막 의식이었다. 이삭이 한 손으로 눈썹 높이에 봉투칼을 든 채 편지들을 건성으로 훑어보고는 별것 없다는 듯 한숨을 쉬며 쟁반 위에 툭 던져버렸다. 사업의 사활이 걸린 중요한 내용은 이미 발췌 보고서를 받아서 알고 있었으니까. 솔로몬은 조간신문들을 건성으로 읽고 있었다.

사방이 닫힌 그 식당에서, 붉게 물든 어둠 속에서, 과일

향기와 삼촌들 주변을 떠도는 것 같은 향신료와 생강의 희미한 냄새를 맡으며, 해리는 묘한 마비 상태에 빠져들지 않기 위해 싸워야 했다. 늘 그랬다. 두 노인의 존재는 흡사 마취제 같았다. 그들의 느린 움직임이, 그들의 규칙적인 말이 마법처럼 그를 홀렸다. 그들은 이렇게 말하는 것 같았다. '우린 이제 많이 늙었어. 그래서 아주 현명하지. 그런데 너 같은 애송이가 우리에게 뭘 가르칠 수 있다고 생각하니? 우린 세상의 시작을 봤고, 그 끝도 볼 거야.'

해리가 원했던 것보다 더 빨리, 더 신경질적으로 말하기 시작했다.

"삼촌(그는 늘 본능적으로 아직 인간적인 면모가 약간이라도 남아 있는 솔로몬에게 말을 걸었다), 최근 몇 년 동안 여러 정부에 해주던 대출 목록에 두 나라를 더 추가하셨다던데, 맞나요?"

두 노인 중 아무도 대답하지 않았다. 솔로몬이 읽고 있던 「르 피가로」를 한없이 느리게 접고는 빈 접시 위에 내려놓았다. 꼭꼭 닫힌 방 안에 어떻게 들어왔는지 벌 한 마리가 딸기 향기에 취해 붕붕거리며 날아다녔다. 이삭이 손에 쥐고 있던 봉투칼을 신경질적으로 흔들어 벌을 쫓았다.

"테라스의 꽃들에 이끌려 몰려드는 거야. 넌 절대 믿지 않겠지만, 어제 내 침실에서, 침대 근처에서 모기가 윙윙거리는 소리를 분명히 들었다니까…. 5월 초에! 그것도 파리에서…"

솔로몬이 조카를 돌아보았다.

"젊고 민첩한 네가 좀 쫓아주겠니?" 조롱과 우수가 묻어나는 말투로 그가 말했다. 그가 조카에게 말을 걸 때는 늘 그랬다. 마치 한마디 할 때마다 이렇게 생각하는 것처럼. '젊은 양반, 당신 생각에는 우리가 이젠 불에 던져버리기에 딱 좋은 쓰레기들 같지…? 좋아! 그럼 장작을 준비하고 불을 피워. 하지만 우리가 아직 생생하게 버티는 걸 보고 놀라진 말아!'

해리가 무뚝뚝하게 말했다.

"그냥 놔두세요. 건드리지만 않으면, 쏘이지 않을 테니까요. 아직 제 질문에 대답하지 않으셨어요." 그가 잠시 입을 다물고 있다가 말했다.

"우리 친애하는 조카께서 뭐라고 하셨더라? 내가 잘 못 들었거든. 용서해주렴."

해리가 일어나 방 안을 돌아다니기 시작했고, 두 삼촌은 의심 가득한 눈길로 그를 쫓았다.

"은행의 최근 활동이 불안해요. 얼마 전부터 투기적으로 변했어요. 수익 규모가 걱정스럽고 아슬아슬해 보여요."

"언제부터 젊은 후계자가 자신이 물려받을 오래된 은행이 현대적인 여건에 맞춰 부가 있는 곳에 부를 찾으러 가는 걸 보고 불평을 늘어놓게 됐지?"

 "저한테 우리가 이런저런 형태로 출자를 한 나라 목록이 있는데, 지나치게 많아요. 유럽과 동방, 특히 동방의 모든 나라가 들어 있어요. 저를 불안하게 하는 게 바로 그거예요."

 "우리가 거기서 얼마나 큰 이권을 거둘 수 있는지, 그 목록도 어림해봤니?" 이삭이 부드럽게 말했다. "우린 극도로 중요한 기관들을 흡수했어. 우리가 지지한 정부들이 그 대가로 우리에게 탄탄하고 상당한 부를 양도했단다…. 우리에게 맡겨두어라, 해리. 지금까지 넌 우리가 은행을 경영하는 방식에 대해 한 번도 불만을 표출하지 않았잖니."

 "삼촌들에게 불만이 있는 건 아니에요. 하지만 삼촌들은 이 년 전부터 어디서 나왔는지 모를 사기꾼 같은 작자를 전적으로 신뢰하고 계세요. 그 모든 해외 투자, 그 모든 술수에 깔린 건 분명 우리의 경영 이념이 아니에요…."

 "도대체 누구 얘길 하는 거니?" 솔로몬이 물었다. "네가 우리 집안의 경영 이념을 말하는 거라면, 네 사촌보다 더 적합한 사람이 없단다. 해리, 이렇게 말해서 미안하다만, 네 할아버지가 살아 돌아오신다면 네가 아니라 그에게서 젊었을 적의 자기 자신을 보실 게다."

 "하지만 우린 지금까지 살아남고 번영하기 위해 아무도 필요치 않았어요."

 "그랬지. 우리 은행의 경영과 활동은 네가 생각하는 만큼 변하지 않았단다, 해리. 네가 태어나지 않았을 때부터 우리는 왕들에게 막대한 자금을 빌려줬어."

"하지만 이런 식은 아니었죠." 해리가 짜증이 난 듯 고개를 저으며 말했다. "절 어린애 다루듯 하지 마세요. 제가 무슨 말을 하는지 아니까요. 이 년 전부터 우리는 금, 철, 무기, 백금을 가리지 않고 사방에서 동시에 사업을 벌이고 있어요. 물론 옛날 아래 구역의 거간꾼들도 이런 식으로 스미르나의 건포도와 투르키스탄의 비단을 가리지 않고 사고팔기는 했죠. 하지만 그 정신 나간 사업들을 언젠가는 저 혼자 어깨에 짊어져야 할 거예요!"

"네 어깨가 좁기는 하지." 이삭이 말했다. "하지만 우리는 앞으로 몇 년 더 살기를 희망하고, 우리 집안의 후계자가 우리의 뒤를 이을 수 있는 모습을 보여줄 때가 되어서야 물러날 생각이니 걱정하지 말아라."

해리는 생각했다. '저들이 저렇게 과장되게 말하면서 속으로 낄낄대고 있는지, 아니면 어린애에게 희귀한 꽃을 골라주는 수고를 하지 않고 가장 흔하고 따기 쉬운 꽃을 안겨주듯이 날 업신여겨서 그러는지, 그것도 아니면 저것이 저들의 진심인지 정말 궁금하군. 하지만 명심해야 할 건 사업의 핵심에 파고들어 저들을, 그리고 나 자신을 구하려면 저들의 늙은 몸을 질식시켜야 한다는 점이야. 그런데 내 사촌 벤은 그런 극단적인 조치들 앞에서도 물러서지 않을 거고,

난 그런 조치들을 내리기에는 너무 문명화되어 있어.'

"보아하니, 들라르셰 집안이 우리에게 신경을 많이 쓰고 있더구나." 솔로몬이 지적했다. "네 장인이 일전에 나에게 지금 너와 거의 같은 말을 했거든."

"뭐라고 대답하셨어요?"

솔로몬은 빙긋이 웃었다. 입술 위를 떠도는 그 웃음은 연못의 검은 물 위에 잡히는 가벼운 주름처럼 잠시 나타났다가 사라졌다.

"대답한들 무슨 소용이 있겠니?"

해리는 늙은 들라르셰와 마주한 그를 아주 쉽게 상상할 수 있었다. 나타났다가 순식간에 사라지는 그의 웃음과 너무 밝은 빛으로부터 보호하려는 것처럼 손을 들어 눈을 가리는 그의 동작이 눈앞에 선하게 그려졌다.

"삼촌이 주변에 풍기는 그 비밀스러운 분위기 탓에 많은 사람이 삼촌을 싫어해요."

솔로몬이 몸을 곤추세웠다. 자부심과 빈정거림을 담은 표정이 스치며 그의 얼굴이 잠깐 젊어 보였다.

"그런다고 내가 겁먹을 것 같으냐? 가엾은 녀석! 여태까지 내가 증오 말고 다른 걸 본 적이 있는 것 같아? 증오는 내 삶을 이루는 요소야. 물고기가 물을 무서워할까?"

"제가 보기에 삼촌들은 다른 사람을 내세워 한때 두 분의 가슴을 설레게 한 짜릿한 감정들을 다시 맛보고 계시는 것 같아요…." 해리가 불쑥 말했다.

하지만 그들은 대답하지 않았다. 속내를 들키는 걸 좋아하지 않았으니까.

햇빛이 구름에 가렸다. 호화롭고 질식할 듯한 방이 순식간에 어두워졌다. 커피 주전자에 반사되던 은빛 섬광들도 사라졌다. 늙은 솔로몬이 신호를 보내자, 하인이 다가와 그를 부축해 일으켰다. 아롱거리는 두 노인의 가운이 하나씩 사라졌다. 해리는 홀로 남았다.

26

"우리, 헤어지는 게 낫겠어." 로랑스가 말했다.

그해 봄, 일요일마다 닫힌 문 뒤에서 말다툼이 이어졌다. 고함도, 눈물도, 서로를 이해할 일말의 희망도 없는, 부부의 말다툼 중 가장 슬픈 것이었다. 귀를 쫑긋 세우고 있는 하인 들에게도 들리는 거라고는 수군거림과 간혹 이렇게 반복해 말하는 로랑스의 침울하고 떨리는 목소리뿐이었다.

"이렇게는 못 살겠어. 헤어지는 게 낫겠어."

몇 달 전 로랑스가 사냥개가 자고새 냄새를 맡듯 멀리서 도 불륜의 냄새를 기막히게 맡는 언니들을 통해 해리가 그 '여자'와 계속 관계를 맺고 있다는 사실을 알게 되었을 때, 그들은 그렇게, 언성을 높이지 않기로 합의했다. 하지만 당시에는 그녀도 울음을 터뜨리며 남편에게 온갖 질책을 쏟아냈다. 해리도 적극적으로 자신을 방어했고, 묵은 불만들을 다시 꺼내놓았다. 결국 부부의 말다툼은 방금 말한 것처럼 심각하지만 매번 회복되어 치명적이지는 않은 게 되어버렸다. 아닌 게 아니라, 다음날에는 늘 어정쩡한 화해가 이루어졌으니까. 하지만 스스로 나았다고 믿어도 몸속에 죽음의 씨앗을 여전히 지니고 있는 병자처럼, 부부 사이에는 그들이 함께 보내는 모든 시간을 서서히 악몽으로 만드는 불신과 불편이 남아 있었다.

그 전날, 로랑스는 해리에게 유람선에 초대를 받았다며 같이 가겠느냐고 물었다. 해리는 '아니'라고 대답했다.

아다 문제를 놓고 첫 부부싸움을 벌인 이후로 그들은 두 번 다시 그 문제를 입에 올리지 않았다. 해리는 아내가 그와 아다가 헤어지는 걸 보고야 말겠다는 희망을 버리지 않았다는 것을 깨달았다.

해리는 로랑스가 품고 있는 희망이 얼마나 강렬한지 알지 못했다! 그것은 빗장 걸린 문을 주먹으로 마구 두드려서 자기 손을 다치고 마는 아다의 희망과는 달랐다. 그 힘은 레이스를 끈질기게 수선하는, 그 레이스가 다른 사람의 눈에는 누더기로 보일지라도 결코 용기를 잃지 않는 시골 조상 할머니들에게서 물려받은 것이었다. 그 할머니들은 일 재간과 며칠 밤을 새울 끈기만 있으면 모든 것이 고쳐지고 닦여서 새것처럼 보인다는 것을, 하지만 시간과 수고를 아끼지 말아야 한다는 것을 알고 있었다. 그녀는 해리와 아다의 관계가 얼마 안 가 끊기거나 무관심 속에서 흐지부지되리라고 생각했다. 하지만 진실은, 그녀가 혼자 씁쓸하게 되뇌었듯 아다가 자신의 자리를 차지해버렸다는 것이었다. 그녀를 절망에 빠뜨린 건 아다가 해리의 정부(情婦)가 아니라 친구라는 사실이었다. 집으로 돌아온 해리는 열정이 고갈되어 부부생활의 부드러움, 무미건조함을 되찾으려는 남자가 아니라(그랬다면 그녀도 용서했을 것이다. 어머니가 바람난 아버지를 집으로 맞아들이는 걸 그녀도 보지 않았던가?), 마치 폭풍우가 몰아치는 바다와 맞서기 위해 평화로운 항구를 떠나온 사람처럼 굴었다. 그녀는 그런 그를 도무지 이해할 수 없었다. 첫 번째이자 유일한 부부싸움 이후로 두 번다시 언성을 높이지 않으려고, 버림받았다고 한탄하지 않으려고, 다짐과 약속을 요구하지 않으려고 얼마나 애썼던가? 하지만 해리는 자신이 곁에 있으면 혹시 또 무슨 말이 나올까 봐, 상처를 입게 될까 봐 늘 두려워하는 것 같았다. 아다를 만나고 올 때까지만 해도 맑고 창백했던 그의 얼굴이 집으로 돌아와 몇 분만 지나면 다시 어둡고 지친 표정으로 변하곤 했다.

　로랑스에게 구원은 자신의 승리를 굳게 믿는 것이었겠지만, 그것은 불가능했다.

바로 그날 일어난, 해리의 외도와는 아무런 상관이 없는 작은 사건이 갑자기 그 길고, 끈질기고, 헛된 노력에 마침표를 찍고 말았다. 그들 부부는 매달 첫 목요일에는 아이를 늙은 시녀 부인의 집으로 보내 지내게 했다. 엄마와 며느리로서 자신의 의무를 다하고 싶었던 로랑스는 가끔 직접 아이를 데리러 갔다. 그날 시가로 들어서던 그녀는 사색이 된 시어머니를 발견했다. 아이가 넘어져 무릎에서 피가 나고 있었다. 아이를 맡은 스위스인 유모는 겁에 질린 할머니가 가져다준 온갖 소독제, 가루약, 연고를 웬 호들갑이냐는 듯 거부하고 상처 부위를 약간의 맑은 물로 씻어주기만 했다. 어린 아들은 결국 지레 겁을 집어먹고 일종의 신경 발작을 일으키며 바닥에서 뒹굴었다.

로랑스가 유모에게 말했다.

"얼굴과 손을 씻기고 집으로 데려가요. 별것도 아닌 일로 징징거린 벌로 오늘 저녁에는 후식을 주지 마세요."

유모가 아이를 데리고 나가자, 둘만 남은 시어머니와 며느리는 아무 말 없이 서로를 노려보았다. 마침내 로랑스가 냉랭한 말투로 말했다.

"작은 일로 법석을 떠는 아이의 성향을 부추기지 않으셨으면 좋겠어요, 어머니. 너무 감싸면 버릇만 나빠져요."

'어미라는 게… 못된 것! 아! 내 손자를 너에게서 빼앗고 널 두 번 다시 보지 않을 수만 있다면!' 시녀 부인은 화가 나

서 온몸을 부들부들 떨며, 로랑스를 날카롭게 쏘아보며 생
각했다.

하지만 겉으로는, 부드럽긴 해도 로랑스의 속을 뒤집어
놓는 어조로 이렇게만 말했다.

"그렇게 엄하게 키우기에는 아직 너무 어리지 않니?"

"전 그렇게 생각하지 않아요." 로랑스가 차갑게 대답했다.

"그 애 아비는 그 나이 때…."

"어머님 나라, 어머님 조상의 관습대로 키우셨죠. 하지
만…."

하얗게 분을 발라 안 그래도 검은 눈이 더 검어 보이는 시
녀 부인의 긴 얼굴이 분노로 일그러졌다.

"부디 행복하라고 그렇게 키웠는데, 그 아이는 행복을 찾
지 못했지!"

"그래요. 하지만 저는…." 로랑스가 차분하게 말을 이었
다. "…저는 제 아들을 힘든 일도 견뎌내고, 자신을 희생하
기도 하고, 자신의 몸과 마음을 다스릴 수 있는 아이로 키우
고 싶어요. 이해하시겠어요?"

'그래, 말이야 쉽지. 아무것도, 아무도 자식을 해하지 못
하리라는 걸 뻔히 알 때, 자식들을 그렇게 키우겠다고 마음
먹는 거야 누가 못 해. 하지만 나는… 어쨌거나 나로서는 내
자식을 지켜야 했어. 과거에도 나와 같은 피를 가진 수많은
어미들이 세상 무슨 일이 있어도 자식들을 학대와 굶주림,

부당한 증오와 전염병, 그리고 가난으로부터 지켰어…. 그게 뼛속 깊이 각인되어 있어서 호들갑이 아니라 두려움에 떠는 거야, 영원히. 그런데 이 외국 여자가, 팔자 좋게 태어난 이 프랑스 여자가 날 어떻게 이해하겠어?' 시녀 부인은 속으로 생각했다.

이상한 무력감이 로랑스를 사로잡았다. 나중에 다시 생각해봐도 결코 이해할 수 없었다. 자신이 왜 세상 누구보다 싫은 그 여자에게 그때까지 친정어머니에게도 털어놓지 않았던 속내를 불쑥 꺼내놓았는지 로랑스도 알 수 없었다.

"어머니, 제가 이런 말씀을 드리면 어머님이 속상해하실지, 아니면 저를 한 번도 마음에 들어하신 적이 없는 만큼 쾌재를 부르실지 모르겠지만, 전 해리와 헤어지고 싶어요."

시녀 부인이 깜짝 놀라는 시늉을 했다. 그 시늉이 너무나 연극적이고 가식적이어서, 놀라는 척한다는 게 뻔히 보여서 로랑스가 핏기 가신 얼굴로 물었다.

"안 놀라시네요? 이미 알고 계셨어요? 그이가 뭐라고 하던가요?"

시녀 부인이 이번에는 진심으로 항변했다.

"아니다, 아냐, 맹세코 아냐! 만약 그랬다면, 내가 이 자리에서 천벌을 받을 거야! 내 말이 거짓이면, 두 번 다시 내 아들을 못 보는 벌을 받아도…."

"알고 계셨군요, 아니에요?"

"그래, 알고 있었다." 시너 부인이 이렇게 시인하고는 목소리를 낮춰 덧붙였다. "이해 못 하겠니? 걘 내 아들이야…. 그 아이가 나한테 뭘 감출 수 있겠니? 입을 안 열어도 표정이 말을 하는걸."

"그럼, 그이가… 그 여자와… 그것도 알고 계시겠군요."

"그래, 알아…."

"마음이 흡족하신가요. 그이가 마침내 같은 유대인인 여자와 지내는 걸 보게 되었으니." 로랑스가 소리쳤다.

"흡족하다고? 내가?"

시너 부인은 확실히 진심이었다. 그녀는 화가 나서 부들부들 떨었다.

"아래 구역의 비천한 아이인데! 그건 일어날 수 있는 모든 일 중에 최악이야! 내가 평생 두려워했던 일이고! 헛되게도, 난 그 아이를 그 가난에서, 불행에서, 저주에서 구하고 싶었어…! 그런데 지금, 그 아이가 그들 틈에 다시 떨어진 거야…."

"그들이라뇨?"

"그 사람들… 그 협잡꾼들. 그들은 불행을 가져오지만, 우리는 그들에게서 벗어날 수가 없어. 그들은 우리를 그들과 함께 끌고 가."

해리에게 헤어지자고 말했을 때, 로랑스는 이 말을 떠올렸다. 더 싸워봤자 아무 소용도 없다는 사실이 시어머니와의 만남으로 명백해졌다. 해리가 그 여자에게 이끌린 것은 정념이나 집안 때문이 아니라, 그녀로서는 어쩔 수도 알 수도 없는 피의 부름 때문이었다. 남편을 되찾기 위한 노력도 결국 허사가 될 터였다. 그는 법적으로나 종교적으로는 그녀의 남편이었지만, 실제로는 불변의 운명으로 이어진 다른 여자의 남편이었다.

로랑스는 생각했다.

'나로서는 할 수 있는 게 아무것도 없어.'

그래서 그녀는 말했다.

"우리, 헤어지는 게 낫겠어."

하인들은 두 겹으로 걸어 잠근 문과 두꺼운 벽걸이 천에 가려 아무 말도 듣지 못했다. 하지만 갑자기 다시 깔리는 탁하고 음산한 침묵을 통해 이별이 결정되었다는 걸 느꼈다. 그들은 아무 말 없이 물러갔다.

27

벤이 떠났지만 아다의 삶에서 외적으로 달라진 건 아무 것도 없었다. 아다는 해리에게 골방처럼 보인 그 거처를 떠나길 완강히 거부했다. 해리의 돈도 한사코 마다했다.

아다는 그림 몇 점을 팔았고, 신문에 풍자화를 그리기도 했다. 그녀의 이름을 둘러싸고 호기심 어린 움직임이 일었지만, 그녀는 속물, 호사가(好事家), 전문적인 열성 팬, 새로운 재능을 찾아다니는 투기꾼들을 계속 따돌렸다. 아다는 상류사회에 진출하거나, 인맥을 쌓고 돈을 벌기 위해 해리와의 관계를 이용하는 것은 비열한 짓이라고 여겼다. 사실, 그녀는 완전한 고독 속에서만 편안함을 느끼는 소심한 아이 같았고, 영원히 그렇게 남을 터였다. 로랑스의 말이 맞았

다. 아다는 여자가 아니었다. 그녀는 여성의 결점도 미덕도
전혀 갖고 있지 않았다. 자신의 초라한 방을 화사하게 꾸밀
줄도 몰랐고, 주변에 사랑스럽고 평화로운 분위기를 조성
하지도 못했다. 오히려 아다 주변의 공기는 알 수 없는 어떤
열기를 품고 있는 것 같았다. 이상하게도, 해리가 그녀에게
집착하는 건 바로 그 때문이었다. 아다는 그때까지 그의 삶
에 결핍되어 있었던, 그 자신도 깨닫지 못했지만 그에게 꼭
필요한 자양분을 선사했다. 그것은 어떤 처절함, 자잘한 기
쁨 하나하나에 가치를 부여하고, 낙담과 슬픔속에서도 씁
쓸한 삶의 기쁨을 끌어내는 내적인 열정이었다.

해리는 아다의 금욕적인 태도와 외부 세계에 대한 경멸
에 탄복했다. 그것은 지금껏 그가 경험한 세계와는 너무도
달랐다. 자기 집안사람들의 혈관을 흐르는 그 끈적끈적하
고 풍부한 피, 그때까지 그는 주변에서 그것을 거의 알아보
지 못했다. 같은 피였지만, 아다의 피는 아직 길들지 않은
야생동물처럼 민첩하고 유동적이었다.

아다도 벤처럼 못 먹고 못 자도 잘 지낼 수 있었다. 로랑
스가 좋아하는 사교계의 교제도, 아름다운 치장도, 완벽한
장식도 전혀 필요로 하지 않았다.

"넌 마치 무인도에서 사는 사람 같아." 해리가 말했다.

"언젠가 잃게 되어 있는 것에 뭐 하러 집착하겠어?"

"왜 언젠가는 잃게 되어 있지, 아다?"

"나도 모르겠어. 그건 우리의 운명이야. 난 늘 모든 걸 빼앗겨."

"그럼 나는? 나는? 그래도 나는 사랑하지? 날 소중히 여기는 거지?"

"그래, 넌 달라. 난 너를 보지도 못하고, 거의 알지도 못한 채 살아왔어. 그래도 넌 언제나 지금처럼 내 것이었어. 불행이 닥칠까 봐 끊임없이 불안해하지만, 그래도 널 잃을까 봐 두렵진 않아. 네가 날 잊을 수도, 버릴 수도, 떠날 수도 있겠지. 그래도 넌 언제나 나의 것, 오로지 나만의 것일 거야. 난 널 발명했어, 내 사랑. 넌 내 연인 이상이야. 넌 내 창조물이야. 그래서 넌 어쩔 수 없이 나에게 속해."

그들은 아다의 방, 작은 회색 아마포 소파에 누워 있었다. 식탁 위에는 아다가 막 화폭에 담은 과일들이 싸구려 도기 그릇에 담겨 있었다. 감방처럼 장식이 거의 없는 그 간소한 방에서 해리가 가져다놓은 값비싼 양장본 책이며 은색 줄무늬가 있는 영국산 여행용 갈색 담요, 담뱃갑 크기의 미국제 라디오, 해리가 날마다 보내지만 볼품없는 유리그릇 말고는 꽂을 데가 없는 멋진 꽃들만이 딴 세상에서 뚝 떨어진 것 같았다. 나머지는 늘 똑같았다. 흰 나무 탁자, 부러진 의자, 예전에 러시아에서 유럽으로 건너올 때 들고 온 벤의 낡은 트렁크…. 장식용 경첩이 달린 아치형 뚜껑을 열면 트렁크 내부에 아다와 벤이 어릴 적에 붙였던 꽃, 나비, 새 모양의 종잇조각이 그대로 붙어 있었다.

아다는 담요로 몸을 감고 맨팔에 뺨을 올려놓은 채 쉬고 있었다. 두 사람은 아주 작은 목소리로 대화를 나누었다. 방은 추웠지만, 두툼한 담요와 서로의 몸이 맞닿은 온기가 평화로운 고요함 속에서 무엇과도 비교할 수 없는 부드러운 따뜻함을 만들어냈다고 해리는 생각했다. 그들은 썰매를 타고 얼음처럼 차가운 공기 속을 달리던 어린 시절을 떠올렸다. 그때도 모피 속에서 안전함과 나른함을 느꼈고 따뜻함이 마음까지 전해졌다면서.

해리가 말했다.

"우리가 단둘이 여행하게 되면…."

아다가 그의 말을 끊었다.

"단둘이…? 하지만… 우리가 그럴 수 있을까?"

"그러고 싶어?"

까만 두 눈이 빛을 발했고, 아다의 뺨이 붉게 달아올랐다.

"아니, 아니, 그건 불가능해…! 아! 그토록 꿈꿨으면서, 난 왜 네가 결혼하기 전에 네 집으로 찾아가지 않았을까? 난 네 마음에 들 수도 있었을 거야… 그랬으면 네가 날 따라왔을 테고…. 아냐, 아냐, 그것조차 이젠 너무 늦었어! 넌 왜 그냥 벤과 비슷하게, 우리와 비슷하게 남지 않았어? 넌 왜 하필 부자로 태어났어? 넌 왜 가구, 그림, 책, 은행 계좌, 다른 수많은 사슬에 묶여 있어?" 아다가 잠시 입을 다물고 있다가 말을 이었다. "나도 이제 변했어. 이 나라에서 사람들이 들이쉬는 행복의 공기에 타락했어. 몇 년 더 지나면, 나도 이 세상에서 가능한 가장 큰 행복으로 부엌세간이나 드레스 옷장을 가지고 싶어할 거야…! 벌써 나는…."

"뭘 가지고 싶은데?"

아다는 대답 없이 웃기만 했다. 해리가 팔로 그녀의 목을 감았다.

"수줍어하기는, 바보! 넌 수줍음이 많고 야성적이야. 몸과 영혼 모두…."

아다가 머뭇거리며 말했다.

"있잖아, 봄이 온 지금은 그렇게 사무치지 않는데, 지난 겨울에는…. 유난히 밤이 일찍 찾아오는 계절이 있잖아…. 가끔, 아침 일찍 일어나 종일 일했는데 너와 만나기로 되어 있으면, 너한테 너무 멍하고 초췌한 모습을 보이지 않으려고 오후 네 시경에 여기 잠시 누워서 쉬었어…. 그런데 그때쯤 되면 아이들이 수업을 마치고 하교하지. 나는 비가 내리고 어둑어둑해지는데 발걸음을 재촉해 어린 딸을 데리러 가는 엄마들을 생각했어. 그러지 않을 수 없었어. 넌 모르겠지만, 그들처럼 하교하는 어린 딸을 데리러 갈 수만 있다면 난 무엇이든 바쳤을 거야…." 그녀가 불안한 목소리로 반복해 말했다. "넌 모르겠지만… 어릴 적에 너에 대한 내 사랑, 이렇게 너와 함께 하는 삶을 상상했던 것처럼, 난 지금 오후 네 시가 되면 마음이 바빠지는 나를, 간식으로 먹일 타르틴을, 비가 내리는 날에는 비옷을 챙기는 나를, 아이의 손을 잡고 집으로 돌아오는 나를 상상해. 하지만 그건 불가능할 거야. 하느님이 그런 삶을 위해 날 창조하신 게 아니니까. 나는 여성의 삶 바깥에서 살도록, 익히 알려진 여자들의 길 바깥에서 기쁨과 고통을 찾도록 창조되었어."

"아니야! 여태껏 넌 날 기다렸어. 이제 내가 너에게 왔으니, 네가 원하기만 하면 우리는 함께 다시 출발할 거야."

아다는 해리가 말하고자 하는 것을 이해했다. 그녀가 소스라치게 놀라며 물었다.

"그녀도 아는 거지, 그렇지?"

"오래됐어."

"아! 해리… 그녀가 헤어지재?"

"우리는 다툼도 눈물도 없이 헤어질 거야."

"네 아들은?"

"나에게서 아들을 빼앗고 싶지는 않대. 그러니 자주 볼 수 있겠지. 방학 동안에는 내가 데리고 있을 거야."

"이혼할 거야?"

"그래, 그러고 나서 너랑 결혼할 거야."

아다가 공포에 질린 표정을 지으며 말했다.

"너의 저녁 파티를 열고, 너의 손님들을 맞이하고, 다소곳이 앉아서 네 숙모들이 미술에 대해 떠들어대는 얘기를 경청하는 내가 상상이 가? 꽃들로 장식된 찻잔 받침처럼 생긴 그 작고 우스꽝스러운 모자를 쓴 내가 상상이 가?"

"싫으면, 안 써도 돼." 해리가 웃으며 말했다. "여성에게 억지로 모자를 쓰게 하는 법은 없으니까."

하지만 아다는 웃지 않았다. 그녀의 입술이 부들부들 떨렸고, 눈에 눈물이 고였다.

"난 무서워… 내가 널 끌고 갈까 봐 무서워…."

"그게 무슨 말이야?" 해리가 부드럽게 물었다.

아다가 두 손으로 얼굴을 가리며 말했다.

"꿈에서, 내가 네 집에 들어갔고, 넌 네 어머니와 숙모들과 함께 앉아 있었어. 그 여자들이 널 에워싼 채 지키고 있었지. 난 몰래 뒤로 돌아갔어. 그래서 아무도 날 보지 못했어. 난 너의 긴 머리카락을 잡았어. 네가 여자아이처럼 곱슬곱슬한 머리를 길게 기르고 있었거든…."

"그래, 민망하게도 그랬지. 그 끔찍한 기억을 되살리진 마." 해리가 웃으며 말했다.

"난 델릴라가 삼손에게 했듯 네 머리카락을 잡았어. 내가 너한테 '가자!'라고 했어. 그랬더니 네가 모든 걸 팽개치고 날 따라왔어. 그런데 너는 나를 따라 어디로 가는 거였을까? 나도 전혀 알 수가 없었어. 나는 행복에 떨며 꿈에서 깨어났어. 난 이제 알아! 난 너를 향해 올라가지 않았어. 난 널 끌어내렸어. 널 억지로 다시 나에게까지 떨어지게 했어!"

"아다, 나는 다른 사람들의 것이기 전에 너의 것이었어. 로랑스가 정확하게 봤어. 내가 로랑스 비슷한 여자와 바람을 피웠다면, 그녀는 날 용서했을 거야. 그래, 로랑스가 결코 용서하지 못하는 건 바로 너야. 우리와는 다른 누군가가 묶어놓은 것을 푸는 건 우리의 능력 밖이니까."

28

8월 말의 저녁, 아다는 혼자 있었다. 해리의 이혼 절차가 곧 시작될 예정이었다. 삶이 이런 식으로 변할 거라고, 그녀가 해리의 합법적인 아내가 될 거라고 믿는 건 거의 불가능했다. 하지만⋯ 그녀의 삶에서는 모든 일이 하늘에서 벼락이 치듯 일어나지 않았던가? 행복이든 불행이든. '하느님은 어떤 사람들에게는 안전하고 평화로운 길을 열어주지만, 다른 사람들은 매 순간 발아래에서 절벽이 열리지.' 아다는 생각했다. 어린 시절에 아버지가 했던 말과 그의 자조적이고 슬픈 목소리가 떠올랐다.

"하지만 주님께서는 자신이 무슨 일을 하는지 아신단다. 그래서 저주받은 사람들에게는 절벽 가장자리에서 그들을

구해줄 가볍고 민첩한 발을 주시지. 벼락이 떨어져도 그들
은 죽지 않아. 주님은 또한 그들에게 큰 행복을 주서, 전혀
예상하지 못한, 재앙만큼이나 무시무시한 행복을."

초인종이 울렸다. 해리일 리 없었다. 방금 집을 떠났으니
까. 그녀는 문을 열어주러 갔고, 벤을 보았다. 몇 년 전에 떠
났을 때와 똑같은 모습이었다. 일도, 피로도, 세월도 그를
바꿔놓을 수 없었다. 그는 늘 인간의 공통된 법칙과는 다
른 법칙을 따르는 듯 보였다. 한 번의 낙담이 그를 폭삭 늙
게 했지만, 한순간의 희망이 그에게 젊음을 돌려주었다. 그
는 비밀스럽고 가벼운 걸음으로, 유령처럼 조용하게 스르
르 방 안으로 미끄러져 들어왔다. '어쩜 예전이랑 저렇게 똑
같은지.' 아다는 생각했다. 아래 구역에서 원정을 다녀올 때
도, 밤에 몰래 강으로 낚시 다녀올 때도 딱 그 모습이었다.

그때처럼 아다는 그에게로 훌쩍 뛰어가 팔을 붙잡고 흔
들어대며 말했다.

"여긴 왜 왔어?"

"너한테 작별 인사하려고." 벤이 대답했다.

"떠나는 거야?"

"응."

"오늘 밤에?"

"응."

"무슨 짓을 했는데?"

벤이 방을 가로질러 침대에 걸터앉았다.

"누가 날 고소했어." 벤은 베개에 기대 잠시 눈을 감고 있었다.

"한 건만?"

"하하, 넌 늘 재치가 넘쳤어, 아다." 벤이 웃으며 말했다.

아다가 벤의 손을 잡으며 말했다.

"그럼 어서 가. 빨리 달아나지 않고 왜 꾸물대고 있어?"

"밤에는 아무도 체포 안 해. 경찰, 행정, 사법 같은 무거운 조직이 움직이기 시작할 때쯤이면 난 이미 멀리 있을 거야."

"대체 무슨 짓을 했는데?" 아다가 겁에 질린 말투로 반복해 물었다.

벤이 일어나서 방 안을 거닐며 수납장을 하나씩 열어봤다.

"뭐 찾아? 돈?"

벤은 대답하지 않았다.

"배고파?" 아다가 물었다.

"아니. 목말라. 목이 말라 죽겠어. 마실 것 좀 줘."

아다가 잔에 물을 따라주었다.

"포도주가 낫겠어, 아다."

"이미 취한 것 같은데!"

벤은 아다의 말을 듣지 않았다. 그는 결국 약간 남은 백포도주를 찾아내 물에 섞었다. 그리고 선 채로 조금씩 마셨다.

"가방은 없어?"

"응."

"늘 그랬듯 셔츠 석 장에 비옷 한 벌. 주머니에 여권을 찔러넣고 바람처럼 가볍게 떠날 준비가 되어 있겠지…" 아다가 웅얼거렸다.

벤이 거칠게 물었다.

"내가 변했길 바라? 너야말로 돈 많은 시녀의 정부(情婦)가 된 주제에!"

벤이 잠시 생각해본 후에 덧붙였다.

"떠나야 하는 게 나만은 아닐 거라는 거, 알아?"

"그게 무슨 말이야?"

"무슨 일이 벌어질지 전혀 예상하지 못한 채 지금 푹신한 프랑스 침대에서 자고 있을 누군가도 나처럼 쫄딱 망하고 싶지 않으면 내일 당장, 아니 오늘 밤 당장 나처럼 도망치는 게 상책이라는 얘기야."

"너, 미쳤니? 취한 거야?"

"난 미치지도 취하지도 않았어. 하지만 내 말이 무슨 뜻인지 너도 곧 알게 될 거야."

"너의 더러운 사업에, 네가 꾸민 그 수상쩍은, 그 빌어먹을 술수에 해리를 엮어 넣은 거야?" 아다가 소리쳤다.

"당연하지."

"해리를? 하지만 그건 불가능해! 너와 해리 사이에는 겹치는 게 전혀 없어!"

"그렇긴 하지. 하지만 나와 그의 삼촌들, 나와 그 집안 사이에는 그를 아주 불쾌하고 고통스럽게 할 많은 것들이 겹쳐져 있지."

"그게 뭔데? 그게 뭐냐고!"

"내일 신문에서 읽게 될 거야."

아다는 눈에 불을 뿜으며 벤에게 달려들었다.

"당장 말해! 말해, 이 저주받을 인간아!"

"오늘까지 비밀에 부쳐진 시너 집안의 파산이 내일 발표될 거야. 그러면 모든 통상적인 결과가 뒤따르겠지. 법적 절차, 스캔들, 분노한 군중…."

잠시도 가만히 있지 못하는 길고 민첩한 두 손이 허공에 긴 아라베스크를, 레이스 무늬만큼이나 기묘하고 복잡한 그물망을 그렸고, 벤은 웃음 띤 눈으로 그것을 좇았다.

"아무리 탁월하고 정교한 계획이라도 단 한 방에 무너질 수 있다는 거 알잖아. 한번 삐끗하면 와르르. 어쩌겠어? 예전에는 개인들만 파산했어. 우리는 채무상환 능력이 없는 정부들과 사업을 벌였지. 그런데 그 정부들이 하나씩 나자빠졌고, 나자빠질 때마다 혁명이며 체제 변화, 전쟁이 이어졌어. 광산이 침수되고 공장이 파괴되고 철도가 국유화되도록 우린 그냥 손가락만 빨고 있었지. 뭐 이런 해가 다 있는지! 지난 열두 달이 십이 년보다 더 길고 파란만장했어. 나도 할 만큼 했다고…."

벤이 말을 멈추고 아다를 쳐다보았다.

"그래. 네가 짐작하는 대로야. 난 결코 물러서지 않았어. 시간을 벌고자 했지. 큰 사업을 하다 보면 결국 버티기가 관건이거든. 모든 게 무너져 내리거나… 아니면 단 한 번의 행운으로 빛을 발하게 될 때까지 구멍 하나를 파서 다른 구멍을 메우지. 그런데 사람들은 내가 위조를 했다고 비난하고 있어."

벤이 어깨를 으쓱하며 말을 이었다.

"적수들에 맞서서, 시너 가의 사람들에 맞서서 버텨야만 했어. 지난 6개월 동안… 그래, 맞아… 그들의 서명을 위조해야 할 때도 있었어. 어쩔 수 없었지. 자산에 올라 있는 몇몇 서류들도… 내가 살짝 손을 봤어… 채권자들을 기다리게 하려고 날짜들을 고쳐야 했지. 비밀을 유지하고 뻔뻔하게 굴면서 몇 달만 더 버텼다면 모든 걸 구할 수도 있었어. 혁명들은 끝나가고, 정권들도 변하고 있어. 내가 기대를 걸었던 천연자원은 여전히 거기 있어. 다만 사람들을 끊임없이 매수해야 했지. 그게 비싸게 먹혔어… 나에게나 그들에게나. 그들 중 하나, 내 일을 봐주던 젊은 친구 하나가 자살해버렸어. 숫자로 재주를 부리려면 반드시 인간적인 요소가 필요한 법이지. 본질적으로 결함이 있지만 없어서는 안 되는. 인간의 자잘한 야망, 그들의 비루한 사랑, 그들의 두려움…. 한 명청이가 머리가 돌아서 자살해버렸어. 그런데 목숨을 끊기 전에 프랑스 검찰총장 앞으로 편지 한 통을 보냈어. 그렇게 해서 모든 게 발각됐지. 시너 집안에서도 알았을까?" 벤이 아다보다는 자기 자신에게 던지는 질문인 양 천천히 말했다. "아마 몰랐을 거야, 적어도 처음에는. 나중에는 알면서도 입을 다물어버렸겠지. 얼마나 막대한 돈을 벌 수 있는지 깨달았으니까. 그들도 눈이 뒤집혔던 거야. 늙은 말처럼 아무것도 보지 않고, 장애물은 까맣게 잊은 채 앞만 보고 내달린 거지." 벤이 낄낄거리며 말을 이었다. "오랫동안 마구간에 갇혀 있다가 오랜만에 고함과 채찍 소리를 듣고는 숨이 넘어갈 때까지 내달리는 늙은 말들처럼. 하지만 적어도 나는 그들을 실컷 달리게 해줬어. 그들은 나와 함께 좋은 시간을 보냈지. 그들이 내 덕택에 얻은 것, 특히 얻을 수도 있었던 게 얼마나 어마어마한지 넌 상상도 못 할 거야! 그들의 집안은 거대하고 유명하고 오래됐어. 하지만 힘도 없고, 느리고, 딱딱하고, 경직되고, 죽어가지. 시체처럼! 그러니 착각하지 마, 내가 그들을 되살린 거니까!"

"해리의 삼촌들, 그 노인네들이 네 말에 귀를 기울였어?"

"당연하지! 내가 그들 자신보다 더 오래된, 그들 내부에 있는 뭔가에 호소했으니까." 벤이 나지막한 목소리로 말했다.

"그럼 해리는?"

"아무것도 모르도록 손을 써뒀지."

"그럼 해리한테는 책임이 없는 거네. 해리는 네가 한 짓을 책임지지 않아도 돼!"

"그거야 재판을 해봐야 알지, 아다." 벤이 비꼬듯이 말했다.

"재판이라니?"

"경찰 조사와 검찰 조사가 개시되고 재판이 열리겠지, 뭐. 내가 어떻게 알겠어?"

"그리고 스캔들! 네가 원했던 게 그거야? 스캔들?"

벤은 대답하지 않았다.

"넌 비열해, 벤. 넌 내가 세상에서 가장 경멸하고 증오하는 존재, 가장 해로운 존재야! 너에겐 아무리 가혹하게 대해도 충분치 않을 거야. 너 때문에 죄 없는 사람들이 고통을 당할 거고, 불행한 사람들은 죽고 말 거야. 너 때문에 한 정직한 남자가 파산하고 명예를 잃게 될 거야! 그런데 넌 주머니에 손을 넣고, 주머니를 가득 채우고 마음 편히 도망치겠다는 거지…."

"그렇지 않아! 난 땡전 한 푼 없어."

"그런 헛소리는 다른 사람들한테나 해." 아다가 차갑게 말했다.

"맹세할 수 있어. 내가 왜 너한테 거짓말을 하겠어? 내 수중에는 아무것도 없어. 나를 중심으로 어마어마한 거금이 흘러 다니고, 내 지능과 천재성으로 수백만 달러가 창출되는 와중에, 내가 오베르뉴나 플랑드르의 늙은 농부처럼 몇 푼 챙길 생각을 했을 것 같니? 비웃지 마, 아다. 내가 실패 했다고 해서 너의 지성, 너의 재능만큼이나 뛰어난 내 지성, 내 재능을 부인해선 안 돼. 그건 같은 거니까. 사실, 네 그림 이라는 게 도대체 뭐야? 사람들이 네 눈을 통해 세상을 보 게 만드는 거잖아. 나도 마찬가지야. 난 세상이 내 상상력, 내 열정에 맞춰 돌아가게 만들고 싶었어. 날 즐겁게 하는 건 바로 그거였어. 주머니에 돈을 가득 채우거나, 시너 집안을 부의 정상에 올려놓는 게 아니라.”

그 이름을 내뱉는 벤의 말투에 엄청난 증오가 묻어 있어 서 아다가 버럭 소리를 질렀다.

“넌 해리를 파멸시키고 싶었던 거야! 그게 진실이야! 내 가 너와 헤어졌기 때문에 그에게 복수하고 싶었던 거라고! 참 뿌듯하기도 하겠다. 넌 질투에 사로잡힌 불쌍한 꼬마에 지나지 않아! 속이 좁아터진 속물 남편처럼, 천박한 여느 장사꾼처럼, 넌 보복을 하고 싶었던 거라고!”

벤이 고개를 저으며 부드럽게 말했다.

“천만에, 천만에, 이 게임이 어찌나 짜릿하고 매혹적인지 난 해리조차도 까맣게 잊었어…. 뭐, 해리가 이번 일에 연루 되어 있다는 게 위안이 되긴 해. 이틀 전부터, 스캔들이 터 지리라는 걸 안 이후로, 그래서 몸이 덜덜 떨린 이후로(내가 너에게 허세를 부린다는 거 알잖아, 아다. 날 너무나 잘 아는 너에겐 내가 떠는 게 안 보이니? 아니면 마음이 약해질까 봐, 날 불쌍히 여기게 될까 봐 보지 않으려는 거니?), 그 순간 이후로 단 한 가지 생각, 해리의 운명도 마침내 내 운명과 같아질 거라는 생각이 나에게 위안을 줘. 그래서는 안 될 이유가 어디 있어? 우리는 사촌지간인 데다, 핏줄에 같은 피가 흐르고, 생김새까지 닮았잖아. 아! 우리 사진이 나란히 나붙은 걸 보면 정말 즐거울 거야. 해리 시너. 벤 시너. 내일 아침 신문에서 그 사진을 보게 될 대중은 정확하게 짚을 거야. 그들은 이렇게 말할 거야. '더러운 두 외국인, 빌어먹을 두 이방인. 아마도 형제일 거야…. 봐, 눈도 똑같이 가식적이고, 입도 똑같이 게걸스럽게 생겼잖아! 둘 다 정말 못생겼어! 둘 다 감옥에 처넣어야 해!'"

벤은 아다의 얼굴이 창백해지는 걸 보았다. 그가 그녀를 향해 몸을 기울이며 낮은 목소리로 말했다.

"그렇다고 그가 감옥에 들어가는 걸 내 눈으로 꼭 보고 싶은 건 아냐, 알아? 네가 달려가서 알려줘. 나처럼 도망치라고, 떠나라고 해! 사라지라고 해! 그에게도 땡전 한 푼 안 남을 거야, 알아…? 시너 집안이 무너질 거야. 그는 이 나라 저 나라 전전하며 싸구려 물건을 사고팔고, 외화를 밀매하고, 출장판매원으로 일하고, 여성 고객에게 가짜 레이스 제품이나 직물을 거래하는 중개인 노릇도 하겠지. 두고 봐, 십 년 후면, 사랑에 빠진 여자도, 심지어 아다 너조차도 그와 나를 구별하지 못할 테니까."

"결코! 그건 불가능해! 그는 결코 너를 닮지 않을 거야!"

"천만에, 그는 가라앉고 말 거야. 거기, 내가 헤엄쳐 나온 곳에서."

그들은 네 시를 알리는 시계 소리를 들었다. 벤이 소스라치게 놀랐다.

"나, 이제 떠나."

아다가 부들부들 떨며 창백한 얼굴로 눈에 불을 뿜으며 중얼거렸다.

"그래, 가, 제발, 왜냐하면… 나 자신이 무서우니까… 널 죽일까 봐…."

"아다, 나랑 같이 가."

"미쳤구나! 이제 알겠어! 넌 미쳤어!"

"아다, 해리는 너와 안 맞아. 너도 그와 안 맞고. 난 널 잘 알아. 우린 친형제나 다름없어. 나랑 같이 가자. 해리가 도대체 뭐야? 너한테는 이방인이나 다름없잖아! 가자!"

벤의 흥분이 가라앉았다. 그를 지탱하던 비정상적인 열기도 진정되었다. 이제 그는 아다를 보지 않은 채, 그녀를 향해 어떤 움직임도 보이지 않은 채, 부드럽게, 꾸밈없이 말했다.

"그가 떠나면 따라나설 생각이구나. 아니, 그는 남을 거야. 남아서 고개를 떨구고 기다릴 거야. 그는 죄를 짓지 않았지만 그 벌을 견뎌낼 거야. 그는 용기가 없어서 나처럼 모든 걸 버리고 떠나지 못해! 나는 또다시 행복과 불행을 맛보며 살아가겠지. 하지만 그의 인생은 끝났어. 그는 부끄러움과 무기력한 후회로 소진되고 말 거야. 그는 스캔들이 끝나기를 기다릴 거야. 그러고는 소송을 기다릴 거고, 그러고는 사람들이 잊기를 기다릴 거야. 하지만 사람들이 잊기 전에 그는 죽을 거야. 하지만 네가 나랑 같이 가면….”

아다가 벤의 말을 끊고 격하게 소리쳤다.

“아까는 그와 네가 닮았다고 했잖아!”

“닮았지. 개와 늑대가 닮은 것처럼.” 벤이 어깨를 으쓱하며 말했다. “아다! 그가 널 용서할 거라고 생각하니?”

“나? 난 아무 짓도 안 했어!”

“넌 그를 우리 유대 족속, 협잡꾼, 이주민, 이방인들 틈으로 억지로 끌어내렸어…. 이제 그가 우리보다 나을 게 뭐야? 친구, 가족, 돈, 프랑스인 아내를 가졌던 그가! 상상해봤어? 그 어마어마한 차이를 상상해봤어? 나에게 스캔들이 무슨 의미가 있어? 불명예는? 한 번도 존중받은 적이 없는데? 유배가 나한테 무슨 의미가 있어? 고국 자체가 없는데? 하지만 그는…. 그런데도 그가 널 용서할 것 같아?”

아다는 헐떡이는 목소리로 속삭일 뿐이었다.

“넌 정말 가증스러워! 널 저주해! 네가 죽어버렸으면 좋겠어! 네가 버림받은 채로 죽어버렸으면!”

아다는 자신의 입에서 튀어나오는 야만스러운 저주에 더
럭 무서워졌다. 그래서 입을 다물었다.

벤이 또다시 재촉했다.

"나랑 가자! 응, 아다?"

벤이 갑자기 어린 시절, 밤에 창 아래에서 강가로 놀러 가
자고 불렀을 때처럼 아이 같은 말투로 말했다. 그래서 아다
도 문을 활짝 열어주며 그때처럼 대답했다.

"아니. 혼자 가."

벤이 몸을 숙이고는 아다의 손에 입을 맞췄다. 그러고는
층계를 내려갔고, 주변을 휙 둘러본 다음 집을 나서서 어디
론가 사라졌다.

29

　아다돈 뒤이어 뛰어 내려갔다. 그녀는 우선 해리에게 달려가려고 생각했었다. 하지만 그가 달아나지 않으리라는 걸 그녀는 알았다. 그가 삼촌들을, 스캔들로 위협받는 집안을 버리고 도망칠 리 만무했다. 아직 수많은 연줄에 묶여 있는 그가 어떻게 도망칠 수 있겠는가? 아니, 그를 만나러 가는 건 부질없는 짓이었다. 게다가 그녀는 그가 가여웠다. 새벽 다섯 시도 안 된 시각이었다. 그가 하룻밤이라도 편히 자게 내버려둬야 했다. 사실 아다는 그를 만나는 게 두려웠다. 벤의 말이 맞았다. 모든 게 그녀의 잘못이었다. 그가 어떻게 그녀를 용서할 수 있겠는가? 그를 그의 집안사람들에게서 먼 곳으로, 자신이 머무는 야생의 숲으로 데려간 그녀를. 아

니! 해리한테는 가지 않을 거야. 그렇다면 누가 남아 있을
까? 누굴 붙들고 애원해야 할까? 누구에게 충고와 도움을
청해야 할까? 라이사 숙모와 마담 미미 말고는 아무도 없었
다. 라이사 숙모는 릴라가 궁정 악사와 눈이 맞아 왕을 버리
고 야반도주하자 프랑스로 돌아와 지내고 있었다.

아다는 몇 년 전 라이사 숙모에게 따귀를 맞고 뺨이 얼얼
한 상태로 뛰어 내려갔던 층계를 올라갔다. 건물 2층에 채
색 나무로 만든 작은 벽감이 있었다. 아다는 결심을 하고 거
리로 뛰쳐나가기 전에 거기서 잠시 숨을 골랐던 순간을 떠
올렸다. 그런데 지금 그녀는 도움을 요청하기 위해 라이사
숙모에게 달려가고 있었다!

아다는 잠시 곰곰이 생각한 끝에 상황이 품은 아이러니
한 위안을 표현하기에 이르렀다. '그때 일을 까맣게 잊고 살
았네. 그렇다면 언젠가 해리와 벤도 잊을 수 있을 거야.'

아다는 초인종을 누르고 여러 번 문을 두드렸다. 마침내
라이사 숙모가 모습을 드러냈다. 여전히 비쩍 마르고 민첩
했지만, 붉었던 머리카락은 백발이 되었고, 매몰차고 날카
롭던 얼굴은 불신에 찬, 모든 걸 체념한 척하는 표정으로 바
뀌어 있었다. 마치 '아! 더는 나에게 뭔가를 기대하게 하지
마세요! 나도 이제 아니까, 모든 게 끝났다고, 내 게임은 이
미 오래전에 결판이 났고 카드는 던져졌다고, 아직 내쫓기
지 않은 걸 다행으로 여기고 다른 사람들이 게임하는 걸 구

경하는 수밖에 없다고 굳이 말해줄 필요도 없어요'라고 말하는 것 같았다.

"이런, 또 무슨 일이니?" 라이사 숙모가 아다를 보며 소리쳤다.

"방금 벤을 만났는데… 떠나겠대요. 사람들이 오늘 밤 당장 자기를 체포하러 올 거라면서." 아다가 말했다. 자신의 목소리가 몹시 차분하고 아득하게, 자신과 아무 상관 없는 것 같이 들렸다. 마치 다른 사람이 그녀를 놀리기 위해 아주 덤덤한 말투로 내뱉은 절망적인 말이 메아리쳐 돌아오듯이.

라이사 숙모는 아무 말도 하지 않았지만, 심적으로 크게 동요했을 때 늘 그렇듯, 뺨과 이마가 붉은 반점으로 뒤덮였다. 그 덕분에 그녀는 절대 울음을 터뜨리지 않았다. 그녀가 늘 그랬듯 시큰둥한 목소리로 말했다.

"들어오든지 나가든지 해. 외풍 부는 곳에 날 세워두지 말고."

라이사 숙모의 한결같은 반응에 약간 마음이 놓인 아다가 그녀를 따라 들어갔다. 작은 거실에는 평소처럼 각종 천조각, 옷핀, 옷본들이 굴러다녔다. 라이사 숙모는 기계적으로 식탁 위에 잔뜩 펼쳐놓은 사진들을 주워서 접기 시작했다. 그러다 갑자기 움직임을 멈추고는 많이 놀라 기운이 빠진 몸짓으로 두 손을 뺨과 이마로 가져갔다.

"힘들구나, 내 나이에."

"그래요, 숙모." 아다가 가여운 듯 말했다.

두 여자는 전등을 켤 생각을 하지 않았다. 밝아오는 햇빛이 방구석에 서 있는 회색 천 마네킹을 어렴풋이 비췄다. 두 여자는 소파에 앉아 잠시 입을 다물고 있었다. 라이사 숙모가 물었다.

"벤은 어떻디?"

아다가 어깨를 으쓱하며 말했다.

"평소하고 똑같았어요."

"그래, 교수대에 서도 평소처럼 희망에 부풀어 있을 애지. 너한테는 뭘 원하디? 너희, 헤어졌잖아."

아다는 아무 대답도 하지 않았다.

"그 애를 따라갈 작정이니?"

"아뇨."

"쯧쯧… 이제 곧 스캔들이 터질 거고, 너한테도 불똥이 튈 거야. 어쨌거나 넌 그 애 아니니까. 성도 같고. 네가 원하든 원치 않든 너희는 이어져 있어. 그 애를 따라갔어야지. 네가 여기 있으면 어떻게 되겠니? 네 연인은 널 떠날 거야. 너로 인해 스캔들에 연루되었으니 널 용서하지 않을 거야."

"마담 미미는 어디 계세요?" 아다가 떨리는 목소리로 물었다.

마담 미미가 그녀의 마지막 희망이었다. 마담 미미는 벤과 라이사 숙모처럼 아다가 해리를 배신했고 망쳤다고 말하지는 않을 테니까.

라이사 숙모가 옆방을 가리켰다.

"가봐. 자고 있을 거야. 우리 얘기 못 들었을 거야. 한번 잠이 들면 누가 업어 가도 모르거든. 난 요즘 밤에 잠을 통 못 자. 하지만 그녀는 자식도 없고, 자식을 낳아본 적도 없어. 팔자도 좋지! 그러니 잘 수 있는 거야."

아다는 마담 미미가 기거하는 안쪽의 작은 방으로 들어갔다. 아다는 침대에서 자기는커녕 어깨에 도토리 무늬가 새겨진 붉은색 비단 숄을 걸친 채, 작은 탁자 등 아래 카드를 펼쳐놓고 앉아 있는 마담 미미를 보고 깜짝 놀랐다. 그녀가 아다의 얼굴을 향해 눈을 들었다.

"이리 오렴." 마담 미미가 부드럽게 말했다. "나도 다 들었다, 불쌍한 것. 버림받고 절망에 빠지지 않고서야 네가 여기로 돌아올 일이 뭐가 있겠니!"

아다는 처음으로 눈물을 참을 수가 없었다. 그녀는 의자에 주저앉아 낮은 목소리로 코를 훌쩍이며 벤이 했던 얘기를 반복했다.

"어떡하죠, 마담 미미?" 아다가 물었다.

"어떡하긴. 기다려야지."

"그럴 수 없어요!" 아다가 불안에 빠져 외쳤다.

늙은 여자는 희미하게 웃었다.

"아, 너란 아이는 참! 너희 둘은 똑같아. 끝까지 몸부림치지."

"아줌마도 아시잖아요." 자신의 귀에 낯선 여자의 목소리처럼 울리는 차갑고 아득한 목소리로 아다가 말했다. "그의 프랑스인 아내만이, 그의 처가만이 그를 구할 수 있다는 걸."

"그들이 나서준다면 그렇겠지."

아다의 눈에 기쁨의 섬광이 번뜩였다.

"아! 그들이 나서지 않으면, 오로지 나만이…."

하지만 벤과 라이사 숙모가 했던 말이 떠올랐다.

"어쨌거나 해리가 파산하게 된 건 저 때문이에요."

아다는 두 늙은 여자에게서 조언을 얻고자 했지만, 바뀐 게 아무것도 없다는 걸 깨달았다. 그녀는 늘 혼자였고 앞으로도 혼자일 테니 조언을 구할 대상은 자기 자신, 자신의 내면에 감춰진, 환상에서 깨어나 현명해진 일종의 분신밖에 없었다.

"안 그래요?" 아다는 더 큰 목소리로, 마담 미미에게라기보다는 자기 자신에게 말했다. "어쨌거나 나로서는 불평할 게 없잖아요? 우리가 우크라이나에 있었을 때, 언젠가 해리 시녀가 날 위해 아내와 자식을 떠날 거라는 이야기를 들었더라도…." 아다가 반복했다. "날 위해…."

"도대체 왜 그러니? 너 자신을 그렇게 깎아내려서 어떤 쾌감을, 어떤 오만한 쾌감을 얻으려고…."

"오! 마담 미미, 내가 어디에서 용기를 얻을 수 있을까
요…? 그것만이 그를 구할 수 있는걸요. 내가 벤과 함께 떠
난다는 걸 그의 아내가 알아야 하고, 그 또한 믿어야 해요!
…그러면 그녀는 돌아올 거예요. 그를 사랑하니까. 그녀가
해리에게 불명예가 되는 스캔들을 받아들일 리 없어요….
그들에게는 자식도 있잖아요. 혼자, 혹은 나와 있으면 해리
는 아무것도 아니에요. 하지만 그녀와 그녀의 강력한 집안
의 지지를 받으면 그는 구제될 거예요."

"그럼 너는?"

"여기로 돌아올게요. 아니면 다른 곳으로 떠나거나. 그건
조금도 중요하지 않아요…. 아무도 나에게 신경을 쓰지 않
으면 이 도시에서 사라지는 건 너무나 쉽죠. 그가 더는 나를
찾지 않을 테니까. 나를 절망에 빠뜨리는 게 바로 그거예요.
그는 나를 사랑하지만 더는 나를 찾지 않을 거예요. 죽고 싶
은데 무기를 빼앗기면 저항하지 않고 가만히 있는 것처럼.
내심 죽음이 두렵기는 하니까요. 그에게 나는 쓰라림이자
살 수도 죽을 수도 있는 두 번째 기회예요." 아다가 더 나지
막한 목소리로 말했다.

마담 미미가 고개를 끄덕였다.

"그래, 사태가 수습될 수도 있겠지. 고소가 취하될 수도
있고. 유력한 가문과 프랑스 성(姓)이 그를 지지해준다면,
내 생각에도 그게 해리에게 최선일 것 같구나…. 해리에게

는 그렇지만 너에게는…"

아다는 대답하지 않고 침대로 가서 쓰러졌다. 그녀는 완전히 탈진한 듯 보였다. 물끄러미 바라보던 마담 미미가 모포를 가져와 덮어주고 자기 자리로 돌아갔다. 그녀는 따뜻해 보이진 않지만, 말 한마디 눈물 한 방울 없이도 마음을 달래주는 노인의 평정심을 갖고 있었다. 그녀는 망각과 모든 것의 종말을 보여주는 살아 있는 증거였다. 아다는 잠이 든 게 아니었다. 눈을 감은 채 곰곰이 생각에 잠겨 있었다.

30

　같은 날 저녁, 아다와 헤어진 해리는 아직 밤늦은 시각이
아니니 파리 근교에 있는 친구 부부의 집에 들러 한 시간 정
도 보낼 수 있겠다고 생각했다. 오래전부터 그를 여러 번 초
대한 친구였다. 저녁 식사는 거절할 수밖에 없었지만, 파티
는 새벽 너덧 시는 되어야 끝날 터였다. 자정쯤에는 그들 집
에 도착할 수 있을 것 같아서 그는 출발했다.

　해리는 집 안으로 들어갔다. 더운 밤이었다. 하인이 그에
게 집주인 부부와 손님들은 모두 정원에 나가 있다고 말했
다. 하인을 통해 자신이 왔다는 걸 알리고 싶지 않았던 해리
는 직접 집주인 부부를 찾아보겠다고 대답했다. 테라스에
설치된 조명이 사람들이 춤을 추는 작은 무대를 비추고 있

었지만, 정원 안쪽은 어두웠다.

해리는 바람을 좀 쐬고 싶어서 나무들 아래를 걸어갔다. 여자 몇 명과 남자 둘이 외따로 앉아 있었다. 그들이 열띤 대화를 나누고 있었지만, 그 내용이 들리지는 않았다. 그는 소리를 내지 않고 다가갔다. 시녀 집안사람들이 모두 그렇듯, 해리 역시 발소리를 내지 않고 걸었다. 그의 친구들은 그가 아주 가까이 다가갔을 때야 그를 알아보았다. '흠!' 누가 갑자기 경솔한 수다쟁이들에게 입을 다물라고 주의를 줄 때처럼 큰소리로 헛기침을 했다. 모두 입을 다물었다.

해리는 그들이 자기 얘기를 하고 있었다는 걸 눈치챘지만 크게 개의치 않았다. 로랑스와의 이별, 아다와의 이야기가 그들 귀에도 들어갔을 거라고 짐작했으니까. 그들이 수군대는 건 놀랄 일이 아니었다. 그는 아무렇지 않게 자신의 재혼 계획을 알릴 수 있었다. 그들의 심판이나 비난이 조금도 두렵지 않았으니까. 그가 살아가는 부유한 부르주아 세계에서는 이혼이나 불륜이 워낙 다반사라 눈살을 찌푸릴 사람은 아무도 없었다. 심지어 그는 그 자리에 있는 여자들, 그가 결혼하기 전에 심지어는 결혼한 후에도 그의 '총애'를 받으려고 추파를 던진 적이 있는 여자 하나가 낮은 목소리로 은근히 그 일을 암시하거나 농담을 던질 거라고 예상했었다. 그를 놀라게 한 건 오히려 그들의 침묵이었다. 한 남자가 비밀스러운 생각을 숨기고 싶을 때 본능적으로 취하는 밝고 낭랑한 말투로 이렇게 외쳤다.

"이런, 그동안 어디 숨어 있었던 거예요? 안 그래도 당신 얘길 하고 있었어요. 코빼기도 볼 수가 없으니, 다들 궁금해 서…."

'내가 내 이름이 나오는 걸 들었을까 봐 발뺌부터 하는 군.' 해리는 생각했다.

해리는 살짝 짜증이 났다. 저들은 도대체 뭘 원하는 걸 까? 왜 그를 가만두지 않는 걸까…? 그래서 그는 말을 하려 다 멈추고, 뒷공론에 가치를 부여하는 건 어리석은 짓이라 고 생각했다. 하지만 자기도 모르게 머뭇거리며 당황한 목 소리로 대답했다.

"일이 워낙 많아서…."

또다시 침묵. 사람들은 그의 말 한마디 한마디에 주의를 기울였다. 뚜렷하진 않지만 감지되는 은근한 적의를 드러 내며 그의 말을 새겨들었다. 그가 한 귀로 듣고 다른 귀로 흘려버려도 좋을 말을 고르고 골라 힘겹게 내뱉을 때마다, 몇 초간 침묵이 이어졌다. 돌을 던져 골짜기의 깊이를 잴 때 처럼 버거운 정적이 이어지는 몇 초…. 해리는 자신과 다른 사람들 사이의 틈이 점점 벌어지는 느낌을 받았다. 별안간 모두 한꺼번에 크게 웃어댔다.

"요즘 일이 많다고요?" 누군가가 물었다.

로랑스가 떠난 이후로, 심지어 사교계 사람들이 하루에

열다섯 번은 마주치기 마련인 6월에도 자신이 전혀 모습을 드러내지 않은 사실을 떠올린 해리는 아닌 게 아니라 일이 정말 많았다고 서둘러 얼버무렸다.

"운이 정말 좋군요." 가장 먼저 해리에게 말을 걸었던 사내가 말했다. "저 같은 경우는 6개월 동안 사무실 문을 닫을지도 몰라요. 상황이 더 버틸 수 없을 만큼 안 좋아지고 있어서요."

한 여자가 실언도 아니고 악의도 없는 말투로, 마음에 들지 않는 다른 여자의 입을 막으려고 아무 질문이나 던질 때처럼, 로랑스의 소식을 물었다.

해리는 얼버무리며 짧게 대답했다. 부부 한 쌍이 자리를 뜨자, 남자 하나가 그들을 따라갔다. 남은 여자 둘이 말 한마디 없이 담배를 피웠다.

"여긴 제법 선선하네요." 해리가 말했다.

두 여자는 마침 자리를 뜨고 싶었던 와중에 의도적으로 주어진 핑곗거리를 반기는 듯 보였다.

두 여자가 외쳤다.

"그렇죠? 꽤 늦은 것 같아요. 연못에서 밀려오는 찬기는 건강에 해롭잖아요."

두 여자가 일어나더니 그를 향해 웃어주고 자리를 떴다. 해리는 그 자리에 앉아 연못 위에 희미하게 반짝이는 빛을 바라보았다.

앞으로 숙인 머리, 무릎을 쥐고 있는 야윈 두 손, 길고 가는 목, 그는 자신과는 종이 다른 새들 틈에서 홀로 횃대 위에 올라 있는, 그들과 어울리지 못하고 멀리서 바라보기만 하는 새를 닮아 있었다. 그 이미지가 그도 모르게 그의 뇌리에 박혀 떠나지 않았다. 그는 쾌활함과 자존감을 찾으려 애쓰며 몸을 곧추세웠다. 도대체 무슨 짓을 했기에 이처럼 죄책감에 시달려야 하지?

"아무 짓도 안 했어. 아무 짓도. 난 아내와 좋게 헤어졌어. 게다가 내 가정사는 아무와도 관계가 없어. 그런데 오늘 밤 다들 나한테 왜 이러는 거지?"

해리는 자신을 다독이려고 애썼다. 자신이 얼마나 쉽게 상처를 입는지, 질책의 말 한마디, 차가운 눈길 하나에 얼마나 예민하게 반응하는지, 그 사실을 알아차리고 놀란 게 한두 번이 아니었다!

"저들이 날 어떻게 대하든 난 신경 안 써." 그가 이를 악물고 중얼거렸다.

그는 격한 말투로 여러 차례 반복했다.

"신경 안 쓴다고!"

으슬으슬 추웠지만, 그의 이마는 땀범벅이었다. 그가 신경질적으로 손을 비틀었다.

'불행이 닥친 거야. 나는 모르지만, 그들은 아는 불행이!' 그는 생각했다.

해리는 곧바로 은행을 떠올렸다. 그는 일주일 전부터 은행에 발을 들이지 않았다. 그는 이 년 전부터 정확히 알 수는 없지만 압도적인 어떤 위험을 느끼고 있었다. 그 두려움의 상태, 은근한 공황의 상태가 놀랍지는 않았다. 오히려 그것을 알아볼 수 있을 것 같았다. 바닷가에서 나고 자란 사람이 오랜만에 고향으로 돌아올 때 파도 소리가 들리기도 전에 입술에서 짠맛을 느끼듯. 자신이 뭘 두려워하는지 모르면서도, 그는 본능적으로 불안에 대처하는 모든 방어기제를 작동시켰다. 그는 어떤 생각을 받아들이고 어떤 생각을 쫓아버려야 하는지, 언젠가는 봐야 할 것과 막을 수 없는 것을 은폐하기 위해 정신의 활동을 어떻게 억제해야 하는지 알고 있었다. 그는 불면과 불안을 견뎌내고, 전화벨이나 초인종이 갑자기 울릴 때 미친 듯이 뛰는 가슴을 다스리는 법을 배웠다. 배웠다고? 천만에! 그는 태어날 때부터 그것을 알고 있었다.

분홍색 드레스 차림의 여자들이 나무 아래로 지나갔다. 남자들이 껄껄 웃어댔다. 시가의 작은 불꽃들이 잠시 태평하고 행복한 그들의 얼굴을 드러냈다. 그의 친구들이었다. 그는 한 번도 자신이 그들과 다르다고 생각해본 적이 없었다. 그는 지금 자신이 잘못 생각하고 있었던 건 아닌지, 과연 자신이 그들에게 이해할 수 있는 인물인지, 자신에게 불행이 닥쳤을 때 그들이 자신을 어떻게 대할지 묻고 있었다.

왜냐하면, 불행이 닥쳤다는 사실을 깨달았으므로. 해리는 불행을 예감했다. 직감적으로 알아차렸다. 짐승들이 폭풍우가 다가오는 걸 미리 느끼듯…. 그는 기억하고 있었다. 심장을 조이는 차가운 손, 갑자기 멈추는 숨결, 거칠게 헐떡이는 입, 갈증, 무거운 슬픔… 그 무엇도 그를 놀라게 하지 못했다. 그의 말 없는 체념도, 불굴의 희망도. ('많은 용기와 노력이 필요할 거야. 내게는 용기와 노력이 있고. 이 세상 어느 누가 그 밑천을 나보다 더 많이 가졌다고, 아니, 그만큼 가졌다고 자부할 수 있겠어? 이 모든 건 지나갈 거야. 언제, 어디서인지는 모르지만, 이미 일어난 일이잖아. 난 이미 모든 걸 잃었고, 모든 것을 되찾았어. 실제로는 조금도 중요하지 않은 것들…. 죽음조차도 실제로는 조금도 중요하지 않아.') 그는 모든 환상, 모든 불안을 알아보았다. 그리고 때때로 꿈에서 깬 것처럼 이렇게 생각했다.

'그런데 도대체 무슨 일이 일어난 거야? 저들이 날 좀 냉랭하게 맞이한 것뿐이잖아. 그게 다야. 그게 뭐가 그리 놀라워? 저 여자 중에 적어도 둘은 날 초대했고, 난 마지막 순간에 초대를 거절했어. 그게 다야. 그래서 저러는 거야. 그리고 남자들은 다 멍청이야…! 게다가 난 아무 죄도 짓지 않았어. 아무 짓도 안 했다고! 난 결백해!'

하지만 그는 자신이 결백하다는, 용서받았다는, 사랑받고 있다는 축복받은 확신을 제대로 가져본 적이 없었다. 아

니, 그는 태어나는 순간부터 자신이 저지르지도 않은 일에
죄책감을 느꼈다. 아무도 그를 위해 개입하지 않으리라는
것을, 아무도 그의 죄를 사하여주지 않으리라는 것을, 결국
무시무시한 신과 단둘이 있게 되리라는 것을 알고 있었다.

해리는 갑자기 고립감을 견딜 수가 없었다. 그는 벌떡 일
어나 사람들 틈에 끼었다. 여자들의 웃음소리를 들으며 연
못까지 걸어갔다가 친구의 집으로 돌아갔다. 남은 사람이
별로 없었다. 그는 반쯤 비어버린 살롱들을 돌아다니다가
자동차를 불러달라고 부탁했다. 그가 테라스를 가로지르는
데 또다시 뒤에서 소곤거리는 목소리가 들려왔다.

"해리 시너……"

해리는 온몸을 부르르 떨었다. 누가 그의 이름을 불렀지?
그는 돌아서서 기다렸다. 아니, 아무도 그를 부르지 않았다.
사람들이 그의 얘기를 했을 뿐이었다. 그날 밤에는 모두 그
에 대해 얘기했다. 해리는 길을 잃은 느낌이 들었다.

자동차 안, 해리는 아주 차분하게, 아주 곧게 앉아 있었
다. 하지만 서서히 그의 팔이 아래로 내려가고, 이마가 수그
러졌으며, 어깨는 처졌다. 야위고, 섬세하고, 추위를 잘 타
는 그는 아름다운 두 손을 꽉 모아쥔 채 그에 앞서 수많은
환전상이 계산대에 앉아 그랬던 것처럼, 수많은 랍비가 책
을 펼쳐놓고 그랬던 것처럼, 수많은 이주민이 배 갑판에 앉
아 그랬던 것처럼 천천히 상체를 좌우로 흔들기 시작했다.

그들처럼 그도 자신이 이방인이고, 길을 잃었고, 혼자라고
느꼈다.

31

아다 같은 젊은 여자가 어느 날 갑자기 종적을 감추는 건 얼마나 쉬운 일인지! 집세를 내고, 가방에 속옷 몇 벌을 넣고, 책이 가득 든 벤의 트렁크를 챙기고, 벽에 걸린 그림들을 떼어내고, 해리가 가져다준 부드럽고 따뜻한 모포를 개켜서 낡은 모자 상자 바닥에 넣고 아다는 출발했다.

"주소는 안 남기세요?" 관리인이 물었다. "그 신사분이 오시면… 그분이 당신을 찾으면, 뭐라고 말해야 하죠?"

"남편을 따라갔다고 하세요."

"아! 그래요?"

관리인은 안됐다는 듯 아다를 보았다. 아마도 경찰이 이미 찾아와 벤에 관해 이것저것 캐물은 모양이었다.

아다는 생각했다.

'해리가 어떻게든 나를 찾고자 한다면, 시청 외국인관리국에 문의해볼 거야. 하지만 그는 내가 이미 먼 곳에, 국경 너머에 있으리라고 생각할 거야. 그는 프랑스를 벗어나 나를 찾으러 올 수 없어. 차라리 이게 나아. 그래, 아무것도 남기지 않고 사라지는 게 훨씬 나아.'

아다는 우체국에서 해리에게 쪽지를 썼다.

'난 벤과 함께 떠나요. 안녕.'

달리 무슨 말이 필요하겠는가? 아다의 가슴은 돌처럼 무겁고 차가웠다. 늘 열기 넘치고 빠르게 돌아가던 정신도 무기력하게 잠들거나 추위에 뻣뻣하게 굳어버린 것 같았다. 계속 그 상태로 있을 수만 있다면 미래를 견딜 수 있을 것도 같았지만, 자신이 언젠가 깨어나리라는 걸, 그래서 자신이 무엇을 잃었는지 깨닫게 되리라는 걸 아다는 너무나 잘 알았다.

아다는 이틀 동안 로랑스의 집 주변을 배회했다. 처음에는 로랑스를 찾아가 상황을 있는 그대로 설명하고, 해리를 떠나는 척하겠다고, 해리를 위해 자신을 희생하겠다고 말할 작정이었다. 아다는 혼란스러워하고 놀라고 탄복하는 로랑스의 모습을 상상하면서(로랑스는 틀림없이 그녀의 희생에 감탄할 터였다) 공연을 구경하며 느끼는 쾌감과 유사한, 천박하긴 해도 의심의 여지 없는 쾌감을 맛보았다. 아다는 이글거리는 인도를 따라 하염없이 걸었고(8월 말이어서 낮에는 찌는 듯이 더웠다), 높고 큰 창문들을 부러운 눈으로 바라보았다. 저 닫힌 덧창 속 방은 얼마나 넓고 시원할까! 하인의 안내를 받아 로랑스와 마주하면 그녀는 이렇게 말할 작정이었다. "그를 도로 데려가요. 난 원하는 걸 다 가졌으니, 그 이상은 바라지 않아요. 그가 나 때문에 파멸했다는 말은 듣고 싶지 않아요." 아다는 사랑 앞에서 자존심을 세우는 자신이 미웠다. 정말 그녀의 마음, 성경이 말하는 '완악한 마음'의 바닥을 이루는 건 자존심이었을까? 자신의 피를 바꿀 수 없는 것처럼 그것을 훌훌 털어버리는 건 진정 불가능할까?

아다는 부자 동네의 창문들이 모두 닫히고 아파트들이 비는 계절이니만큼 로랑스가 이미 파리를 떠났을까 봐 걱정스러웠다. 하지만 수소문해보니, 들라르셰 가족 모두 아직 파리에 있었다. 아다에게 그것은 희망의 신호 같았다. 해리와 그의 아내 사이에 모든 연이 끊어진 건 아니었다. 로랑스는 아직 해리에게 애정을 품고 있었다. 로랑스는 해리와 헤어지고 싶어하지 않았다. '어쩌면 그녀가 파리에 머물기 위해 핑곗거리를 만들어낸 건 아닐까?' 아다는 이렇게 생각했다. 모두에게 버림받고 홀로 있는 해리를 상상하자, 모성애에 가까운 야성적인 아픔이 그녀의 가슴을 찢어놓았다. 당장 로랑스의 집으로 들어가 그녀를 해리의 집 앞까지 데려가는 용기를 낼 수 있을 것 같았다. 하지만 감히 그럴 수가 없었다. 이미 48시간이 무시무시하고 혼란스러운 꿈을 꾸듯 흘러갔다. 그녀는 로랑스에게 편지를 썼다.

'저는 프랑스에서 추방된 남편을 찾아 떠납니다. 두 번 다시 돌아오지 않을 거고, 따라서 당신들은 저를 잊을 수 있을 거예요….'

하지만 아다는 거기서 멈추고 편지를 찢어버렸다. 로랑스의 입을 통해 그녀가 남편 곁으로 돌아가리라는 확답을, 늙은 들라르셰가 사위를 버리지 않으리라는 확신을 얻어내야 했다. 그것이 아다가 비밀스레 품고 있는 희망이었다. 해리를 구하기 위해서라면 무슨 짓이든 하겠지만, 구하는 게 불가능하다면? …그녀는 때때로 이런 생각을 하기도 했다.

'떠나는 척하다가 모든 게 수습되면 그때 가서….' 하지만 위험이 너무 크고 임박해 있었다. 행복의 가능성을 완전히 희생함으로써만 위험을 없앨 수 있었다.

'내가 그렇게 행동한다면 주님께서 벌을 내리시겠지….'

아다는 멀리서 성당을 물끄러미 바라보았다. 더운 낮이라 활짝 열린 문을 통해 켜놓은 촛불들이 보였다. 그녀는 그곳으로 다가가다가 로랑스의 집 앞에서 그랬듯 걸음을 멈췄다. 그곳 역시 아다가 발을 들여놓을 수 없는 다른 세계에 속했다. 아다는 무작정 걸었다. 갈증이 심해 목이 따끔거렸다. 그래서 로랑스의 동네에 있는 작은 공원에 잠시 앉아

쉬었다. 그곳에 맑은 물이 흐르는 샘이 하나 있었다. 그녀는
물로 손과 이마를 적시고 다시 발길을 옮겼다.

　두 번째 날 저녁, 아다는 마침내 집을 나서는 로랑스를 보
았다. 그전까지 아다는 그녀를 몇 번밖에 보지 못했다. 그때
까지만 해도 로랑스에게 인간적인 특성을 부여하지 않은
채 그녀를 떠올렸다. 그녀는 그냥 해리의 아내일 뿐이었다.
로랑스는 해리와 아다가 태어난 순간부터 그들 사이에 끼
어들었던, 아다의 눈에는 밤하늘의 별들처럼 차갑고 불분
명하게 반짝이던 화려한 군중에 속했다. 이제 아다는 그녀
를 보고 있었다. 로랑스는 젊고 아름다웠다. 하지만 젊음도
아름다움도 아다가 상상했던 것처럼 초현실적인 성격을 띠
지는 않았다. 로랑스는 여신이 아니었다. 머지않아 말라 시
들어버릴, 벌써 더위에 벌겋게 달아오른 피부를 가진 금발
여성이었다. 아다는 그때까지 한 번도 느껴보지 못한 두려
움과 신체적인 질투로 어지러울 지경이었다. 갑자기 로랑
스가 갖고 있을 거라 여겼던 힘이 실제로는 없을지도 모른
다는 생각이 들어서 두려웠다. 아다가 품었던 모든 생각은
꺾였고, 모든 희망은 거센 바람 앞의 지푸라기처럼 흔적도
없이 날아가버렸다. 아다는 그 프랑스 가문이 가진 탁월함
과 전능함을 의심하고 있었다. 해리를 구하기 위해서는 그
를 들라르셰 가문의 손에 넘기는 걸로 충분하리라 생각했
었다. 그런데 정말 그럴까? 도움을 청할 수 있는 다른 권력

자들은 없을까? 그녀의 조상들도 늘 더 큰 영향력을 지닌, 더 높은 곳에 자리한 보호자들을 필사적으로 찾아다니며 이승의 삶을 보내지 않았나. 그런 보호자를 찾지 못하자, 정작 자신들은 하느님을 주인을 섬기고도 그를 잊었으면서도 자신들이 보호자로 삼은 사람들을 끊임없이 의심하면서 살았다. 그 지고한 로랑스를 아주 가까이에서, 한 여자로 보게 되자, 아다는 마침내 여성의 단순한 질투를 이해했다. 그녀는 아내와 화해한 해리를, 아내와 침대를 함께 쓰고 아내를 어루만지는 해리를 떠올렸다. 지독한 혐오가 가슴 가득 차올랐다. 아다는 생각했다.

'나는 마침내 나와 똑같은 해리를, 진정 나에게 속하는 해리를, 나처럼 쓰디쓴 빵을 먹는 해리를 보게 됐어. 그런데 난 망설이고 있어…! 내가 그를 그의 아내, 그의 아들, 나는 감히 들어가지도 못하는 식당에 걸린 카날레토의 그림으로, 프랑스 왕들의 문장(紋章)이 새겨진 호화로운 양장본 책으로, 나에게 낯선 사람으로 만드는 모든 것으로 돌려보내길 원한다고? 안 돼! 절대 안 돼!'

아다는 울음을 터뜨렸다. 행인들이 그녀를 쳐다봤지만, 그녀는 닫힌 덧창과 여며진 커튼 뒤에 몰래 숨어서보다는 길에서, 군중 속에서 더 자주 울었다. 처음 있는 일은 아니었다. 그녀는 눈물 흘리는 게 창피하지 않았다. 벤치에 퍼질러 앉아 엉엉 울고 있어도 "자, 자… 여기서 이러고 있으면

안 돼요, 아가씨…"라고 달래다가 어깨를 으쓱하고 가버리
는 경찰 외에는 아무도 관심을 보이지 않으리라는 걸 알고
있었다.

풀어헤친 머리카락, 철책에 기대고 있다가 긁힌 뺨, 아다
는 대로의 가로수 아래에서 아주 오랫동안 울었다. 아이 하
나가 걸음을 멈추고 애정 어린 심각한 표정으로 그녀를 보
았다. 아다는 울면서도 아이에게 웃어주었다. 아이가 용기
를 내 물었다.

"아줌마 아기가 아파요?"

아다는 고개를 저었다. 차림새는 구질구질해도 발갛고
부드러운 뺨을 가진 남자아이였다. 아이가 다가와 지저분
한 손으로 아다의 무릎을 건드리며 다시 물었다.

"아줌마도 아기가 있어요?"

"그래."

겁이 나 스스로 던져보지 못했던 그 질문에, 처음 보는 아
이의 질문에 대답하면서 아다는 일종의 평온을 되찾았다.
아다는 눈물을 닦았다.

울음을 멈춘 아다는 아이에게 여느 어른들이 그렇듯 무
시무시하고 이해할 수 없는 존재로 변했다. 아이가 흠칫 뒤
로 물러섰다. 아다가 아무리 불러도 아이는 다가오지 않고
멀찍이 떨어져 불신과 두려움이 담긴 눈길로 쳐다볼 뿐이
었다. 아다는 마지막 친구에게 버림받은 기분이 들었다. 그

녀는 일어나 로랑스의 집 앞으로 돌아갔다. 밤 여덟 시가 다
된 시각이었다. 로랑스가 평상복을 입고 외출했으니 저녁
을 먹으러 귀가할 가능성이 컸다. 아다는 한참을 기다린 후
에야 마침내 귀가하는 로랑스를 보았다. 로랑스를 알아보
기도 전에 심장에 전해지는 이상하고 갑작스러운 충격을
통해 그녀와 만나게 되리라는 것을 직감했다. 아다는 빠른
걸음으로 로랑스에게 다가갔다.

　로랑스가 걸음을 멈추고는 두려움과 혐오감이 섞인(아다
가 보기에는 그랬다) 표정을 지으며 흠칫 뒤로 물러섰다. 아
다는 이제 아무 증오심 없이, 모델의 얼굴을 꼼꼼히 훑어보
는 화가처럼 주의를 기울여 로랑스를 살펴보며 생각했다.

　'그녀가 어떻게 할지, 말이 아니라 눈빛으로 그 마음을 알
아차려야 해. 그 눈빛에 따라 내 앞길을 정해야 해….'

　아다가 말했다.

　"전 한 시간 후에 떠나요."

　"그런데요?" 로랑스가 지나가기 위해 아다를 밀치며 말
했다. 하지만 그 몸짓은 마치 꿈에서 느닷없이 나타난 깊은
물과 납빛 모래, 어두운 못 속에서 허우적대는 사람처럼 우
유부단하고 느리고 약했다.

　"두 번 다시 돌아오지 않을 거예요, 부인. 저는 해리를 두
번 다시 만나지 않을 거예요."

　"제발, 저리 가요."

갑자기 아다가 로랑스의 손을 덥석 잡았다.

"제 말 좀 들어보세요." 아다가 열렬하고 재빠르게 말했다. "이건 당신에게만 하는 얘기예요. 해리는 제가 남편을 따라갔다고 믿고 있어요. 하지만 그건 거짓이에요. 전 이렇게 파리에 있으니까요. 전 떠날 수도 있고, 그의 곁에 머물며 그를 다시 차지하려 할 수도 있어요. 하지만 맹세할게요, 그를 구하는 길이라고 당신이 믿는다면, 절대로 그에게 접근하지 않을게요, 쪽지로든 편지로든 제가 파리에 있다는 걸 그에게 절대로 알리지 않겠어요."

로랑스는 입을 다물고 있었지만, 그 자리를 떠나려 하지는 않았다. 로랑스 역시 아다의 생각을 읽으려는 듯 불안한 눈빛으로 아다의 얼굴을 보았다.

"그를 도와주시겠어요?"

로랑스는 고개를 숙였다. 길 한복판에서 실랑이를 벌이는 게 창피해 죽을 지경인 모양이었다. '안 그래도 미워 죽겠는데 상스럽기까지 하니 견딜 수가 없겠지.' 아다는 생각했다. 순간, 어떤 생각이 뇌리를 스쳤다.

'가엾은 해리… 그녀와 있어도, 나와 있어도 불행한 해리. 두 불꽃, 두 종족 사이에 끼어서 해리는 앞으로 어떻게 될까?'

"당신에게 그를 도울 힘이 있나요?"

로랑스가 나지막한 목소리로 대답했다.

"내 아버지에게는 있어요."

"그래요, 저도 그렇게 생각했어요. 그분이 해리를 도와줄까요?"

"도와주실 거예요, 우리가 이혼을 포기하면. 그런데 혹시 해리가…" 로랑스가 말을 멈추고는 고통스러운 듯 얼굴을 붉히며 물었다. "…당신을 찾으려고 했나요?"

"아뇨."

두 사람은 입을 다물었다. 아다가 다시 물었다.

"모든 게 예전처럼, 제가 존재하지 않았던 것처럼 될 수 있을까요?"

로랑스는 아무 대답도 하지 않았다. 하지만 섬세한 가죽 장갑 속에서 손가락을 꽉 움켜쥐었다.

두려움과 증오에 사로잡혀 혼란스러워진 두 사람은 말없이 서로를 쳐다보았다. 아다는 꼼짝도 하지 않았다. 이제 로랑스와 헤어지면 해리를 영영 잃을 것이고, 모든 게 그가 존재하지 않았던 것처럼 되리라는 생각이 들었다.

'마치 동화처럼.' 아다는 마법이 풀린 동화의 주인공이 깨진 거울이나 꺼진 램프를 발견할 때처럼 넋이 나간 표정으로 생각했다.

그렇다. 로랑스는 아다와 해리 사이의 끈, 살아 있는 유일한 끈이다. 말 한마디만 해도, 한 걸음만 내디뎌도 모든 게 끝날 터였다. 아다는 또 한 번 자신의 삶을 거꾸로 돌렸다.

마침내 다시 출발점. 아다는 어렵게 로랑스를 보내주었다. 아다는 달아나지 않았다. 고개를 숙이고 천천히 걸어갔다. 하지만 단 한 번도 희망을 버리지 않았던 마음이 전율하며 중얼거리기 시작했다.

"난 그를 잃었고 찾았어. 어쩌면 다시 한번…?"

아니야! 이번엔, 이번에야말로 완전한 희생이 필요해! 아다는 행복을 갈구하는 집요한 욕망, 그녀 안에 끈질기게 잔존하는 믿음, 해리와 자신이 운명적으로 이어져 있다는, 부조리하고도 이해할 수 없는 믿음을 떨쳐버리려고 애썼다.

아다는 대로변의 철책을 붙들고 무거운 걸음을 옮겼다. 입술은 타는 듯이 뜨거웠고, 다리는 무겁다 못해 아플 지경이었지만, 눈물을 보이지는 않았다.

32

아다 앞으로 편지가 오는 경우는 극히 드물었다. 그녀가
거주하는 집으로, 자기 앞으로 편지가 도착했을 때, 그녀는
잠시 눈먼 희망에 사로잡혔다. 하지만 해리의 필체가 아니
었다. 그것은 추방 통지였다. 필수적인 절차를 위해 일주일
의 기한을 줄 테니, 기한 내로 프랑스를 떠나라는 내용이었
다. 벤은 행방이 묘연했다. 어쩌면 경찰이 눈에 불을 켜고
그를 찾지 않는 것인지도 몰랐다. 들라르셰가 사위의 사건
에 뛰어든 이후로 세간에서 '국제금융사기단 사건'이라고
불리던 스캔들을 둘러싼 소문이 서서히 잦아들었다. 관련
자들이 어떻게든 피하고 싶었던 소송의 주요 당사자가 벤
이었던 만큼, 그가 프랑스를 떠나는 건 지극히 당연해 보였

다. 하지만 파도가 익사자의 시신과 그것에 들러붙은 해초와 조개까지 먼바다로 실어 가듯, 선견지명이 있는 사법부는 벤 시너와 그의 가족과 그의 어머니, 그의 아내까지 프랑스에서 쫓아냈다.

'그 일'은 아주 조심스럽게 처리되었다. 신문들이 관련 기사를 싣지 않아서 해리는 아무것도 몰랐다. 그 사건은 권력이 덮어버리고자 하는 스캔들의 전형적인 흐름을 따랐다. 한 석간신문 1면에 대문짝만 하게 보도된 그날 이후, 며칠이 지나서야 2면에서, 훨씬 작은 글씨로 후속 기사가 났다. 그마저도 사라졌다가 사회면 단신으로 다시 등장하나 싶더니, 마침내 흔적조차 없어졌다. 그 후로는 몇몇 작은 잡지사만이 다른 개들이 먹다 버린 찌꺼기를 노리는 굶주린 개처럼 사건의 뼈다귀 주변을 돌고 또 돌았다. 막연한 위협과 세세한 내용을 보도하겠다는 약속이 있었지만, 갑자기 중대한 정치적 사건들이 터졌고 결국 그 사건은 까맣게 잊혔다.

역사와 전통을 자랑하는 시너 집안의 은행은 일단 위험한 고비만 넘기면 차분하고 의젓한 태도를 되찾을 터였다. 착란에 빠진 상태에서 자신의 젊은 시절, 부끄러운 과거, 자신이 희롱하고 버린 여자들 얘기를 떠벌려놓고는 다음 날 아침 자기 입으로 한 말을 전혀 기억하지 못한 채 깨어나는 병자처럼(기억이 난다고 해도 그는 이렇게 자신을 안심시킬 것이다. 주변에 의사와 간병인밖에 없었으니 아무도 모를 거라고).

추방 통지가 날아들자, 라이사 숙모는 아다에게 달려들어 해리를 찾아가 구해달라고 사정해보라고 닦달했다. 자신이 어디로 가겠느냐고, 어느 나라가 자신을 받아들여주겠느냐고, 자신이 어떻게 먹고살겠느냐고 한탄하면서.

그런데 라이사 숙모가 알 수 없는 전보를 받고 나서 눈에 띄게 차분해졌다. 아다는 벤이 연락했음을 깨달았다. 머나먼 남아메리카에서 '작은 파리' 혹은 '프랑스 패션'이라는 간판을 단 새 가게가 곧 문을 열게 될 것이고, 머리카락을 싱싱한 붉은색으로 염색한 활달하고 억센 라이사 숙모는 새로운 활력과 새로운 삶을 다시 얻게 될 터였다. 그녀는 자신에게 내려진 추방 명령을 거두게 하려고 백방으로 애쓰면서도, 벌써 남미로 가져갈 옷 견본을 구하느라(대부분 불법적으로) 동분서주했다.

저녁이면 라이사 숙모가 파리에서 사귄 이주민 아줌마들이 하나씩 도착했다. 생기 없는 얼굴, 무거운 몸, 꺼져버린 눈길의 놀라운 조합이었다. 그들 중에는 오데사와 키이우 출신 유대인도 있었고, 파리로 망명해 한동안 화류계에서 빛을 발했지만, 지금은 그들 표현대로 검은 빵을 씹으며 근근이 살아가는 러시아 황후의 옛 궁녀들도 있었다. 죽었거나 도피 중이거나 감옥에 갇힌 의심스러운 사채업자의 부인들도 있었다. 그들 중 한 명에게 떨어진 추방 명령은 이주

민 전체에게 명확하고 불길한 의미로 다가왔다. 그들에게
도 머지않아 추방 명령이 떨어질 수 있다는 뜻이었으니까.
그들 역시 어느 화창한 날, 작고 음침한 방을, 바쁜 움직임
과 시끌벅적한 소란, 쾌활함으로 그들을 위로해주던 파리
의 거리를 떠나 영사관 문턱에서 서성이고, 약속은 받았지
만 오지 않는 여권을 기다리고, 다른 곳으로 떠나 불안정한
생계 수단을 찾아야 할 테니까. 단속반이 사방에 깔렸다고
여기는 그들은 낮에는 좀처럼 모습을 드러내지 않았고, 날
이 저물고 나서야 겨우 용기를 내어 라이사 숙모 집의 층계
를 오르고, 등불 아래 모여 앉아 거실 한가운데에 활짝 펼쳐
놓은 보따리 안을 들여다보았다. 그러다가 층계를 오르는
관리인의 발소리나 문을 두드리는 소리, 전화벨 소리 등 무
슨 소리가 난다 싶으면 치마를 걷어붙이고 부리나케 달아
나곤 했다. 한 마리가 붙잡히면 혼비백산해 사방으로 달아
나는 닭들처럼.

　여자들은 나지막한 목소리로 주소와 정보들을 교환했다.

　"난 경찰서장 부인을 잘 알아요…."

　"우리 집주인 딸이 내무부에서 비서로 일해요…."

　탈색된 머리카락, 슬픈 눈, 러시아산 숄 아래 굽은 어깨,
번들거리는 검은 옷, 집안일을 하느라 손톱이 깨졌지만 여
전히 예전의 고운 모습을 간직한 작은 손, 방 안을 떠다니는
자욱한 담배 연기 속에서 라이사 숙모의 등불 아래 머리를

맞대고 있는 그들의 모습은 묘한 매력으로 아다를 사로잡
았다. 그들은 노래하듯 부드러운 목소리로 다양한 나라의
장점을 비교했다.

"우리 남편이 편지에 쓰기를, 베네수엘라에서는…."

"아! 그 나라 얘긴 내 앞에서 꺼내지도 말아요…. 사람들
말로는 브라질이…."

"하지만 기후도 안 좋고, 뱀이 많아서…."

"캐나다 이주자 명부에 아직 자리가 남아 있대요…."

하지만 그들 대부분이 나이가 들었기 때문에(이런저런 일
로 바쁜 젊은 사람들은 라이사 숙모 집에 오지 않았다), 늙은
사람들도 그들 나름의 가벼움과 태평스러움, 진실을 피해
눈을 감고 미래를(임박했거나 위협적인 미래일지라도) 잊는
경박하고 서글픈 방식을 지니고 살았기에, 화제는 서서히
요리법이나 옷 짓는 법으로 옮겨갔고, 간간이 가벼운 웃음
이나 지나치게 꾸민 작은 탄성에 의해 끊기는 노망기 어린
수다가 한두 사람이 내쉬는 한숨을 덮었다. 그들은 라이사
숙모만큼 아다의 신세를 측은히 여기지는 않았다.

"얘, 아다야, 그래도 넌 젊잖니. 네 나이 때는…. 게다가
넌 마음만 먹으면…."

아다에게 찬탄과 앙심이 뒤섞인 묘한 감정을 품고 있던
라이사 숙모가 낱낱이 떠벌린 탓에 그들 모두 아다와 해리
사이의 일을 아주 상세히 알고 있었다. 아다는 어두운 표정

으로 고개도 들지 않은 채 그들의 얘기를 말없이 듣고만 있었다.

아다는 자신이 느낀 수치심으로 자신과 이 여자들 사이의 거리를 가늠했다. 해리와의 접촉을 통해, 그의 불행 때문에 그녀는 그들과 다르게 문명화되었다. 이들처럼 불행을 과시하고 떠돌이의 삶을 체념하듯 받아들이는 게 아다의 운명이었을까? 라이사 숙모를 따라가다 보면 어디서나 눈가림으로 서둘러 수선한 폐허처럼 화장으로 떡칠한 얼굴들을, 남편도 자식도 집도, 세상에 더는 아무것도 없는 여자들을 만나게 될 터였다. 자신이 경멸했던 모든 걸 잃을 순간이 되자 아다는 절망적으로 그것에 집착했다. 예전에 아다는 곧잘 해리를 놀려대곤 했다. 너는 가진 자가 아니라 소유한 부의 노예라고 말하곤 했다.

"넌 너의 값비싼 난징 찻잔들, 너의 옥(玉) 컬렉션, 너의 책에 속해."

한 사물이나 한 인간 존재, 혹은 전통, 관습, 습관 전체에 소속되는 것은 얼마나 행복한 일인지! 그녀는 이제 이렇게 생각했다. 소유하든 속하든, 그게 뭐 그리 중요한가? 다만 다채롭고 섬세한, 혹은 무겁고 견고한 끈으로 묶일 수만 있다면, 그 여자들처럼, 그녀 자신처럼 바람에 실려 가는 뿌리 없는 존재로 머물지 않을 수만 있다면….

차 마실 시간이 되어 라이사 숙모가 부엌에서 짝이 맞지

않는 찻잔들과 설탕을 담은 받침접시를 내어오자(설탕 그릇
은 깨진 지 오래였다), 아다는 슬그머니 물러나 자신의 유일
한 재산인 해리의 모포를 덮고 소파에 누웠다. 종일 용기 내
어 밀쳐낸 해리의 이미지가 돌아와 그녀를 사로잡는 순간
이었다. 그녀는 어쨌거나 주님에게 감사했다. 아다는 현실
보다 더 가깝고 생동감 넘치게 상상하던 어린 시절의 힘을
간직하고 있었다. 일주일 전부터 붓에는 손도 대지 않았다.
그게 너무 힘들었다. 더는 해리에게 그림을 보여주지 못하
고 그의 비난이나 칭찬도 듣지 못하리라 생각하면, 도저히
그림을 그릴 수가 없었다. 하지만 느리고 피할 수 없고 비
자발적인 정신의 작업이야말로 아다의 재산이었다. 그녀는
해리를 재창조해 그를 만났고 그에게 말을 걸었다. 여자들
의 목소리가 커지고 작아지기를 반복했다. 그 목소리가 기
적적으로 아다를 파리의 거리에서 머나먼 과거까지 거슬러
올라가게 해주었다. 옆방에서 중얼거리며 히브리어를 공부
하는 벤의 목소리가 들려오지 않을까? 끊임없이 기다리고
기대하느라 졸음으로 가득한 두 눈을 앞머리로 가린 어릴
적의 자신을 다시 보게 되지 않을까? 아다는 두 손에 얼굴
을 묻었다. 아무도 그녀가 우는 걸 보지 못했다. 비가 잦은
가을에 비가 내리는 걸 알아차리지 못하듯, 눈물을 달고 사
는 여자들은 아다의 눈물을 보지 못했다.

'그게 우리 민족이야. 그게 내 가족이야.' 아다는 생각했다.

그렇지만 체류 기일이 만료되어 프랑스 땅을 떠나던 날, 아다는 라이사 숙모에게 작별 인사를 하고 말없이 눈물만 흘리는 마담 미미를 안아주었다. 그녀는 벤을 버리고, 그와의 추억과 해리와의 추억을 버리고, 모든 희망을 버리고 홀로 떠났다. 아다는 동유럽에 있는 작은 나라의 비자를 받았다.

33

아다는 출산을 앞두고 있었다. 동유럽의 작은 도시, 시장
이 내려다보이는 작은 호텔 방, 때는 3월이었다. 며칠 전 전
국적으로 발발한 내전의 혼란이 일련의 파업과 보복으로
이어진 탓에 병원에 자리가 없었다. 모든 병상이 만원이었
다. 자국민을 위한 자리라면 어떻게든 마련했겠지만 외국
인을 위한 자리는 없다고. 사람들은 말했다.

아다는 군소리 없이 받아들였다. 익숙했다. 그녀에게 믿
을 구석이 없는 건 아니었다. 파리에서 보낸 십 년은 나름대
로 값어치가 있는 경력증명서였다. 아다는 대로에 있는 한
잡화점의 판매원 자리를 얻어냈다. 손님들은 검고 구불구
불한 예전의 머릿결을 되찾은 그녀에게 '파리에서 유행하

는' 모자를 써보게 했다. 그 모습을 보고 마음이 동한 여자
들은 꽃들로 장식된 찻잔 받침 모양의 작고 둥근 모자, 물
방울무늬 머리망으로 싸맨 터번 모양의 모자를 사서 금색
이나 붉은색인 자신들의 머리에 썼다. 검은색과 회색에 지
칠 때면 아다는 밀이나 금 색깔을 띤 그들의 눈부신 머리카
락을 바라보며 시름을 달랬다. 겨울은 길었다. 흰 눈 위에서
몇 시간 동안 반짝인 햇빛은 강 위를 떠도는 안개를 단숨에
꿰뚫는 선혈이 낭자한 화살을 날리고는 서서히 꺼져갔다.
일과를 마치고 가게를 나서는 아다의 눈앞에 펼쳐지는 건
칠흑 같은 어둠뿐이었다. 가로등과 상점 간판들이 어둠을
밝혀주던 파리의 밤과는 달랐다. 눈 덮인 높은 지붕들이 비
정하리만큼 선명하게 그려지는 차가운 어둠, 잔인하고 검
은 하늘이었다. 길 양쪽에는 깊은 도랑이 있었다. 걸음을 내
디딜 때마다 발이 빠져 넘어질까 두려웠던 아다는 이를 악
물고 고개를 숙인 채, 파리에서보다 훨씬 가깝고 밝게 느껴
지는 차가운 별들을 바라볼 생각은 하지도 못한 채, 힘겹게
앞으로 나아갔다.

　일요일에는 집에 틀어박혀 종일 그림만 그렸다. 그럴 때
면 실버화이트의 두 색조 중에서 자신의 비밀스러운 욕망
에 더 잘 부합하는 걸 고르는 데에, 혹은 낮에 얼핏 본 얼굴
들, 화폭에 담은 금발 여자들을 다시 바라보는 데 온 의지와
노력을 쏟을 수 있어 행복했다. 빛이 사라지면, 그제야 자신이

홀몸이 아닌 만큼 걸으면서 맑은 공기를 쐬어야 한다는 사실을 떠올렸고, 무거운 몸을 이끌고 도시를 둘로 가르는 강까지 걸어갔다. 여기저기 사람들이 스케이트를 타고 있었다. 얼음 위에 줄을 둘러 만든 스케이트장에서 빠르고 가볍게 움직이는 그림자들이 보였다. 작은 악단이 신나게 연주를 하고 있었다. 서툴고 시끄러운 군악이었지만, 관악기의 날카로운 울림과 빽빽거림이 바람에 씻겨 아다의 귀에 부드럽게 들렸다. 지나가는 썰매들의 전조등이 얼음 위에 춤추는 듯한 노란 불빛을 던졌다. 스케이트장을 벗어나는 사람들 역시 작은 기름종이 등을 달고 있어서 그들이 얼음을 지치고 나아갈 때마다 짧은 빛줄기가 생겼다.

　가끔 남자 하나가 우두커니 서 있는 아다를 보고는 창백한 얼굴 위로 흩날리는 검은 머리카락에 이끌려 다가왔다가, 그녀가 임신 중이라는 사실을 알아차리고는 아무 말 없이 가버렸다. 아다는 원하는 만큼 오랫동안 그곳에 서서 생각할 수 있었다. '지난해에는, 그리고 또 다른 해에는…' 다리의 쇠 난간을 잡고 있던 손가락이 꽁꽁 얼어붙어 아플 지경이 될 때까지 생각하고, 떠올리고, 후회하고, 울 수 있었다. 그녀는 집으로 돌아왔고, 옆방 여자가 인근 식당에서 먹을 만한 음식을 가져다주었다. 그 여자 역시 아메리카와 독일에서 번번이 쫓겨난 이주민이었다. 그녀에게는 유럽의 한 나라에 거주하는 아들 둘, 또 다른 나라에 사는 딸 하나,

그리고 강제수용소에 갇힌 남편이 있었다. 그곳에는 신분이나 인종과는 무관한 특별한 계층이, 서로 돕는 것이 법인 세계가 형성되었다. 생활비를 넉넉하게 버는 데다 필요한 게 별로 없는 아다는 가끔 그 여자에게 돈 몇 푼을 쥐여주거나 낡은 옷을 슬쩍 건네주었고, 그 여자는 출산을 앞둔 아다가 하기 힘든 일을 대신 해주었다. 딱히 논의한 적은 없지만 일종의 암묵적인 동의에 따라, 아이가 태어나면 아다는 계속 일을 하고 그 여자, 로즈 리비히가 아이를 맡아 돌볼 터였다.

출산을 며칠 앞두고 폭동이 일어났다. 사람들은 새벽에 텅 빈 시장을 지나 어디론가 몰려가는 군인들을 보았다. 그들이 지나가자 아다는 창문으로 고개를 숙이고 빈 바구니며 방수포, 빵, 양파 묶음들이 눈 속에서 어지럽게 굴러다니는 것을 보았다. 수확한 농산물을 팔기 위해 한밤중에 시장에 도착한 농촌 여자들이 군인들이 나타나자 기겁해 달아난 것이다. 몇 시간 동안 총성이 울려 퍼지더니 잠잠해졌다. 혼비백산 달아났던 여자들이 바구니를 잔뜩 실은 노새를 끌고 돌아왔다. 늙은 여자들은 울었지만, 젊은 여자들은 깔깔 웃어댔다. 또다시 시장의 왁자지껄한 소리가 아다의 귀까지 들려왔다. 아다는 일어날 힘조차 없었다. 서스펜션이 고장 난 자동차를 타고 이리저리 흔들리며 포석이 깔린 딱딱한 도로를 내달려 병원에 갈 일을 생각하니 아찔했다. 그

렇게 달려가봤자 받아주는 병원이 없을 거라는 말을 듣고
는 오히려 마음이 놓였다.

　"우리끼리 힘닿는 대로 해보지, 뭐." 로즈 리비히가 말했
다. 방은 따뜻했고, 배내옷도 준비되었다. 의료적인 도움의
손길도 부족하지 않았다. 호텔은 중부유럽에서 피신 온 사
람들로 북적댔는데, 의대생과 산파가 대부분을 차지했다.
아다는 아는 사람이 아무도 없다고 생각했지만, 모두가 그
녀의 상태를 알고 있었다. 그날 아다는 평생 받아본 것보다
훨씬 더 많은 배려와 사랑을 받았다. 사람들이 그녀를 위해
사과와 쿠션을, 아기를 위해 빈의 빵이며 유대식 꿀 호두,
작은 화장수 병을 가져다주었다. 사람들은 그녀의 방 문턱
을 넘지 않았다. 아다는 침대에 누운 채 문 앞에 멈춰 서서
잠시 망설이다가 들고 온 꾸러미를 층계참에 슬그머니 내
려놓고 가는 발소리를 들었다. 아다는 밤낮없이 하루 내내
진통에 시달렸다. 때때로 의식을 잃기도 했다. 그럴 때면 해
리가 곁에 없다는 사실을 잊고 그를 찾았다. 헛되이 그의 이
름을 불러댔다. 그녀는 자신이 소리를 지르고 있다고, 방에
서 방으로, 거리에서 거리로 그를 쫓아가고 있다고 상상했
다. 하지만 그녀 곁을 지키는 사람들은 부끄러운 듯 간간이
터져 나오는 낮은 신음과 무슨 말인지 알 수 없는 프랑스어
를 들었을 뿐이었다.

　아다는 한밤중에 정신을 차렸다. 그녀의 눈에는 녹색 비

단 숄을 덮어놓은 등밖에 보이지 않았다. 방의 나머지는 어둠에 잠겨 있었다. 자신이 이렇게 진통을 겪는 게 처음이 아닌 것 같았다. 이미 똑같은 침대에 누워서 진통을 겪다가 아이를 낳은 적이 있는 것 같았다. 그 느낌이 너무나 이상하고 혼란스러워서 아다는 몸을 일으켜 떨리는 손으로 옆에 놓인 베개를 더듬으며 나지막한 목소리로 물었다.

"아기는…? 아기는 어디 있어요?"

누가 차가운 물로 그녀의 관자놀이와 입을 적셔 주었다. 순간, 아다는 로즈 리비히를 알아보았다. 두 여자가 서로를 응시했다.

"로즈… 애 아빠는 지금 어디 있을까?" 아다가 갑자기 이렇게 묻고는 희미하게 웃어 보이려 했다. "난 알아요, 그가 지금 내 생각을 하고 있다는 걸."

"그래, 그래." 로즈가 가엾다는 듯 중얼거렸다.

로즈가 일어나서 아다를 유령들과 함께 남겨둔 채 방의 어두운 구석으로 사라졌다. 라이사 숙모, 마담 미미, 벤, 로랑스. 방의 모든 구석에서 유령들이 나타났다. 해리만 모습을 드러내지 않았다. 아다는 가슴이 찢어지는 것 같았다. 마침내 통증이 잦아들었다. 아이는 아직 태어나지 않았다. 아줌마 몇 명이 미끄러지듯 침대 곁으로 다가왔다. 그들은 아다에게 오렌지를 먹이려 했다. 설탕에 굴린 오렌지 몇 조각을 빨아먹고 나자, 아다는 기분이 나아지고 훨씬 힘이 나는

것 같았다. 주변에서 사람들이 얘기를 나눴다. 그들은 지난
밤 폭동 때 남쪽 교외의 큰 공장에서 군인들에게 사살당한
사람들의 이름을 나열했다.

누가 깊은 한숨을 쉬며 말했다.

"아이를 낳기에는 너무 슬프고 험악한 시절이야. 그것도
여자 혼자서."

그러자 로즈가 받아쳤다.

"젠장! 세상에서 가장 돈이 많고 가장 사랑받는 여자도
첫아이를 낳을 때는 외롭다고 느끼는 법이야. 혼자 죽어가
는 여자나 최초로 출산한 여자만큼이나 외롭다고 느끼지."

그 말을 한 게 정말 로즈 리비히였을까? 아니면 이미 숱
하게 아다를 위로해주었던, 훨씬 지혜롭고 훨씬 늙은 내면
의 목소리를 들었던 것일까? 아다가 커다란 침대에서 허우
적대며 자세를 바꿨고, 단조롭고 친숙한 목소리들이 다시
자장가처럼 들려왔다.

"사람들 말이 캐나다 이민자 명부에 아직 자리가 남았대.
페르시아 집정관의 누이가… 주인의 비서를 잘 아는데…."

아다는 눈을 감았다. 아다는 그 말을 어디서 들었을까?
파리에서, 다른 세계에서, 수세기 전에 들었다. 모든 게 뒤
섞였고, 점점 멀어지다가 사라졌다. 그녀가 실제로 해리를
만나기는 했을까? 단지 꿈은 아니었을까? 그녀는 우크라이
나에 있는 어릴 적 방에서 문득 깨어나 행복과 고통으로 점

철된 그 모든 세월이 자신의 상상에 지나지 않는다는 걸 알
게 될지도 모른다는 생각에 잠시 몸을 떨었다.

'그러니까 난 아무것도 후회하지 않아. 그러니까 난 행복
했어. 나는 모르고 있었지만, 행복에 젖어 있었어. 난 사랑
받았어. 아직도 사랑받고 있어. 아무리 멀어도, 아무리 헤어
져 있어도 난 알아. 나에겐 여전히 내 눈, 내 손, 축복받은 내
일이 있어.'

아기 생각은 하지 않았다. 출산을 앞둔 몇 시간 동안 아기
를 까맣게 잊고 있었다. 다들 아기를 생각하는 와중에도 정
작 진통을 겪는 아다는 그렇지 않았다. 아다는 때때로 깜짝
놀라 이렇게 자문했다.

'왜 이렇게 아프지? 맙소사, 이 아픔은 영원히 끝나지 않
을 건가?'

최악의 순간은 밤이 끝나고 동이 트는 무렵 찾아왔다. 더
는 고통을 견딜 수 없을 것 같고, 이러다 죽는 게 아닌가 하
는 생각이 들었다. 그 순간 아다는 세상 누구보다 죽음을 두
려워했다. '내가 이렇게 죽으면 아기는 어떻게 될까?'

아다는 문득, 예전에 나스타샤의 방에 걸려 있던 오래된
성화를 떠올렸고, 자신처럼 몸속에 소중한 짐을 품은 채 이
나라에서 저 나라로 도망 다녔던 젊은 유대 여인에게 도움
을 청했다.

아기가 세상에 태어나 첫 울음을 터뜨렸다.

아다는 시장에서 그녀의 방까지 올라오는 쾌활하고 시끌 벅적한 소리를 들었다. 눈도 거의 녹고 바람도 불지 않는 아름다운 날이었다. 사람들이 침대를 볕이 드는 창가로 밀어 놓고 아기를 그녀 곁에 뉘여주었다. 그러고는 모두 물러갔다. 로즈 리비히만 남아 한구석에서 바느질을 하고 있었다. 긴 행군 끝에 날이 저물어 쉴 때처럼, 피부가 더위와 먼지에 시달리다 시트의 신선함, 침대의 부드러움을 들이마시는 것처럼, 아다는 눈을 감은 채 거의 동물적인, 자신이 지금껏 경험했던 그 무엇보다 더 좋은 신체적인 행복감이 밀려오는 걸 느꼈다. 그녀는 두 손을 약하게 움직여보았다. 시트의 감촉이 부드럽고 평화로운 기쁨으로 그녀를 가득 채웠다. 아다는 유리창으로 쏟아지는 빛을 바라보고 웃었다. 마치 고통에 갈가리 찢긴 몸이 그 일체성을, 살 혹은 영혼의 어떤 부분이 고통을 겪을 때 함께 고통스러워하는 무시무시한 능력을 아직 되찾지 못한 것 같았다. 몸은 예속에서 벗어나 수많은 작은 아다들로 분리되어 각자 자신의 자유를 간직하면서 다른 아다들, 특히 실제의 아다와 그녀의 과거는 조금도 개의치 않은 채 기쁨을 만끽했다. 그녀에게 과거가 있기나 했을까? 그녀는 막 태어난 아기에게 자신의 생명을 주었다. 하지만 아기도 그녀에게 아름다운 선물을 했다. 아기는 잠의 재능과 순수의 재능, 그리고 망각의 재능을 엄마에게 나눠주었다.

아기는 아다의 품에 안겨 있었다. 아다와 함께 잠들고 함께 깨어났다. 아기는 울기 위해, 아다는 아기를 바라보며 웃기 위해. 아기의 넓은 이마에는 몇 올 안 되는 검은 머리카락이 있었다. 아기는 누구하고도 닮은 구석이 없었다. 아무리 찾아봐도 없었다. 눈에 익은 모습이 전혀 보이지 않았다. 그러면서도 막 태어난 아기들이 모두 그렇듯, 무척 늙고 지혜로워 보였다.

아다는 곁에서 빠르고 부드러운 박동, 자신의 심장과 함께 뛰는 가벼운 고동을 느끼며 깊이 놀라는 동시에 어마어마한 행복감을 맛보았다. 그 순간, 아다는 자신의 품에 안겨 쉬던 해리를 떠올렸다. 하지만 해리는 이제 아주 멀게 느껴졌다. 그는 꿈속의 자리로 돌아가버렸다. 아다는 그를 가졌고, 그를 잃었다. 물론, 그녀의 운명은 늘 험난하고 불가사의했다. 하지만, 이유도 모른 채 아다는 자신이 모든 불의를 밝히고 딜레마를 해결할 어떤 진실의 문턱에 있다고 느꼈다. 의심의 여지 없이, 아기는 그 진실의 한쪽을 알고 있었다. 아기가 그토록 늙고 지혜로워 보인 건 그래서였다. 진실의 다른 한쪽은 그녀에게, 더는 싸우지 않고, 아무것도 요구하지 않고, 아무것도 후회하지 않는 그녀에게, 너무나 가벼운 동시에 너무나 지쳤다고 느끼는 그녀에게 있었다. 아마도 그 진실의 두 쪽은 서로 만나 찬란한 빛을 발하지 않을까? 불은 나무 하나하나에 옮겨붙어 결국 숲 전체를 태우지 않는가.

아다는 가진 것을 열거하는 아이처럼 손가락으로 하나하
나 꼽아보았다.

'그림, 자식, 용기. 이거면 살 수 있어. 그것도 아주 잘 살
수 있어.'

아다와 아기가 너무 조용해서 살짝 겁이 났던 로즈 리비
히가 고개를 들고 침대 쪽을 바라보며 물었다.

"둘 다 괜찮아?"

"우린 아주 좋아요." 아다가 대답했다.

아다는 웃으며 '우리'를 반복했다… 확신을 갖고 '우리'라
고 말할 수 있는 게 처음이라고, '우리'라는 말이 정말 좋다
고 생각하면서.

옮긴이의 말

디아스포라, 피의 기억

※결말 내용 일부가 포함되어 있습니다.
작품을 끝까지 읽은 후에 읽어주세요.

아다와 벤, 그리고 해리.

아다는 해리를 사랑하고, 벤은 아다를 사랑하고, 해리는 다른 여자를 사랑한다. 아다는 자신을 사랑하는 벤을 사랑하지 않고, 해리 또한 자신을 사랑하는 아다를 거부한다. 적어도 '피의 부름'을 받기 전까지는. 성인이 된 아다는 벤과 결혼하고, 다른 여자와 결혼한 해리의 아이를 낳는다. 이렇게만 보면 『개와 늑대』는 엇갈리는 사랑 이야기, 약간은 기구하지만, 그리 특별하지는 않은 사랑 이야기 같다.

그런데, 유대인인 아다, 벤, 해리의 성(姓)이 같다.

우크라이나의 한 도시.

사촌지간인 아다 시너와 벤 시너는 하층민이 모여 사는 강가 게토(유대인 거주지)의 진창을 뒹굴며 함께 자란다. 해리는 신분이 다르다. 그는 엄청난 부를 쌓은 시너 노인의 손자로, 언덕 위의 아름다운 저택에서 귀부인들에 둘러싸여 지낸다. 게토에서 살육과 약탈이 자행되던 어느 날, 아다와 벤은 공포에 질려 달아나다 같은 집안 어른인 시너 노인의 저택으로 숨어든다. 그곳에서 해리 시너와 '운명적인 만남'을 갖게 된다. 순간, 시간이 정지되고 모든 것이 결정된다. 아다는 해리를 영원히 사랑할 것이고("난 오로지 너만 사랑할 거야"), 벤은 해리의 '자리'를 영원히 탐하게 될 것이다 ("내가 네 자리에, 네가 내 자리에 있을 수도 있었어!")

프랑스 파리.

아다, 벤, 해리는 어느덧 성장했다. 아버지 이스라엘 시너의 희생을 발판 삼아 헛된 꿈을 품고 파리로 건너온 시너 가족, 아다와 벤은 싸구려 양장점을 운영하는 라이사 숙모 아래에서 옷을 배달하며 근근이 살아간다. 해리 역시 파리에 와 있다. 그는 굴지의 은행을 물려받을 후계자로, 프랑스 은행가의 막내딸 로랑스와 비밀연애 끝에 가정을 꾸린다.

여전히 '환영에 사로잡힌' 아이로 남은 아다는 우연히 알게 된 해리의 거처 주변을 맴돌며 멀리서 훔쳐본다. 아다의 간절한 소망은 단 하나, 해리가 자신을 알아보는 것이다("주님, 해리가 절 알아보게 해주세요. 해리가 저에게 눈길을 던지게 해주세요"). 그래서 해리가 탐내는 고가의 고서를 익명으로 선물하고, 해리의 눈에 띌 만한 곳에 자신의 그림을 전시하게 한다. 그 소망에는 이미 모성애에 가까운 보호본능이 배어 있다. 드디어 그녀를 알아보고 '피의 부름'을 느낀 해리가 로랑스와 이혼 절차를 밟으며 결혼 얘기를 꺼내자 아다는 같은 피를 가진 수많은 여자의 뼛속에 깊이 각인된 두려움("난 무서워…. 내가 널 [우리 유대 족속, 협잡꾼, 이주민, 이방인들 틈으로 억지로 끌어내릴까 봐]")에 몸서리친다. 하지만 운명이 묶어놓은 걸 푸는 건 그들의 능력 밖의 일이다. 아다는 수천 년을 이어오며 피에 새겨진 어머니의 길, 희생과 헌신의 길을 갈 것이다.

프랑스 여자와 결혼하고 서구인처럼 살아가는 해리, 그는 서구 문명에 길들어 야성을 잃어버린 '개'와 같다. 그래서 그는 '모든 유대인이 그렇듯' 유대인 특유의 결점, 그 끈질김과 집요함, 그 뻔뻔함과 불손함을 프랑스인보다 더 혐오한다. 하지만 그는 서구 사회에서 영원한 타자일 수밖에 없다. 모든 걸 갖췄지만, '어디서 튀어나왔는지 모를 이방인'으로 배척당하고 차별받는다. 늘 뭔가에 굶주려 있던 그는 아다의 그림을 통해, '아직 길들지 않은 '늑대'의 피'를 가진 아다를 통해, 피에 새겨진 '우리'의 기억을, 자신의 정체성을 되찾는다("돌고 도는 이상한 길들을 따라가다 보면 나 자신을 되찾게 되거든…"). '개'로 살아오면서 한순간도 행복하지 않았던 '늑대' 해리는 아다 곁에서 마침내 안식을 얻지만 끝내 홀로 남게 될 것이다("[조상들처럼] 그도 자신이 이방인이고, 길을 잃었고, 혼자라고 느꼈다").

원하는 것은 끝끝내 손에 넣고야 마는 '늑대'의 전형 벤, 그는 해리의 자리를 탐하고 하나씩 차지한다. 어떻게? 그는 그 방법을 '기억해낸다.' 피에 새겨져 있으니("유대인의 피도 모종의 역할을 하지 않았을까?") 거의 본능적으로 안다. 고립무원의 처지에 빠진 아다가 자신을 남편으로 받아주리라는 것도("언젠가 넌 내 것이 될 거야./ 그래서 그렇게 됐니?/ 지금 됐잖아"), 막대한 부를 누리지만 늙은 몸뚱어리에 불과한 해리의 삼촌들이 '절대 잊히지 않는 눈물의 유대감' 때문에, 또는 피를 들끓게 하는 짜릿함을 다시 맛보고 싶어 자신에게 일을 맡기리라는 것도 안다. 해리보다는 그에게서 '늑대'였던 시절의 그들 자신을 발견할 수 있으니까("해리, 이렇게 말해서 미안하다만, 네 할아버지가 살아 돌아오신다면 네가 아니라 그에게서 젊었을 적의 자기 자신을 보실 게다"). 해리의 자리를 차지한 벤은 무모한 투기로 '세상이 자신의 상상력, 열정에 맞춰 돌아가게' 하고 싶어하지만, 전쟁과 혁명이라는 거대한 역사의 소용돌이 속에서 시너 은행은 파산의 위기에 처한다.

아다의 희생과 처가의 도움으로 스캔들과 파산을 면한 해리는 이제 프랑스 파리에서, 이미 죽은 사람처럼 로랑스와의 결혼생활을 유지하며 프랑스 관습대로 아들을 키울 것이다.

야반도주한 벤은 남아메리카의 어느 나라에 어머니를 불러들여 '프랑스 패션'이라는 간판이 달린 새 가게를 열고 새로운 모험을 시작할 것이다.

로랑스와의 약속에 따라 프랑스를 떠난 아다는 동유럽의 잡화점 판매원으로 악착같이 살아간다. 뱃속에서 아이가 자라고 있었으니까. 출산을 앞두고 진통이 이어지는 동안, 그녀는 수천 년 동안 이어진 디아스포라의 역사를 꿰뚫는 신비한 체험을 한다. 뿌리 내리기를 간절히 소원했던("바람에 실려 가는 뿌리 없는 존재로 머물지 않을 수만 있다면…") 그녀는 마침내 자신의 뿌리가 피를 통해 '진실의 반쪽'을 지닌 자식에게 이어진다는 것을 깨닫는다.

의심의 여지 없이, 아기는 그 진실의 한쪽을 알고 있었
다. 아기가 그토록 늙고 지혜로워 보인 건 그래서였다.
진실의 다른 한쪽은 그녀에게, 더는 싸우지 않고, 아무것
도 요구하지 않고, 아무것도 후회하지 않는 그녀에게, 너
무나 가벼운 동시에 너무나 지쳤다고 느끼는 그녀에게
있었다. 아마도 그 진실의 두 쪽은 서로 만나 찬란한 빛
을 발하지 않을까? 불은 나무 하나하나에 옮겨붙어 결국
숲 전체를 태우지 않는가.

그래서 자신을 다독인다. '그림, 자식, 용기. 이거면 살 수
있어. 그것도 아주 잘 살 수 있어.'

그렇다, 『개와 늑대』는 작가 개인의 가족사를 토대로 유
대 디아스포라의 일면을 그린 작품이다. 이렌 네미롭스키
는 이 작품을 탈고하고 박해를 피해 중부의 작은 마을로 피
신해 지냈다. 가슴에 노란 별을 달고 불안과 생활고에 시달
리며 자식들을 돌보던 그녀도 이렇게 자신을 다독였을 것
이다. '글, 자식, 용기, 이거면 살 수 있어. 그것도 아주 잘 살
수 있어.' 하지만 불행하게도 그녀는 얼마 후 아우슈비츠로
끌려갔고, 그곳에서 비극적인 죽음을 맞았다.

그리고 60년 후, 진실의 반쪽을 지닌 아이가 진실의 나머

지 반쪽인 어머니의 글을 찾아 세상에 내놓았다.

2023년 9월, 이상해

옮긴이 이상해

한국외국어대학교와 동 대학원 불어과를 졸업하고 프랑스 스트라스부르 대학교, 릴 대학교에서 박사 과정을 수료했다. 현재 한국외국어대학교에서 프랑스 문학과 번역을 가르치고 있다. 『측천무후』로 제2회 한국 출판 문화 대상 번역상을, 『베스트셀러의 역사』로 한국 출판 평론 학술상을 수상했다. 옮긴 책으로 미셸 우엘벡의 『어느 섬의 가능성』, 아멜리 노통브의 『너의 심장을 쳐라』, 『추남, 미녀』, 『느빌 백작의 범죄』, 『샴페인 친구』, 『푸른 수염』, 『머큐리』, 에드몽 로스탕의 『시라노』, 델핀 쿨랭의 『웰컴 삼바』, 파울로 코엘료의 『11분』, 『베로니카, 죽기로 결심하다』, 크리스토프 바타유의 『지옥 만세』, 조르주 심농의 『라 프로비당스호의 마부』, 『교차로의 밤』, 『선원의 약속』, 『창가의 그림자』, 『베르주라크의 광인』, 『제1호 수문』, 피에레트 플뢰티오의 『여왕의 변신』, 이렌 네미롭스키의 『무도회』, 『뜨거운 피』, 『6월의 폭풍』, 『돌체』 등이 있다.

이렌 네미롭스키 선집 4

초판 1쇄 발행 2023년 9월 24일

지은이	이렌 네미롭스키
옮긴이	이상해
펴낸이	윤석헌
편집	이승희
제작처	세걸음
펴낸곳	레모
출판등록	2017년 7월 19일 제 2017-000151 호
주소	서울시 서초구 서초대로 33길 99, 201호
이메일	editions.lesmots@gmail.com
인스타그램	@ed_lesmots
ISBN	979-11-91861-23-5 04860
	979-11-91861-27-3 04860 (세트)
